KB230584

마술탐정
토키사키 쿠루미의
회고록

마술탐정 토키사키 쿠루미의 회고록

The artifact crime files
kurumi tokisaki

CONTENTS

마술탐정 토키사키 쿠루미의 회고록

타치바나 코우시 지음
츠나코 일러스트
이승원 옮김

이 세상에는 사람의 인생을 어긋나게 만드는 불가사의
한 도구가 존재한다.

―그것은, 마술공예품^{아티팩트}이라 불린답니다.

The artifact crime files
kurumi tokisaki

Case File
I

잠시 안 본 사이에
사람을 부추기는 실력이 늘었군요.

쿠루미 보이스

“오른쪽 애, 템포가 느려! 몇 년이나 해놓고 아직도 이 모양인 거야?! 그래 가지곤 영원히 아이돌이 못 될 거야!”

다목적 이벤트 홀 『텐구 아레나』의 무대 위.

토키사키 쿠루미는 경쾌한 리듬에 맞춰 춤추고 있었다.

좌우에는 쿠루미와 마찬가지로 귀여운 의상을 입은 소녀들이 줄지어 서 있었으며, 정면에는 험악한 표정을 짓고 있는 안무가가 서 있었다. 관객석은 텅텅 비어 있지만, 무대 주위에서는 다수의 스태프가 자기 작업을 바쁘게 하고 있었다.

그렇다. 지금은 라이브의 리허설 중이다.

쿠루미는 이마에 맺힌 땀을 닦으면서, 언짢은 듯이 미간을 찌푸렸다.

“……사흘 전부터랍니다.”

“무슨 말 했어?!”

“……아뇨.”

이제 와서 불만을 늘어놔 봤자 소용없다. 쿠루미는 짤막하게 대답한 후, 머릿속에 들어 있는 안무를 떠올리면서 다시 온몸을 경쾌하게 움직이기 시작했다.

텐구 역 동쪽 출입구에서부터 도보로 5분 거리의 빌딩.

길가에 세워진 그 상가 빌딩 2층에 『토키사키 탐정사』가 있다.

조촐한 느낌의 탐정 사무소다. 책상과 의자, 책장과 소파, 그리고 조명과 필기도구까지 고풍스러운 디자인으로 통일되어 있어서, 어딘가 몽환적인 분위기가 감돌고 있다. 이유는 다양하지만, 이런 가구들을 발주한 이가 고전 탐정 소설에 심취한 것만은 틀림없어 보였다.

"선생님, 차 드세요."

"……고마워요."

그런 사무소의 응접 공간에서, 소장인 토키사키 쿠루미는 홍차를 받았다.

빠져들 듯한 검은 머리카락과 백자처럼 새하얀 피부. 외모만 보면 소녀 같지만, 저 예리한 얼굴과 침착한 태도에서는 나이에 걸맞지 않은 노회한 분위기가 감돌고 있었다. ……그래도 탐정사무소 소장이라는 거창한 직함을 달기에는 너무 젊기에, 쿠루미의 모습을 처음 본 사람 중에는 경악을 금치 못하며 눈을 치켜뜨는 이도 적지 않다.

하지만, 그런 쿠루미도 그녀에 비하면 아무것도 아니었다.

쿠루미는 방금 자신에게 홍차를 건네준 자칭 탐정 조수를 쳐다봤다.

얼굴 절반을 두꺼운 안경으로 감추고 있는 조그마한 체구의 소녀였다. 탐정이라기엔 젊은 쿠루미보다도 더 어린 그녀는 초등학생으로 오해받아도 이상하지 않아 보였다. 적어도 이런 고풍스러운 인테리어의 탐정사무소에서 홍차를 끓이는 것보다는 동급생과 이런저런 소문을 가지고 이야기꽃을 피우는 게 더 어울려 보였다.

쿠루미는 홍차를 한 모금 마시더니, 휴~ 하고 숨을 내쉬었다.

"으음, 마츠리카 양은 아니죠—?"

"네. 그건 저로 위장한 인물이 쓰던 이름이에요."

쿠루미의 말에, 소녀는 고개를 끄덕이며 답했다.

그렇다. 이 소녀는 사정이 있어서 얼마 전까지 어떤 인물에게 감금당했을 뿐만 아니라, 집과 신분까지 빼앗겼다.

……원래 다른 사람으로 위장할 때는 그 대상자의 이름을 써야겠지만, 그녀를 감금했던 범인은 자기주장이 매우 강한 인물이었던 것 같았다.

"실례했군요. 당신의 이름은—."

"—저는 『아야』라고 불러 주세요."

쿠루미가 기억을 뒤지며 말을 이으려 하자, 소녀는 그렇게 대답했다.

"어머, 그런 이름이었던가요?"

"별명 같은 거예요. 본명은 그다지 좋아하지 않아서요."

소녀는 그렇게 말하며 쓴웃음을 머금었다. 그러자 쿠루미는 눈을 동그랗게 떴다.

“그런가요?”

“힘은 거의 남아 있지 않지만, 일단은 마술사 가문이니까요. 이름에 힘이 깃든다는 전통에 따라 지은 이름이라, 그다지 귀엽지가 않아요.”

“어머나, 어머나.”

쿠루미는 어깨를 살짝 으쓱했다. 사소한 고민이라고 할 수 있지만, 저 나이대 여자애에게는 중요한 일이리라. 확실히, 그 심정은 이해가 됐다. 쿠루미 또한 자기 이름 때문에 고민하던 시기가 옛날에 있었으니 말이다. ……혹시 쿠루미의 선조 중에도 마술사가 있었던 것일까?

“그러면 아야 양. ―오늘은 평일인데, 학교에 안 가 봐도 괜찮으신 건가요?”

“네. 졸업에 필요한 출석 일수는 채울 예정이며, 다른 수속도 마쳤어요. ―저희 가문에서 흩어진 마술공예품이 어떤 사건을 일으킬지 모르는 만큼, 태평하게 있을 수는 없으니까요.”

쿠루미의 질문에 소녀― 아야는 나이에 어울리지 않는 진지한 목소리로 대답했다.

그렇다. 이 토키사키 탐정사는 평범한 탐정사무소가 아니다.

과거에 마술사가 만들어 냈다고 하는, 인지를 초월한 힘을 지닌 아이템― 아티팩트.

아야의 가문 창고에는 수많은 아티팩트가 보관되어 있었지만, 어떤 사건을 통해 외부로 유출되고 말았다.

아티팩트의 힘을 이용하면, 입증할 수 없는 범죄를 저지르는 것도 식은 죽 먹기다.

그것을 해결하고 아티팩트를 회수하는 것이 바로 쿠루미 일행의 목적이다.

"심정은 이해한답니다. 하지만 당신이 사무소에 눌러앉아 있는다고 해서 타이밍 좋게 사건이 발생하지는 않으리라고 생각해요."

"알고 있어요. 하지만 선생님도 대학을 쉬시면서까지 자료 조사를 하고 계시잖아요."

"……."

쿠루미는 그 말을 듣고 말문이 막혔다.

쿠루미는 원래 대학에 자주 나가지 않는 편이며 집에서 하던 『부업』을 여기서 할 뿐이지만, 아야의 눈에는 그런 그녀가 근면 성실해 보인 것 같았다.

아니, 그녀는 총명하다. 전부 파악하고 있으면서, 쿠루미가 대답하기 어려운 말을 입에 담은 것일지도 모른다. 쿠루미는 어깨를 살짝 으쓱했다.

"……뭐, 좋아요. 그런데 아야 양."

"네, 선생님."

"저를 『선생님』이라고 부르지 말아 줬으면 좋겠군요. 저한테 어울리지 않는 호칭이랍니다.”

“그런가요. 알겠어요. 앞으로는 다르게 부를게요. —위대하신 명탐정 토키사키 경.”

“……그냥『선생님』이라고 불러 주세요.”

악화했다. 쿠루미는 한 번 더 한숨을 크게 내쉬었다.

바로 그때였다.

토키사키 탐정사의 문이 힘차게 열어젖혀지더니, 어마어마한 속도로 누군가가 굴러 들어왔다.

“—도와주세요ㅇㅇㅇㅇㅇㅇ!!”

“어—?”

갑작스러운 일이 벌어진 탓에 쿠루미가 아연실색하고 있을 때, 그 누군가는 책상 너머에 있는 쿠루미에게 육박했다.

그리고 쿠루미의 어깨를 덥석 움켜쥐더니, 열렬하게 볼을 비볐다.

쿠루미는 그제야 이 방문자의 정체를 눈치챘다.

“……진정하세요, 미쿠 양. 대체 무슨 일이죠?”

쿠루미가 상대방의 몸을 밀어내며 그렇게 말하자, 방문자— 이자요이 미쿠는 아쉬운 듯한 반응을 보이며 한 걸음 뒤편으로 물러났다.

귀여운 얼굴과 끝내주는 몸매를 자랑하는 장신의 미녀였다. 만약 새침한 표정으로 호숫가에 서 있다면 한 폭의 그림 같을 게 틀림없다. 하지만 등장 방식이 요 모양 요 꼴인

탓에 그런 인상은 옅어지고 말았지만 말이다.

"큰일 났어요, 쿠루미 양! 사건이에요, 사건!"

"사건……?"

미쿠의 말에 그렇게 답한 이는 쿠루미가 아니라 아야였다.

그 목소리에 이끌리듯 아야를 쳐다본 미쿠의 두 눈이 찬란히 빛났다.

"어머나! 참 귀여운 아가씨네요! 대체 누구신가요~?!"

"선생님의 조수예요. 아야라고 불러 주세요."

아야는 고개를 꾸벅 숙이며 인사한 후, 의아한 듯이 미간을 살짝 좁혔다.

"아, 저기, 실례지만 혹시 당신은…….."

"이자요이 미쿠라고 해요! 쿠루미 양과는 말로 다 형용할 수 없을 만큼 깊은 관계죠~!"

"오해를 살 수 있는 표현을 자제해 주셨으면 좋겠군요."

쿠루미가 도끼눈을 뜨더니, 한숨을 내쉬며 말을 이었다.

"제 고등학생 시절부터의 친구랍니다. 가수 활동을 하고 있으니, 어쩌면 아야 양도 본 적이 있을지도 모르겠군요."

"아…… 역시 그랬군요. 우와, 진짜 본인이야……."

아야가 중얼거리듯 그렇게 말하자, 미쿠의 눈이 더욱 반짝였다.

"어?! 혹시 저를 아세요?! 꺄앙, 감격했어요~! 사인과 악수와 허그와 볼 뽀뽀 중에 뭐가 좋아요~?! 전부 다?! 정말, 욕심쟁이군요!"

"처음 보는 사람 상대로도 적극적이군요."

쿠루미는 미쿠의 어깨를 움켜쥐더니, 「그것보다……」 하며 말을 이었다.

"사건이라니, 범상치 않군요. 자세한 이야기를 들려주시지 않겠어요?"

쿠루미의 말을 듣고 용건이 생각난 듯한 미쿠는 눈을 치켜뜨더니, 자세를 바르게 고쳤다.

"맞아요! 사건이에요~! 실은 친하게 지내는 아이돌 유닛의 애한테 이상한 예고장이 왔어요."

"예고장, 인가요. 어떤 내용이죠?"

"바로 이것인데요……."

미쿠는 가방에서 스마트폰을 꺼내더니, 화면에 사진을 띄웠다.

『11월 15일. 가희의 목소리를 받아 가겠다.』

그 짤막한 문장을 본 쿠루미는 미심쩍다는 듯이 미간을 모았다.

"확실히 괴도의 예고장 같기는 한데— 노리는 건 『목소리』, 인가요?"

"네……. 이날은 유닛 결성 3주년 애니버서리 라이브를 하는 날이에요. 그러니 거기에 맞춰서 사건이라도 벌어지는 게 아니냐며, 그 애는 두려움에 떨고 있죠. 물론 경찰에도 연락했는데, 범인이 뭘 하려는 건지 모르니 대응하기 어렵대요~. 바로 그때 생각이 난 거예요. 쿠루미 양이 지금 탐정사무소를 운영하고 있다는걸요."

미쿠는 주먹을 말아 쥐며 말했다.

"부탁이에요. 범인을 밝혀내서, 제 친구들을 지켜 주세요."

그러고 보니, 미쿠는 과거에 정신적 요인으로 목소리를 못 내는 병에 걸린 적이 있단 말을 들었다. 가수가 직업인 사람이 목소리를 잃는 게 얼마나 힘든 일인지, 누구보다도 잘 알 것이다.

"흐음……."

쿠루미는 사정이 있어서 탐정사무소를 차리기는 했지만, 평범한 탐정과는 다르다. 대응이 가능한 안건의 폭이 매우 좁은 것이다.

하지만 미쿠와는 모르는 사이가 아닌 데다—

무엇보다 이 예고장에 적힌 기묘한 문장이 마음에 걸렸다.

"선생님. 설마, 이건……."

"—네. 어쩌면 아티팩트가 얽힌 사건일지도 모르겠군요."

쿠루미는 작은 목소리로 아야에게 대답한 후, 고개를 들었다.

"좋아요. 이 건은 제가 맡도록 하겠어요."

◇

"……하지만, 이런 이야기는 못 들었는데 말이죠…….”

리허설을 마친 쿠루미는 어깨를 들썩이면서 이마에 맺힌 땀을 닦았다. 외우는 것조차도 어려운 격렬한 댄스는 요즘 들어 운동 부족이었던 쿠루미의 체력을 인정사정없이 갉아먹었다.

하지만 쿠루미도 좋아서 이런 짓을 하는 게 아니었다.

(―당일에 자유롭게 무대 뒤편에 출입하며 잠입 조사를 할 수 있도록, 손을 써 뒀어요~!)

(감사해요, 미쿠 양. ……그런데 그 귀여운 옷은 뭐죠?)

(……네? 무대 의상인데요?)

(……왜 그런 게 필요한 거죠? 무대 뒤편에 잠입할 거라면 스태프나 매니저로 위장하면 되지 않을까요?)

(네?)

(네?)

미쿠와의 안타까운 견해차가 발생한 결과, 쿠루미는 아이돌 유닛의 백댄서로서 현장에 잠입하게 된 것이다.

아니, 정확하게는 쿠루미만이 아니었다.

"하아……, 하아…….”

왼편을 쳐다보니, 지칠 대로 지친 안경 소녀가 눈에 들어왔다.

그렇다. 아야마저도 백댄서로서 현장에 잠입하게 된 것이다.

예의 아이돌 유닛에는 여러 계열 그룹이 있으며, 백댄서는 아이돌 후보생— 이른바 연습생이 맡는 경우가 많다고 한다. 그리고 최연소 연습생은 열두 살인 것이다. 그래서 어린 아야 또한 위화감 없이 주위에 녹아들 수 있었다.

……그렇다고 해서 바로 안무를 소화할 수 있는 건 아니다. 쿠루미는 작은 목소리로 말을 건넸다.

"……아야 양, 괜찮나요?"

"아…… 네. 이것도 탐정 조수의 임무니까요……."

"……"

절대로 아니라고 생각하지만, 왠지 지금의 그녀에게 그 점을 지적하는 것도 좀 그랬기에, 쿠루미는 입을 다물었다.

바로 그때였다—.

"—다들, 수고했어."

"평소처럼 괜찮은 느낌이었다니깐."

"응, 본공연 때도 잘 부탁해……."

쿠루미가 흐트러진 호흡을 가다듬고 있을 때, 앞쪽에서 그런 목소리가 들려왔다.

그곳에는 쿠루미보다 화려한 의상을 입을 세 소녀가 있었다.

그 모습이 눈부셔 보이는 것은 의상과 스포트라이트 때

문만은 아닐 것이다.

다른 이들보다 사람들의 주목을 받는 것에 익숙해 보였다. 시선을 끄는 몸놀림과 표정을 갖추고 있었다. 속된 표현을 쓰자면— 저 세 사람에게는『오라』가 있었다.

그럴 만도 했다. 저 세 사람이야말로 오늘의 주역. 인기 아이돌 유닛『PeaCH』의 멤버인 것이다.

왼쪽부터, 키가 크고 쇼트헤어에 드세어 보이는 표정이 인상적인 사와타리 카즈호.

덩치가 평범하고 미디엄 헤어에 상냥하고 온화한 외모를 지닌 이누즈카 나에.

덩치가 작고 롱 헤어에 얌전해 보이는 분위기의 키지하라 메구미.

각양각색의 매력을 지닌 아이돌들이 그렇게 말하자, 백댄서를 맡은 아이돌 후보생들은 긴장한 표정을 지었다.

참고로 미쿠에게 예고장 이야기를 한 사람은 나에라고 한다. 그리고 범인이 어디에 숨어 있을지 모르기에, 쿠루미와 아야에 관해서는 나에에게도 전하지 않았다고 한다.

"어……?"

바로 그때였다. 쿠루미의 얼굴을 본 카즈호의 눈썹이 희미하게 떨렸다.

"너, 처음 보는 얼굴이네. 신입이야?"

"아, 네. 그렇답니다."

쿠루미가 두루뭉술하게 대답하자, 카즈호는 약간 미심쩍은 눈길로 그녀를 뜯어보기 시작했다.

혹시 미심쩍은 구석이라도 있는 것일까. 쿠루미는 살짝 긴장하며 물었다.

"왜 그러시죠?"

"……저기, 실례지만 너는 고등학생이야? 다른 애보다 좀 어른스러워 보이네."

"대학생이에요."

쿠루미가 그렇게 말하자, 카즈호는 약간 표정을 굳히며 팔짱을 꼈다.

"대학생인데 연습생 스타트…… 그래……. 좀 힘든 길일지도 모르지만, 뭐…… 힘내."

"……."

동정심이 가득 묻어나는 듯한 그 말에, 볼에 경련이 일어난 쿠루미는 「……감사해요」라고 겨우겨우 답했다.

딱히 아이돌이 될 생각은 없지만, 왠지 마음속에 심각한 대미지를 입은 듯한 느낌이 들었다.

"정말, 그런 말을 하면 어떻게 해. 꿈을 좇는 건 나이와 상관없잖아."

"카즈호는 옛날부터 저런 구석이 있었어……."

나에와 메구미가 주의를 주듯 그렇게 말하자, 카즈호는 멋쩍은 듯이 「하아, 정말~. 잘못했다니까」라고 중얼거리면서 머리를 긁적였다.

그 후에 두세 마디를 더 나눈 후, 세 사람은 이 자리를 벗어났다.

쿠루미는 그녀들의 뒷모습을 쳐다본 후, 하아 하고 한숨을 토했다.

"선생님. 저 사람들이……."

"네. 이번에『목소리』를 노려지고 있는 아이돌 유닛의 분들이랍니다."

아야의 말에 답한 쿠루미는 다른 백댄서들과 함께 무대에서 내려갔다.

본공연이 시작될 때까지는 자유 시간이다. 무대 뒤편으로 이동한 쿠루미는 무대 의상 위에 운동복을 걸친 후, 주위를 살피면서 아야에게 말을 건넸다.

"―그러면 공연 때까지 가능한 한 조사를 하도록 할까요. ……스태프로 위장했다면 시간을 더 유효하게 활용할 수 있었을 텐데 말이죠."

"하지만 그 의상은 참 잘 어울리세요."

"……고마워요."

문뜩 비아냥이라고 생각했지만, 아야는 그런 의도가 없는 것 같았다. 쿠루미는 하아 하고 한숨을 내쉰 후에 말을 이었다.

"뭐, 좋아요. 그것보다, 아야 양도 협력해 줬으면 좋겠군요."

"물론이에요. 그런데, 뭘 하면 될까요?"

아야가 고개를 갸웃거리며 묻자, 쿠루미는 턱에 손을 대며 말했다.

"솔직히, 현재 저희가 할 수 있는 일은 얼마 안 된답니다. 이 사건에 아티팩트가 얽혀 있을지라도, 그 명칭과 형상을 모르니까요."

하지만, 하고 쿠루미는 말을 이었다.

"아티팩트는 인지를 초월한 힘을 지닌 도구죠. 하지만 그 어떤 소원이든 다 들어주는 물건은 아니랍니다. 『목소리를 빼앗는다』라는 효과를 발동시키기 위해서는 그것을 이루기 위한 어떤 조건을 충족시킬 필요가 있을 테죠. 그렇다면 『PeaCH』의 주변 인물 혹은 그들과 접촉할 기회가 있는 인물이 의심스럽군요. ―저는 무대 뒤편과 무대를 조사하겠어요. 아야 양은 그 세 사람의 대기실 쪽으로 가서 수상한 인물과 접촉하지 않는지 감시해 주세요."

"네, 알겠어요."

쿠루미의 말을 들은 아야가 고개를 끄덕였다. 쿠루미 또한 마주 고개를 끄덕인 후, 급하게 뛰어다니는 스태프들 사이를 가르듯 이동하며 조사를 시작했다.

무대 뒤편에는 오늘 라이브를 위해 복잡한 발판이 설치되어 있으며, 그 위에는 다양한 기자재가 놓여 있었다. 쿠루미는 머릿속으로 상상해 봤다.

―일부러 라이브 당일을 지정하며 예고장을 보냈다는 것에는 분명 의미가 있을 것이다. 만약 자신이 범인이라면, 어느 타이밍에 어떤 식으로 아티팩트를 쓸까……?

"……"

하지만, 그것은 뜬구름 잡는 듯한 이야기였다. 형태와 효과를 모르는 아이템을 찾아내는 건, 사막에서 반지를 찾는 것이나 다름없다.

수상한 인물을 찾는 것도 마찬가지다. 지금 이 자리에는 수많은 스태프가 있다. 만약 그들이 범인이라면, 괜히 수상한 복장을 하고 있을 리가―.

"……어?"

바로 그때, 쿠루미는 얼이 나간 듯한 목소리를 내고 말았다.

이유는 단순했다. 눈앞에 매우 수상한 인물이 있어서다.

나이는 20대 후반일까. 머리카락을 하나로 모아 묶은, 키가 큰 여성이다.

얼굴은 반반한 편이지만, 복장이 문제였다. 세련된 색상의 기모노 차림이며, 발에는 부츠, 손에는 검은색 가죽 장갑을 꼈다. 결정타라고 할 수 있는 건 동그란 선글라스로 두 눈을 숨기고 있다는 점이다. 『수상쩍음』이란 단어를 의인화하면 이런 모습이 아닐까 하는 생각이 드는 용모였다.

쿠루미 또한 겉모습만으로 사람의 선악을 판단할 생각은 없다. 하지만 지금 이 상황에서 저 인물은 지나칠 정도로 이채로웠다. 수상한 물품 혹은 인물을 찾고 있는 쿠루미로서는 상대방의 정체를 확인하지 않을 수 없기에, 말을 걸어 보기로 결심했다.

"저기, 실례지만—."

"—호오."

그러자 예의 그 인물은 쿠루미를 보더니, 입가를 말아 올렸다.

"이야, 만나서 반가워. 토키사키 쿠루미 양— 맞지?"

"……제 이름을 어떻게 아는 거죠?"

상대방이 갑자기 자신의 이름을 언급하자, 쿠루미는 경계심을 드러냈다.

하지만 선글라스를 쓴 여성은 가벼운 태도로 손을 내저을 뿐이었다.

"에이, 네가 가르쳐 주잖아. —얼마 후의 일이지만 말이지."

"……무슨 말씀이시죠? 당신은 대체 누구인가요?"

쿠루미가 날카로운 눈빛을 머금으며 묻자, 그 여성은 연극을 하는 것처럼 과장스럽게 예를 표했다.

"아, 실례했어. 내 나쁜 버릇이야. 이미 아는 사이라고 생각했네. —나는 에이고지 레몬. 너와 동업자야. 앞으로 잘 부탁해."

“동업자……?”

“응. 나도 탐정이거든. 뭐, 고용주는 너와 다르게 『PeaCH』지만 말이야. —너도 예의 예고장 건을 조사하고 있는 거지?”

“…….”

쿠루미는 그 말을 듣고 입을 다물었다. 상대방의 생각을 꿰뚫어 보려는 듯이 미심쩍은 눈길로 얼굴을 노려보자, 레몬은 마치 간지럼을 타듯 몸을 배배 꼬았다.

“훗, 너 같은 미인이 이렇게 쳐다봐 주니 멋쩍은걸.”

그리고 익살스러운 목소리로 그렇게 말했다.

쿠루미는 독기가 빠져나가는 느낌을 받으면서도, 질문을 이어갔다.

“……당신의 말이 사실이라고 치죠. 하지만 어떻게 저를 아시는 건가요?”

“후훗, 아까 말했잖아? 얼마 후에 네가 가르쳐 준다고 말이지. —그도 그럴 것이, 나는 『미래 탐정』이거든.”

“……미래 탐정?”

“그래.”

쿠루미가 묻자, 레몬은 선글라스를 살짝 들어 올려서 자신의 눈을 드러냈다.

몽환적인 빛을 띤 두 눈동자가, 쿠루미의 눈을 주시했다.

“미래를 보는 눈을 지닌 이능 탐정이란 거야. —뭐, 내가 볼 수 있는 비전은 한정적이거든. 파장이 맞으면 이제부터 일어날 사건, 그 범인, 그 범행 방법과 증거까지 전부 내다볼 수 있어. 나한테는 추리조차도 필요 없는 거야. 왜냐하면 답을 전부 알고 있거든. 말하자면 모든 죄인의 천적이라고나 할까?"

"―――."

그 두 눈동자에 꿰뚫린 것처럼, 쿠루미는 숨을 삼켰다.

평범하게 생각해 보면 그런 게 가능할 리가 없다. 하지만 쿠루미에게는 그것을 딱 잘라 부정할 수 없는 이유가 있었다.

―바로 쿠루미 또한 과거에, 지극히 한정적이기는 해도 미래를 볼 수 있는 힘을 지녔던 적이 있는 것이다.

그렇다고 해서 지금 눈앞에 있는 여자가 같은 힘을 지녔다고는 생각하지 않지만―.

"―그런 캐치프레이즈로 영업하고 있어."

쿠루미가 당혹감에 사로잡혀 생각에 빠져 있을 때, 레몬이 웃음을 흘리면서 선글라스를 다시 썼다.

"……네?"

"경쟁이 심한 업계인 만큼, 알기 쉬운 특색이 필요하거든. 의외로 반응이 좋긴 해. 사전 조사를 극한까지 철저하게 하면, 마법처럼 보이기도 하거든."

"……그렇군요."

피로가 한꺼번에 밀려오는 느낌에 사로잡힌 쿠루미는 한숨을 내쉬며 그렇게 말했다.

바로 그때, 뒤편에서 스태프의 목소리가 들려왔다.

"—곧 라이브가 시작됩니다! 무대에 서시는 분들은 준비해 주십시오!"

아무래도 라이브 시간이 다 된 것 같았다. 생각보다 시간이 많이 흐른 것 같았다.

사전 조사는 거의 못 했지만…… 어쩔 수 없다. 백댄서를 맡아 놓고 펑크를 낼 수도 없다. 쿠루미는 운동복을 의자에 걸쳐 둔 후, 무대로 향하려 했다.

"아, 토키사키 양."

그런 쿠루미를 향해, 레몬이 말을 건넸다.

"할 말이 더 있나요?"

"그래. 일단 전해 둘까 싶거든."

레몬은 가벼운 어조로 말을 이었다.

"—조심하도록 해. 잠시 후에 무대 위에서, 한 사람이 목소리를 잃을 거야."

"……뭐, 뭐라고요……?"

레몬이 그렇게 말하자, 쿠루미는 무심코 표정을 굳혔다.

하지만 그게 무슨 소리인지 물어보려던 순간, 레몬은 손을 흔들며 이 자리를 벗어났다.

"……."

쿠루미는 불길한 예감에 사로잡힌 채, 무대를 향해 걸어
갔다.

◇

『PeaCH』 3rd 애니버서리 라이브— 스타트!』
힘찬 선언과 함께, 무대가 환하게 빛나면서 『PeaCH』의
세 멤버가 등장했다.
이미 기대와 흥분으로 가득 차 있던 관객석은 열광의 도
가니가 됐다.
"엄청난 열기네요……."
"네. 시대를 주름잡고 있는 인기 아이돌이란 건 틀림없
는 것 같군요."
무대 뒤편에서 대기하고 잇던 쿠루미는 옆에 있는 아야
의 말에 답하듯 그렇게 말했다. —참고로 그녀는 쿠루미가
무대 뒤편을 조사하는 동안 아이돌 세 사람을 감시했는데,
딱히 수상한 인물과 접촉하지는 않았다고 한다.
"—역시 라이브 중에 일을 벌이려는 걸까요. 무대 위에
서도 경계를 늦추지 말도록 하죠."
"네……!"
쿠루미와 아야는 서로를 쳐다보며 고개를 살짝 끄덕인
후, 다른 백댄서들과 함께 『PeaCH』를 뒤쫓듯 무대 위로

뛰어 올라갔다.

공연장 곳곳에 설치된 거대한 스피커에서, 무대를 뒤흔드는 듯한 음악이 터져 나왔다.

마치 모든 것을 쏟아내는 듯한, 격렬하고 빠른 템포의 곡조. 쿠루미와 아야는 거기에 맞춰, 최근 며칠 동안 익힌 스텝을 밟기 시작했다.

『──────!』

무대 앞쪽의 『PeaCH』가 마이크를 손에 쥐고 힘차게 노래를 시작했다.

각양각색의 아름다운 목소리. 격렬한 댄스를 추면서도 음정을 놓치지 않는 가창력. 하늘이 내려 준 재능을 지닌 자들이 쉴 새 없는 노력 끝에 이뤄 낸 듯한, 그런 멋진 노랫소리였다.

“───.”

레몬에게 불온한 말을 들었던 쿠루미는 경계심을 늦추지 않을 생각이었지만, 한순간 마음이 끓어오르는 느낌을 받았다.

미쿠의 무대를 관객석에서 본 적은 있지만─『이곳』은, 무대 위는 그야말로 다른 세계였다.

수천, 수만 명의 관객들이 자아내는 감정의 소용돌이. 그 뜨거운 격류가 전부 무대 위로 쏟아지고 있었다.

그 쾌감과 흥분, 그리고 공포는 필설로 형용할 수가 없었다. 달콤하면서도 격렬하게 뇌를 뒤흔드는 마성의 꿀. 백댄서인 쿠루미조차도 이런 것이다. 무대 중앙에서 이목을 모으고 있는 세 사람이 받는 충격이 어느 정도일지 쿠루미는 상상조차 되지 않았다.

"……?"

곡이 중반에 이르렀을 때, 쿠루미는 미간을 살짝 좁혔다. 이유는 단순했다.

『……, ……?!』

스피커에서 들려오던 노랫소리가 갑자기 끊기더니, 무대 왼편에 있던 메구미가 목을 움켜쥐면서 경악에 찬 표정을 지은 것이다.

명백하게, 범상치 않은 사태다. 무대 오른편에 있던 카즈호가 미심쩍은 표정을 지었으며, 가운데에 서 있는 나에가 메구미에게 달려갔다. 범상치 않은 분위기였기에, 관객석이 술렁거리기 시작했다.

"아! 선생님!"

"……네."

쿠루미는 아야의 말에 답하듯 미간을 찌푸렸다.

쿠루미의 위치에서는 상황을 추측할 수밖에 없지만, 아무래도 메구미가 목소리를 못 내게 된 것 같았다.

─아마도 아티팩트를 쓴 것이리라. 하지만, 대체 어떻게? 쿠루미는 주위를 살폈다. 방금 메구미가 목소리를 빼

앗긴 것이라면, 근처에 아티팩트가 있을 것이다. 이런 사태가 일어났으니, 곡은 중단될 것이다. 빨리 그것을 찾아내야만—.

하지만, 쿠루미의 예상과 다르게 곡은 중단되지 않았다.

『……!』

목소리가 나오지 않는 메구미가 시선을 날카롭게 만들더니, 자신에게 달려온 나에에게 자신의 마이크를 내민 것이다.

마치 자기 대신 노래해 달라는 듯이…….

비열한 범인 탓에 자신들의 라이브가 망쳐져서는 안 된다는 듯이…….

『──.』

나에는 한순간 놀란 듯한 표정을 짓더니, 곧 메구미의 의도를 눈치챈 것처럼 마이크를 넘겨받은 후에 그녀의 파트를 이어서 부르기 시작했다.

메구미 또한 미소를 머금더니, 경쾌한 댄스를 다시 추기 시작했다. 그러자 술렁이던 관객들도 다시 와아~ 하고 환성을 지르기 시작했다.

"……그래요. 프로군요."

"저기, 선생님? 어떻게 하죠?"

"『PeaCH』 여러분이 노래를 계속한다면, 저희가 멋대로 중단할 수는 없답니다. 지금은 저희가 해야 할 일을 하도록 하죠."

쿠루미는 아야의 질문에 그렇게 답하더니, 셋 중 한 명의 목소리가 사라진 노래에 맞춰 춤을 계속 췄다.

그리고 이윽고 첫 곡이 끝났다. 무대 중앙에 모인 세 사람이 포즈를 취한 후, 무대 위가 어두워졌다. 한층 더 큰 박수와 환성이 들려오더니, 관객석에서 붉은색과 푸른색과 녹색의 형광봉이 반짝였다.

하지만 원래라면 인사를 해야 할 세 사람은 자연스럽게 무대 뒤편으로 모습을 감췄다.

그것도 무리는 아니었다. 라이브 도중에 멤버 한 명이 목소리를 빼앗겼으니 말이다. 기지를 발휘해서 어찌어찌 첫 곡을 마치기는 했지만, 이대로 라이브를 이어가는 건 무리이리라. 쿠루미도 상황을 파악하기 위해, 세 사람의 뒤를 따르듯 무대에서 내려갔다.

—하지만 사태는 쿠루미가 생각한 것보다 더 나빠 보였다.

"카즈호, 나에, 메구미! 어떻게 된 거니?! 대체 무슨 일이 벌어진 거야?!"

무대 뒤편으로 돌아온 세 사람에게, 매니저로 보이는 여성이 허둥지둥 그렇게 외쳤다.

"몰라! 우리야말로 뭐가 어떻게 된 건지 알고 싶거든?!"

"……, ……!"

"……, ──."

그 말에 답한 이는 세 사람 중, 카즈호 한 명뿐이었다.

◇

『PeaCH』의 대기실 안은 혼란의 도가니 그 자체였다.

하지만 그것도 무리는 아니었다. 라이브 도중에 메구미가 목소리를 못 내게 되더니, 첫 곡을 마친 후에는 나에마저 말을 못 하게 된 것이다.

"아앗, 정말, 어쩌면 좋지……!"

매니저가 머리를 쥐어뜯으면서 그렇게 외쳤다. 벽에 등을 맡긴 카즈호는 미간을 찌푸리며 짜증 섞인 목소리로 말했다.

"진정해. 네가 당황한다고 해결될 일도 아니잖아. ……그것보다, 라이브는 어쩔 거야? 이대로 팬들을 계속 기다리게 할 수는 없잖아?"

"어떻게 계속하겠어……. 세 명 중에 두 명이 노래를 못 하게 됐는걸……!"

"그렇다고 이대로 끝낼 순 없잖아. 차라리 나 혼자라도—."

"바보 같은 소리 마. 이렇게 되면…… 중지할 수밖에 없어."

매니저가 그렇게 말하자, 카즈호와 나에, 메구미는 눈을 치켜떴다.

"헛소리하지 마! 이 라이브를 위해 얼마나 노력했는데……!"

"……!"

"……, ……!"

카즈호가 고함을 지르자, 다른 두 사람 또한 받아들일 수 없다는 듯한 격한 반응을 보였다.

하지만 매니저는 말을 못 하는 두 사람을 보더니, 우울한 듯이 한숨을 내쉬었다.

"……대체 목소리가 안 나오는 상태에서 대체 어떻게 라이브를 이어 갈 건데?"

"그건…… 뭔가 방법이……!"

카즈호의 말을 잇듯, 나에와 메구미가 스마트폰으로 문장을 써서 매니저에게 보여 줬다.

『이런 일로 포기하고 싶지 않아.』

『반드시 노래할 수 있게 될 테니까, 잠시만 시간을 벌어 줘.』

하지만 매니저는 고개를 크게 저었다.

"무리야……. 나을지 안 나을지도 모르는걸. 게다가 어떻게 시간을 벌 건데? ……역시 중지할 수밖에 없어. 안내 방송을 요청할게."

매니저가 절망적인 표정으로 그렇게 말하면서 대기실에서 나가려 했다. 『PeaCH』의 세 사람이 그런 매니저를 잡으면서, 대기실에서는 잠시 소란이 일어났다.

바로 그때였다.

"─중지할 필요 없어요!"

대기실의 문이 힘차게 열어젖혀지더니, 한 소녀가 모습

을 보였다.

"앗?! 다, 당신은……."

"……!"

매니저가 경악에 찬 목소리로 그렇게 외친 순간, 나에가 눈을 치켜떴다.

"설마— 이자요이 미쿠 양……?!"

그렇다. 방에 들어온 이는 현재 세계를 무대로 대활약 중인 가희, 이자요이 미쿠였다.

"네. 오늘 초대해 주셔서 감사해요. —관객석에서 보고 있었는데 정말 멋진 공연이었어요. 이런 공연을 이대로 끝 낸다는 건 말도 안 돼요."

미쿠는 당당히 걸음을 내딛더니, 벽 쪽에 서 있던 쿠루 미의 앞에 멈춰 섰다.

"—30분이에요. 제가 30분을 벌어 보겠어요. 그 사이에 이 사건을 해결해 주세요. —할 수 있죠? 쿠루미 양."

그렇게 말한 미쿠는 쿠루미에게 시선을 보냈다. 그러자 쿠루미는 어깨를 슬쩍 으쓱했다.

"저를 너무 과대평가하시는군요. 겨우 30분 만에 범인을 찾아내고, 저 두 사람을 원래대로 되돌려 놓으란 건가요?"

쿠루미가 그렇게 말하자, 미쿠는 입가를 말아 올리며 방 긋 웃었다.

"시간을 너무 많이 드렸나요?"

“……어머나, 어머나.”

쿠루미는 눈을 가늘게 뜨더니, 하아 하고 한숨을 내쉬었다.

“잠시 안 본 사이에 사람을 부추기는 실력이 늘었군요. ─미쿠 양이야말로, 30분이나 손님들을 붙잡아 줄 수 있겠어요?”

“물론이죠. 저를 얕보지 말아 줄래요? 겸사겸사『시크릿 게스트』,『이자요이 미쿠』로 SNS의 트렌드를 도배해 버리겠어요.”

미쿠가 자신만만한 미소를 머금자, 매니저는 미심쩍은 투로 말했다.

“저기, 저분은 대체……? 백댄서가 아닌 건가요?”

그 지당한 의문에, 미쿠는 당당히 고개를 끄덕이며 답했다.

“이분은 나에 양에게 상의를 받은 제가 예고장 조사를 의뢰한 탐정─ 토키사키 쿠루미 양이에요~!”

“타, 탐정……?”

매니저는 깜짝 놀란 것처럼 눈을 동그랗게 떴다. 『PeaCH』의 멤버들 또한 비슷한 표정을 지었다.

“네. 실은 그렇다고 할 수 있죠.”

“그리고 저의 사랑스러운 연인 중 한 명이기도 해요.”

“그건 결단코 아니랍니다.”

쿠루미가 도끼눈을 뜨며 그렇게 대답하자, 미쿠는「정말~, 농담 좀 받아 주면 덧나냐고요~」라고 말하면서 입술을 삐죽 내민 후, 짝 소리가 나게 손뼉을 쳤다.

"아무튼 쿠루미 양에게 맡기면 전부 잘 해결될 테니까, 여러분도 협력해 주세요! 그러면 저는 무대로 향하겠어요. 너무 늦게 오면 팬 여러분을 전부 제 포로로 만들어 버릴 거예요~."

미쿠는 반론할 여지를 주지 않으며 그렇게 말한 후, 대기실 앞에서 기다리고 있던 스태프에게 지시를 척척 내리면서 무대로 향했다.

"—방금 들은 대로예요. 제가 무대에 서겠어요. 첫 곡은 아카펠라로 부를 테니, 그 사이에 음원을 준비해 주세요. —네? 사무소에 연락해야 한다고요? 정말, 그런 소리를 할 때인가요? 모든 책임을 제가 지겠어요. 서두르세요!"

평소의 얼간이 같은 모습은 눈곱만큼도 찾아볼 수가 없었다. 그녀 또한 프로페셔널인 걸까.

쿠루미는 그녀를 약간 다시 보며 숨을 내쉬었다.

"으, 으음……."

대기실에 남겨진 매니저는 잠시 얼이 나간 표정을 짓고 있었지만, 이윽고 상황을 파악한 것인지 약간 미심쩍은 시선으로 쿠루미를 쳐다봤다.

"……탐정? 이 맞긴 한 거지? 당신, 정말 이 사건을 해결할 수 있겠어?"

"……."

쿠루미는 그 질문을 받고 잠시 입을 다물었다.

솔직히 제가 탐정이올시다~ 하고 선언하며 주목을 받는 것을 그다지 좋아하지 않는다. 애초에 탐정 활동 자체가 아티팩트 회수의 부산물 같은 것이다.

하지만 모처럼 미쿠가 만들어 준 기회를 헛되이 하는 것 또한 주저됐다. 그래서 쿠루미는 자신만만하게 고개를 끄덕였다.

"네. 저에게 맡겨 주—."

바로 그때였다.

"—잠깐만. 나도 좀 끼워 줬으면 하는데 말이지."

쿠루미가 말을 이으려던 순간, 뒤편에서 그런 목소리가 들려왔다.

"……! 레몬 씨?"

뒤를 돌아본 쿠루미는 미심쩍은 표정을 지었다. 기모노 차림의 자칭 미래 탐정 에이고지 레몬이 어느새 이 자리에 와 있었다.

"이야, 정말 큰일 났군요. 가수에게서 목소리를 빼앗다니, 정말 괘씸한 범인입니다."

"다, 당신은……?"

그 수상한 분위기를 접한 카즈호는 당혹스러운 투로 그렇게 말했다. 그러자 레몬은 공손히 예를 표했다.

"—아, 자기소개가 늦었군요. 저는 에이고지 레몬이라고 하는 탐정입니다. 토키사키 양과 마찬가지로 예고장에 관한 조사를 의뢰받았죠. ―물론 사건 해결이 최우선입니다만, 선금을 받아 놓고 그냥 보고만 있는 것도 좀 찝찝해서 말이에요. 저한테도 기회를 주시지 않겠습니까?”

“아, 네…….”

매니저는 마치 압도당한 것처럼 진땀을 흘렸다. 그러자 레몬은 씨익 웃으면서 말을 이었다.

“그리고 저는 범인이 두 사람에게서 목소리를 빼앗은 방법은 이미 찾아냈습니다.”

“저, 정말인가요……?!”

레몬이 그렇게 선언하자, 매니저의 목소리가 떨렸다. 『PeaCH』의 멤버들 또한 깜짝 놀란 표정을 지었다.

그 모습을 본 레몬은 미소를 머금으며 쿠루미에게 시선을 보냈다.

“자, 토키사키 양. 너도 여기까지 도달했어?”

“―뭐, 네. 얼추 짐작은 된답니다.”

쿠루미가 그렇게 말하자, 레몬은 과장스럽게 박수를 쳤다.

“호오, 대단한걸. ―아직 이번에 쓰인 아티팩트의 이름조차 모를 텐데, 관찰력만으로 거기까지 알아내다니 말이지.”

“―뭐라고요?”

레몬이 그렇게 말하자…….

쿠루미는 표정을 굳혔다. 아야 또한 경악한 것처럼 눈을 치켜떴다.

"당신, 어째서 아티팩트를 아는 거죠……?"

"글쎄. 딱히 그게 너희의 전매특허인 건 아닐 텐데?"

"……."

쿠루미는 그 말을 듣고 입을 다물었다. ―확실히 레몬이 말한 것처럼, 아티팩트의 존재를 쿠루미와 아야만이 알고 있는 건 아니다. 과거에 마술사가 만들어 낸 것을 아야의 선조가 수집했을 뿐이다. 그 존재를 아는 사람이 더 있더라도 딱히 이상할 건 없다.

하지만 아티팩트의 존재를 아는 탐정이 우연히 쿠루미와 같은 사건의 조사를 의뢰받아서 우연히 이곳에서 마주쳤다, 같은 일이 벌어질 수 있을까.

쿠루미가 생각에 잠겨 있을 때, 레몬은 손뼉을 쳤다.

"그럼 들려주겠어? 범인은 아티팩트를 어디에 설치했지? 만약 정답을 맞힌다면 이번에 쓰인 아티팩트의 이름을 가르쳐 주겠어."

쿠루미는 경계심을 드러내며 입을 열었다.

"……메구미 양의 마이크죠?"

그렇다. 무대 위에서 목소리를 잃어버린 두 사람이 손댄 것, 그리고 『목소리』라는 키워드를 생각해 본다면 가장 가능성이 큰 것이 마이크다.

그러자 레몬은 손뼉을 쳤다.

"정답이야. 관찰력이 뛰어난걸."

레몬은 만족한 투로 그렇게 말하더니, 테이블 위에 놓여 있는 마이크를 손가락으로 가리켰다. —무대 위에서 메구미가 썼고, 도중에 나에에게 건네준 것이다. 메구미의 담당 컬러인 파란색 돌과 리본이 달려 있었다.

"그래, 이거야. 카야마 매니저. 이 마이크를 들어 주겠어요?"

"네? 뭐…… 그건 괜찮지만, 저보단 당신이 더 가까운 곳에 있는데……."

"면목 없습니다. 보다시피 이 가느다란 팔로는 젓가락보다 무거운 건 들어 본 적이 없어서 말이죠."

"아, 네."

매니저(이름이 카야마인 것 같다)는 의아한 표정을 지으면서, 레몬의 말에 따라 마이크를 손에 쥐었다.

그러자 레몬은 다른 사람들의 이목을 모으려는 듯이 이야기를 이어갔다.

"자, 그러면 이야기해 볼까요. 대체 범인은 어떻게 가련한 가희의 목소리를 빼앗았는가를 말이죠. —단, 두 가지만 약속해 주십시오. 하나는 이제부터 제아무리 믿기지 않는 일이 벌어지더라도 당황하지 말 것. 그리고 또 하나는 이 일을 남에게 발설하지 말 것. 알겠습니까?"

"""……"""

레몬이 그렇게 말하자, 다들 의아한 표정을 지으면서도 고개를 끄덕였다.

레몬 또한 크게 고개를 끄덕이더니, 재촉하듯 손을 펼쳤다.

"그러면 카야마 매니저. 그 마이크로 노래 한 곡 해 주지 않겠습니까? 그래요. 아까 저 세 분이 무대에서 부른 노래가 좋겠군요. 아, 전원은 켜지 않아도 됩니다."

"어……? 제, 제가 말인가요?"

"네. 그러면 모든 진실이 밝혀질 겁니다."

"하아……. 그, 그러면 실례하겠어요……."

레몬이 그렇게 말하자, 매니저는 약간 부끄러워하면서 노래하기 시작했다.

매니저답게 담당 아이돌이 부르는 노래의 가사는 외우고 있는 것 같았다. 음정은 좀 이상하지만, 별다른 미스 없이 노래를 이어갔다.

그리고 그로부터 1분가량 흘렀을 때였다. 곡의 중반에 이르렀을 무렵…….

"……?! ……!"

갑자기 노래가 끊기더니, 매니저는 목을 감싸며 인상을 찡그렸다.

"어……?! 뭐, 뭐야……? 카야마 씨, 왜 그래?!"

카즈호가 화들짝 놀라며 말을 건넸지만, 매니저는 대답하지 않았다. 아니, 카즈호를 향해 고개를 들면서 뭔가를 호소하듯 입술을 움직이고 있었다. 하지만, 매니저의 목에서는 목소리가 나오지 않았다.

—쿠루미는 예상대로라는 것처럼 말없이 눈을 가늘게 떴다.

"이, 이건……."

카즈호는 경악에 찬 표정을 지었다. 그 광경을 본 레몬은 크게 고개를 끄덕였다.

"—네. 이게 바로 범인의 수법입니다. 아티팩트『인어의 눈물』. 일정 시간 근거리에서 목소리를 낸 대상자의 목소리를 봉인하는 마성의 비석(秘石)이죠. 믿기지 않을지도 모릅니다만, 『그런 것』이 존재한다는 전제하에 이야기를 들어 줬으면 합니다."

"……『인어의 눈물』……."

쿠루미는 그 이름과 효과, 발동 조건을 입안에서 읊조리듯 중얼거렸다.

비석이라고 했으니— 마이크에 달린 파란색 돌이 아티팩트일 것이다. 그렇다면 역시 범인은 마이크에 저런 것을 달 수 있는 관계자일 것이다.

쿠루미가 생각에 잠겨 있는 사이, 레몬은 말을 이어갔다.

"자, 그러면 범인은 누구일까요. 마이크에 수작을 부릴 수 있는 인물인 것은 틀림없습니다. 그리고 이번 사건으로 가장 이득을 보는 인간은 누구일까요—?"

레몬은 그렇게 말하더니, 멍하니 서 있는 카즈호를 쳐다봤다.

"그러고 보니 사와타리 카즈호 양. 『PeaCH』안에서 당신만이 유일하게 목소리를 잃지 않았군요?"

"무, 무슨 말이 하고 싶은 건데?"

"글쎄요. ―듣자 하니 당신은 전부터 솔로 활동에도 큰 관심을 보였다던데 말이죠."

레몬은 빙긋 웃으면서 말을 이었다.

"이대로 저 두 사람이 목소리를 내지 못하게 된다면, 필연적으로 당신 혼자서 활동하게 되겠죠. 게다가 이만한 사건이 벌어지지 않았습니까. 아이돌이 목소리를 빼앗겼으니, 매스컴도 가만있지 않을 겁니다. 홀로 남겨졌는데도 꿋꿋하게 활동을 이어가는 당신은 비극의 히로인일 테죠. 솔로 데뷔를 위한 선전으로는 더할 나위 없지 않으려나요."

"뭐……?! 내, 내가 범인이라는 거야?!"

레몬이 그렇게 말하자, 카즈호는 발끈하며 언성을 높였다.

"그런 이유로 사람을 의심하지 말란 말이야! 그리고 메구미라면 몰라도, 나에가 그 마이크를 쓴 건 우연이잖아!"

"네, 그렇죠. 하지만 사전에 불온한 예고장을 받은 당신들은 라이브 도중에 무슨 일이 벌어질 가능성을 고려했을 텐데요? 그리고 무슨 일이 벌어지든 라이브를 중단하지 않기로 결의를 다졌죠. 만약 누구 한 사람이 노래를 부르

지 못하게 된다면, 다른 사람이 대신 부르며 공연을 이어
가자, 라는 식으로 말이에요—.”

“그, 그건…….”

“뭐, 어쩌면 아까 그 일은 진짜로 우연이었을지도 모르
죠. 실은 오늘 목소리를 잃는 사람은 메구미 양 한 명뿐일
예정이었을지도 몰라요. 방법만 안다면 언제든 나에 양의
목소리를 빼앗는 게 가능할 테니 말입니다.”

“너, 너, 뚫린 입이라고……!”

의심을 받은 카즈호가 레몬을 향해 고함을 질렀다. 하지
만 레몬은 태연히 어깨를 으쓱할 뿐이었다.

“…….”

쿠루미는 굳은 표정으로 그 광경을 관찰하면서 턱을 매
만졌다.

레몬의 말대로, 카즈호는 무대에 선 세 사람 중에서 유
일하게 목소리를 잃지 않았다. 하지만 그렇다고 해서 그녀
를 범인으로 단정 지어도 될까.

그런 예고장을 받은 상황에서 멤버 한 명만 멀쩡하다면,
필연적으로 괜한 억측을 받게 될 것이다. 만약 쿠루미가
『인어의 눈물』이라는 것을 가지고 있었다면, 오히려—.

“설마…….”

쿠루미가 그렇게 중얼거리자, 아야가 그 목소리를 들은
것처럼 고개를 들었다.

"선생님, 뭔가 알아내셨나요?"

"아직 확증은 없답니다……. 하지만—."

쿠루미는 잠시 생각에 잠긴 후, 아야를 쳐다봤다.

"아야 양. 부탁을 두 가지 정도 드려도 될까요?"

그러자 아야는 기쁘다는 듯이 가슴을 폈다.

"물론이에요. 저는 선생님의 조수니까요."

힘차게 고개를 끄덕인 아야는 쿠루미에게서 지시를 들은 후에 살금살금 방에서 나갔다.

"자—."

쿠루미는 아야의 뒷모습을 쳐다본 후, 여전히 말다툼을 벌이고 있는 레몬과 카즈호를 쳐다봤다.

"두 분, 좀 진정하세요. 레몬 씨, 카즈호 양을 범인으로 단정 짓는 건 너무 경솔하지 않을까요?"

"호오."

쿠루미가 그렇게 말하자, 그 말을 기다리고 있었다는 듯이 레몬의 눈썹이 떨렸다.

"그러면 토키사키 양은 범인이 따로 있다는 거야?"

"네. 그럴 가능성이 크지 않을까 싶군요."

쿠루미가 그렇게 말하자, 레몬은 흥미롭다는 듯이 턱을 쓰다듬었다.

"재미있는걸. 그러면 네 생각을 들어 볼까. 대체 누가 메구미 양의 마이크에 『인어의 눈물』을 달아서 두 사람의 목소리를 빼앗았다는 거지?”

레몬은 재미있다는 듯이 물었다.

하지만 쿠루미는 그 질문에 바로 답하지 않더니, 천천히 팔짱을 끼면서 숨을 살짝 내쉬었다.

“—레몬 씨. 아까 뵈었을 때, 당신은 말했죠? 미래를 내다볼 수 있다는 캐치프레이즈로 탐정 영업을 하고 있다고요.”

“맞아. 그렇게 말했어. 그래서?”

“실은 저도 특수한 능력을 가지고 있답니다. —이 세상을 떠난 존재의 목소리를 들을 수 있죠.”

“……호오?”

레몬은 눈을 가늘게 떴다. 쿠루미는 자신만만한 미소를 머금으며 말을 이었다.

“『그들』은 저희가 모르는 많은 것들을 알고 있답니다. 기왕 이렇게 됐으니 물어보도록 할까요. 이 사건의 범인이 누구인지를—.”

쿠루미가 그렇게 말한 바로 그 순간…….

갑자기 대기실의 조명이 꺼지더니, 주위가 어둠에 뒤덮였다.

“……! ……?!”

대기실의 의자에 앉아 있던 이누즈카 나에는 이 갑작스

러운 사태 탓에 당황하고 말았다.

하지만 그럴 만도 했다. 탐정을 자처하는 백댄서― 토키사키 쿠루미가 갑자기 무시무시한 말을 한 순간, 주위가 칠흑 같은 어둠에 휩싸인 것이다.

"뭐, 뭐야……?! 정전?! 폴터가이스트?!"

어둠 속에서 카즈호의 당황한 것 같은 목소리가 들려왔다.

그리고 그로부터 몇 초 후. 다시 대기실의 불이 켜지더니, 주위의 광경이 보이게 됐다.

"……?"

하지만 위화감을 느낀 나에는 미간을 좁혔다.

방이 밝아진 것은 좋다. 하지만 전기가 꺼지기 전에 본 광경과 어딘가 다른 듯한 느낌이 들었다.

바로― 그때였다.

"―왓!"

나에의 목에 차가운 무언가가 닿나 싶더니, 그녀의 귓가에서 큰 목소리가 들려왔다.

"……?!"

나에는 그 갑작스러운 일 탓에 온몸을 부르르 떨었다.

목에서 격렬한 숨이 터져 나왔다. 만약 목소리를 잃지 않았다면 엄청난 비명을 질렀을 게 틀림없다.

"―꺄앗!"

그렇다. 바로 이런 식으로―.

"……?"

오른쪽에서 비명이 들려오자, 나에는 눈썹을 찌푸렸다.

마음을 진정시키며 주위를 둘러본 나에는 그제야 상황을 파악했다.

어느새 쿠루미가 나에와 메구미의 뒤편으로 이동하더니, 두 사람의 목에 손을 댄 것을…….

―그리고, 그 바람에 깜짝 놀란 메구미가, 새된 비명을 질렀다는 것을 말이다.

"―추리의 시간이 아로새겨졌답니다."

쿠루미는 나에와 메구미의 목에서 손을 떼더니, 몸을 일으켰다.

"너, 너…… 어느새 거기에……."

쿠루미가 몇 초 사이에 두 사람의 뒤편까지 이동한 것에 놀란 건지, 카즈호가 진땀을 흘리며 그렇게 말했다. 그러자 쿠루미는 웃음을 흘렸다.

"조명이 꺼진다는 것을 미리 알고 있으면, 그렇게 어려운 일이 아니랍니다. ―그리고 사정이 있어서, 어둠 속을 이동하는 데도 익숙하죠."

"그, 그럼, 방금 그건 유령의 짓이……."

"아, 그건 전부 거짓말이랍니다. 이 세상을 떠난 존재의 목소리를 들을 수 있을 리가 없잖아요?"

쿠루미가 태연한 어조로 그렇게 말하자, 카즈호는 얼이 나간 것처럼 입을 쩍 벌렸다.

쿠루미는 그 광경을 보며 입술을 일그러뜨리더니, 팔짱을 끼면서 말을 이었다.

"하지만, 덕분에 참 귀여운 목소리를 감상할 수 있었군요. ―안 그런가요? 메구미 양."

"……."

쿠루미가 그렇게 말하자, 나에의 옆에 앉아 있던 메구미가 어깨를 희미하게 떨었다.

"―제 생각대로군요. 당신은 목소리를 빼앗기지 않았어요. 노래를 못 하게 된 척을 하며, 나에 양에게 자기 마이크를 건네줬을 뿐이죠. 원래라면 이 행동에서 위화감을 느껴야 했을 테지만, 그런 예고장을 받은 후라 말이 된다고 여겼죠. 당신은 확신하고 있었어요. 마음 착한 나에 양이라면, 자기 마이크를 받아 주리라고 말이에요. ―당신은 그 행동을 통해, 자신을 용의자에서 배제하는 데 성공했죠."

"……."

"우후후. 더는 입을 다물고 있을 필요 없답니다. 당신의 비명은 이 자리에 있는 모든 사람이 들었으니까요."

메구미는 한동안 입을 다물고 있었지만, 곧 고개를 가로저었다.

"아냐. …… 내, 내가 아냐…….."

"어머나, 어머나. 그러면 당신은 왜 목소리를 잃지 않은 거죠?"

"……노, 놀란 바람에…… 목소리가 나오게 된 것 같아."

그리고 메구미가 변명하듯 그런 말을 늘어놓자, 쿠루미는 어처구니없다는 듯이 어깨를 으쓱했다.

"이제 와서 그런 변명을 늘어놓는 건가요? 당신과 마찬가지로 깜짝 놀랐던 나에 양은 여전히 목소리가 안 나오는 것 같은데 말이죠."

"그, 그건……! 나도 어떻게 된 건지 몰라! 애초에 나도 그 마이크로 노래했거든?!"

메구미가 테이블을 내려치며 그렇게 외치자, 쿠루미는 하아 하고 한숨을 내쉬었다.

"끝까지 자신은 범인이 아니라고 말씀하시려는 거군요?"

"그, 그래. 대, 대체 무슨 근거로……!"

메구미가 그렇게 말하자, 쿠루미는 손바닥을 펼쳐 보이며 답했다.

"잠시만 기다려 주시겠어요? ―곧 폴터가이스트의 실체가 돌아올 테니까요."

"뭐……?"

메구미는 영문을 모르겠다는 듯이 눈을 동그랗게 떴다. 그리고 그 타이밍에 맞춘 것처럼 대기실의 문이 열리더니,

조그마한 체구의 소녀가 모습을 보였다. ―아야였다.

아야는 자기가 이목을 모으고 있다는 사실에 놀라면서도, 쿠루미를 향해 쪼르르 뛰어갔다.

"부탁한 건 어떻게 됐죠?"

"네. 스태프분께 부탁했더니 데이터를 복사해 주셨어요. 이 안에 들어 있어요."

아야는 그렇게 말하면서 스마트폰을 내밀었다. 쿠루미는 「수고하셨어요」라고 말하며 그것을 건네받았다.

"……뭘, 하려는 거야?"

메구미가 미심쩍다는 투로 그렇게 말하자, 쿠루미는 입술을 일그러뜨리면서 스마트폰의 화면을 터치했다.

그러자 스마트폰의 스피커에서 빠른 템포의 곡이 흘러나왔다.

"이건…….."

"네. 『PeaCH』의 대표곡― 아까 실제로 라이브에서 쓰인 음원이랍니다."

"……?!"

쿠루미의 말을 들은 메구미가 숨을 삼키더니, 얼굴이 새파랗게 질리면서 어깨를 들썩이기 시작했다.

몇 초 후, 그 이유가 명백해졌다.

쿠루미가 튼 것은 라이브의 음원이다. 즉, 목소리가 들어 있지 않고 연주만 담긴 데이터여야만 한다.

하지만 그 음원에는 메구미의 노랫소리만이 들어 있었다.

"어? 이건……."

"―들은 대로랍니다. 메구미 양, 당신은 마이크에 목소리를 내지 않았어요. 이른바『립싱크』란 것이죠. 혹시 아직도 변명하실 거라면, 우선 이 불가사의한 음원에 대해 먼저 설명해 주시지 않겠어요?"

"……으, 아, 아…… 아앗……."

노래가 흘러나오고 있는 스마트폰을 쿠루미가 내밀자, 메구미는 체념한 듯이 그 자리에 주저앉았다.

"메구미…… 정말 네가 한 거야……? 왜 이런 짓을―."

카즈호가 당혹스러운 표정을 지으며 메구미를 응시했다.

한동안 고개를 숙이고 있던 메구미는 이윽고 눈물에 젖은 얼굴을 들었다.

"……왜……? 괜찮잖아……. 나에는 전부 가지고 있는걸. 귀엽고, 성격도 좋은 데다, 누구에게나 사랑받아……. 나한테는 노래밖에 없는데, 아무리 노력해도 센터 자리는 항상 나에가 차지해……!"

"너…… 겨우 그런 이유로……."

카즈호가 눈썹을 찌푸리며 그렇게 말하자, 나에는 천천히 자리에서 일어난 후에 메구미의 앞에 섰다.

"……."

그리고 말없이 스마트폰에 문장을 입력하더니, 그 화면

을 메구미에게 보여 줬다.

『목소리를 되돌리려면 어떻게 하면 돼?』

메구미는 크게 한숨을 내쉬더니, 체념한 듯한 목소리로 말했다.

"……『인어의 눈물』— 마이크에 달린 보석을 깨면, 원래 대로 되돌아올 거야……."

"……."

나에는 마이크에서 보석을 떼어 내더니, 그것을 바닥에 던진 후— 발꿈치로 힘껏 밟았다.

아야가 「앗」 하고 외쳤지만, 이미 늦었다. 푸른 보석은 날카로운 소리를 내면서 깨졌다.

"……, ……, 아, 아—."

이윽고 숨소리밖에 안 나던 나에의 목에서, 목소리가 흘러나왔다.

나에는 자기 목소리를 확인하듯 두세 번 말을 한 후, 메구미의 멱살을 움켜쥐며 팔을 한껏 치켜들었다.

"—!"

메구미는 겁먹은 듯이 눈을 꼭 감았다.

하지만 아무리 시간이 흘러도, 따귀 소리는 울려 퍼지지 않았다.

분노에 떠는 나에의 손은 메구미의 볼에 조용히 닿았을 뿐이다.

머뭇머뭇 눈을 뜬 메구미는 떨리는 목소리로 말했다.

"나에…… 왜야?"

"……볼이 탱탱 부어서 무대에 서는 아이돌이 세상천지에 어디 있겠냐고."

나에는 아까와는 인상이 전혀 다른 거친 말투로 그렇게 말하더니, 메구미의 멱살을 놨다. 그러자 메구미의 조그마한 몸이 그대로 무너지듯 바닥에 주저앉았다.

"……빨리 준비해, 메구미. 카즈호도 서둘러. 곧 약속한 30분이야."

"그, 그 말은……."

나에의 말이 의미하는 바를 이해한 것처럼, 메구미는 눈을 동그랗게 떴다. 그러자 나에는 내뱉는 듯한 투로 말했다.

"착각하지 마. 딱히 용서한 건 아냐. —하지만 지금은 라이브가 우선이야. 그것보다 중요한 건 이 세상에 없어. 안 그래?"

"나, 나……는……."

"그만 질질 짜. 각오를 다지라고. —아이돌이잖아?"

나에는 단호한 어조로 그렇게 선언했다.

피해자가 이렇게 말하니 지금은 라이브 재개를 최우선으로 여길 수밖에 없다고 여긴 건지, 카즈호와 매니저도 지금은 메구미에게 무슨 말을 할 생각이 없어 보였다.

여기서부터는 자신이 관여할 바가 아니다. 그렇게 판단

한 쿠루미는 휴우 하고 숨을 내쉬었다.

"……이 사건은 일단락됐다고 봐도 되려나요."

그리고 어깨를 으쓱하면서 레몬을 돌아봤다.

"자, 레몬 씨. 어떤가요? 아무래도 제 추리가 옳은 것 같은―."

말을 이으려던 쿠루미는 갑자기 입을 다물었다.

이유는 단순했다. 방금까지 이 자리에 있던 레몬이 흔적도 없이 자취를 감춘 것이다.

"……어머? 아야 양, 레몬 씨는 어디 계시죠?"

"네? 아…… 없네요. 어디 간 걸까요?"

"……."

아무래도 아야 또한 못 본 것 같았다. 쿠루미는 미심쩍다는 듯이 미간을 좁혔다.

"어쩌면 틀린 추리를 늘어놓은 게 부끄러워서 돌아간 것 아닐까요……?"

"그럴……지도 모르겠군요."

쿠루미는 아야의 말에 그렇게 답했지만, 미간의 주름은 사라지지 않았다.

확실히 레몬의 추리는 틀렸을지도 모르지만, 그녀가 쿠루미와 아야도 몰랐던 아티팩트를 알고 있었던 것은 엄연한 사실이다. 그녀의 지식이 없었다면, 쿠루미는 아직 진범에 도달하지 못했을 가능성도 있다. 설마 쿠루미가 범인을 맞추도록, 일부러 엉뚱한 추리를 늘어놨던 것은 아니겠지만—.

"——."

바로 그때, 어떤 사실을 떠올린 쿠루미는 숨을 삼켰다.

그렇다. 라이브 직전, 레몬은 말했다. 「잠시 후에 무대 위에서, 한 사람이 목소리를 잃을 거야」라고 말이다.

목소리를 잃은 건 메구미와 나에 두 사람이기에, 얼토당토않은 말을 했다고 생각했지만— 사실 메구미는 목소리를 잃지 않았다.

이것은 우연일까. 아니면—.

"—탐정님."

쿠루미가 그런 생각을 하고 있을 때, 나에가 말을 걸어왔다.

"……! 아, 네. 무슨 일이시죠?"

"다시 감사드려요. 덕분에 라이브를 재개할 수 있을 것 같아요."

나에는 그렇게 말하면서 깊이 고개를 숙였다.

쿠루미는 마음속의 응어리를 털어내려는 듯이 휴우 하고 숨을 내쉰 후, 대답했다.

"그 말은 미쿠 양에게 해 주세요. —지금의 저는 일개 백 댄서에 지나지 않으니까요."

쿠루미가 그렇게 말하자, 나에는 어리둥절한 표정을 지

은 후에 옅은 미소를 머금었다.

"―그럼, 저희의 무대로 갈까요?"

쿠루미는 고개를 끄덕이더니, 아이돌들의 뒤를 따르면서 무대로 향했다.

◇

"그건 그렇고― 괜한 고생만 했군요."

며칠 후. 토키사키 탐정사.

푸른 보석 파편이 담긴 병을 흔들어 보면서, 쿠루미는 하아 하고 한숨을 내쉬었다.

그렇다. 일부러 안무를 외우면서까지 라이브에 잠입했지만, 결국 얻은 것이라고는 박살이 난 아티팩트의 잔해뿐이었다.

일단 회수한 후에 테스트를 해봤다. 하지만 아무리 가까운 거리에서 말을 속삭이거나 노래해도, 쿠루미의 목소리는 봉인되지 않았다. 아무래도 깨지면서 효력이 상실된 것 같았다.

"에이, 괜찮잖아요~! 사람의 목소리를 봉인하는 보석 같은 건 이 세상에 없는 편이 낫다고요!"

힘차게 주먹을 말아 쥐며 그렇게 말한 이는 바로 미쿠였다. 지금은 응접 공간의 소파에 앉아서 아야가 타 준 홍차를 마시고 있었다.

"말을 너무 가볍게 하시는 군요……. 과거에 마술사가 만들어 낸 지고의 공예품이거든요? 얼마나 귀중한 것인지 알기는 하시나요?"

"하지만 나에 양의 아름다운 목소리가 훨~씬 소중하다고 생각해요!"

"하아……."

미쿠가 딱 잘라 그렇게 말하자, 쿠루미는 또 한 번 한숨을 내쉬었다. ……딱히 그녀의 말을 부정하는 건 아니지만, 그래도 정말 유감스러웠다.

"그러고 보니—『PeaCH』 여러분은 어떻게 됐나요?"

쿠루미가 병을 테이블에 내려놓으며 묻자, 미쿠는 「아, 그게 말이죠」라고 말하며 고개를 끄덕였다.

"라이브 후에 이런저런 일이 있긴 했던 것 같은데…… 결국 활동을 이어가기로 했나 봐요."

"흐음. 그 상황에서 용케 관계가 복구됐군요."

"실은 제가 난입해서 라이브의 관객들을 완전히 매료시킨 바람에, 타도 이자요이 미쿠로 일치단결했나 봐요."

"……그렇게 된 거군요."

미쿠의 말에, 쿠루미는 짤막하게 답했다.

그녀들 사이에서 어떤 일이 있었는지는 모르겠지만, 당사자들이 그렇게 판단했다면 쿠루미도 참견할 이유는 없다.

무엇보다, 귀중한 아티팩트를 박살 내면서까지 라이브를 재개한 것이다. 이대로 해산한다면 손해가 너무 막심하다.

바로 그때, 미쿠가 문뜩 생각난 듯이 입을 열었다.

"아, 맞다. 전에 부탁했던 건 말인데요……."

"뭔가 알아낸 게 있나요?"

쿠루미가 묻자, 미쿠는 미안한 듯한 표정을 지으며 고개를 저었다.

"아뇨, 없어요. ……나에 양의 사무소에서는 탐정을 고용한 적 없다지 뭐예요."

"……뭐라고요?"

쿠루미는 미심쩍다는 듯이 미간을 좁혔다.

—그렇다. 어느새 현장에서 사라진 자칭 미래 탐정 에이고지 레몬. 아티팩트를 아는 그녀에게 접촉하기 위해서, 미쿠에게 의뢰인인 『PeaCH』의 사무소에 연락처를 물어봐 달라고 부탁했는데…….

"그러면…… 그때 그 자리에 있었던 그녀는, 대체 누구죠……?"

"글쎄요……. 저는 그분을 보지도 못했는걸요. ……저도 그 기모노 선글라스 장신 미녀를 만나 보고 싶어요. 왜 사진을 찍어 두지 않은 거예요?"

"……."

토라진 듯한 표정으로 그렇게 말하는 미쿠를, 쿠루미는

도끼눈으로 쳐다봤다.

바로 그때, 쿠루미는 눈치챘다. 미쿠의 맞은편 소파에 앉은 아야가 아까부터 즐거운 듯이 스마트폰을 보고 있었다.

"……아야 양? 뭘 그렇게 보고 계신 거죠?"

"아, 이거예요."

아야는 자리에서 일어나더니, 쿠루미 앞으로 걸어와서 스마트폰의 화면을 보여 줬다.

거기에 표시된 것은 어느 SNS의 정리 기사였다.

아무래도 『PeaCH』의 라이브에 관한 코멘트를 정리해 둔 것 같았다.

초반의 트러블과 이자요이 미쿠 참전 등을 언급하는 코멘트가 많은 가운데, 드문드문 특이한 코멘트가 보였다.

『이번에 엄청 귀여운 백댄서가 있지 않았어?』

『맞아. 처음 보는 애였어. 연습생치고는 꽤 어른스럽더라니깐.』

『공식 사이트 쪽에도 안 올라와 있더라.』

『대체 누구지?』

"……."

"역시 알아보는 사람은 알아본다니까요."

쿠루미가 아무 말 없이 표정을 굳히고 있자, 어째선지 아야가 자랑스레 그렇게 말했다. 그 기사를 옆에서 본 미쿠는 「어머나~」 하고 말하며 미소를 머금었다.

“이렇게 화제가 되는 걸 보면, 의외로 천직인 것 아니에
요~? 어때요? 다음에는 제 라이브에서 춤추지 않겠어요?”
“……사양하겠어요. 지금의 저는 일개 탐정에 지나지 않
으니까요.”
쿠루미는 어깨를 살짝 으쓱하며 그렇게 대답했다.

The artifact crime files
kurumi tokisaki

Case File

II

저건 한가해서 미치려 하는
만화가의 울음소리랍니다.

쿠루미 코믹

“떼레떼~ 떼~, 떼레떼~ 떼~ 떼떼~♪”

그런 멜로디가 토키사키 탐정사의 응접 공간에 울려 퍼진 것은 어느 평일의 오후였다.

텐구 역에서 걸어서 5분 정도 거리에 있는, 조촐한 느낌의 사무소다. 거창한 간판을 세우거나 선전하지는 않기에, 평소 방문객이 그렇게 많지는 않다.

하지만 그런 사무소의 문이 살짝 열리더니, 그 틈새로 기묘한 노랫소리가 들려왔다. 아무래도 인기 탐정 애니메이션의 BGM을 의식하고 있는 것 같았다.

“저기, 선생님.”

그것을 눈치챈 건지, 안경을 쓴 조그마한 소녀가 당혹스러운 표정으로 쿠루미를 쳐다봤다. —쿠루미의 스폰서 겸 탐정 조수인 아야다.

하지만 쿠루미는 표정을 바꾸지 않으며 고개를 젓기만 했다.

“신경 쓰지 마세요.”

“하지만, 의뢰인일지도 모르잖아요.”

“아뇨. 저건 한가해서 미치려 하는 만화가의 울음소리랍니다.”

“—홋, 용케도 간파했군!”

쿠루미가 말을 마친 순간, 문이 힘차게 열어젖혀지면서 한 여성이 모습을 보였다.

단발머리와 빨강 테 안경이 인상적인, 키가 큰 여성이었
다. 길고 늘씬한 다리를 과시하는 듯한 포즈를 취하고 있
지만, 아까 전의 묘한 노래 탓에 딱히 멋지다는 느낌이 안
들었다.

"외모는 스무 살! 두뇌는 쉰 살! 그 이름은, 명탐정 니아 양!
……아니, 누가 쉰 살이란 게냐아아아앗!"

"저희는 아무 말도 안 했답니다."

자기가 한 말에 직접 태클을 거는 여성을, 쿠루미는 도
끼눈으로 쳐다봤다.

혼죠 니아. 이 근처에 사는 만화가다. 상대가 예상했던
인물이 맞자, 쿠루미는 질렸다는 듯이 어깨를 으쓱했다.

"티타임이 되려면 멀었답니다, 니아 양. 다른 데서 한 시
간 정도 보낸 후에 다시 와 주세요."

"아, 그래~? 에헤헷, 거 죄송하게 됐소이다. 그러면 한 시
간 후에…… 아니, 이런 판에 박힌 만담은 딱 질색이거든~?!"

니아가 고함을 질렀다. 쿠루미는 책상 위에 놓인 파일을
소리 나게 덮더니, 그녀를 향해 고개를 돌렸다.

"그러면, 대체 무슨 일로 온 거죠?"

"왜긴 왜겠어. 여기는 탐정사무소잖아? 그게 의뢰인을
대하는 태도냐~?"

"……의뢰인?"

쿠루미가 미심쩍다는 듯이 눈썹을 찌푸리자, 니아는 의

기양양하게 고개를 끄덕였다.

"그래. 좀 묘한 일이 일어났거든. 상담 좀 받고 싶어서 찾아온 거야."

"흐음……. 마음 같아서는 이야기를 들어드리고 싶지만, 이곳은 평범한 탐정사무소가 아니랍니다. 그다지 도움이 안 될지도……."

"알고 있어. 밋키~한테 들었는데, 여기는 불가사의한 사건이 전문이라며? 내가 하려는 것도 그런 쪽 의뢰야."

"……마감까지의 남은 날짜가 어느새 사라진 건, 시간 도둑에게 도둑맞은 게 아니라 니아 양이 게으름을 피운 결과 아닐까요?"

"그런 게 아니라니까~!"

쿠루미가 도끼눈을 뜨며 그렇게 말하자, 니아는 발을 동동 구르면서 고함을 질렀다.

쿠루미는 「농담이랍니다」라고 말하며 어깨를 으쓱한 후, 니아에게 소파에 앉을 것을 권했다.

"일단 자리에 앉으세요. —아야 양, 차를 준비해 주세요."

"네."

아야가 고개를 끄덕이더니, 익숙한 손놀림으로 홍차를 준비하기 시작했다. 쿠루미는 자리에서 일어나더니, 니아의 맞은편 소파로 걸어가서 앉았다.

곧 아야가 쿠루미와 니아 앞에 루비 빛깔의 액체가 담긴 찻잔을 내려놓았다.

"드세요."

"오~. 고마워, 아~ 양."

"아~ 양……."

느닷없이 그런 애칭으로 불린 아야는 눈을 동그랗게 떴다. 그 모습을 본 쿠루미는 쓴웃음을 머금었다.

"너무 신경 쓰지 마세요. 니아 양이 붙이는 별명은 꽤 독특한 편이니까요."

쿠루미는 홍차를 한 모금 마시더니, 「그런데……」 하며 본격적인 이야기를 시작했다.

"묘한 일……이라고 했죠? 대체 어떤 일이 일어난 건가요?"

"아, 응. 그게 말이지……."

니아는 들고 온 가방 안에서 B5 사이즈의 만화잡지를 꺼냈다.

표지에는 『주간 소년 블래스트』라고 적혀 있었다. 니아가 만화를 연재하고 있는 잡지다.

"이건 이번 주에 발매된 최신호인데……."

그렇게 말하면서 잡지를 넘긴 니아는 어느 페이지에서 손을 멈추더니, 쿠루미에게 그 지면을 보여 줬다.

펼친 페이지에 실린 것은 『패성(覇星)의 세다르』란 이름의 만화였다. 작가의 이름은 이와나가 슌. 몇 년 전부터 연재된 인기작이다. 쿠루미도 제목 정도는 들어 본 적이 있었다.

“이 만화가 어쨌다는 거죠?”

“그게…… 실은 작가인 이와나가 선생님과는 데뷔 때부터 아는 사이였어. 얼마 전에 오랜만에 같이 한잔할까 해서 술을 들고 집에 쳐들어갔거든?”

“정말 민폐스러운 이야기군요.”

“이야~. 간만에 원고가 일찌감치 끝나서 흥이 폭발했어~.”

“뭐, 좋아요. 그래서, 무슨 일이 있었죠?”

쿠루미가 묻자, 니아는 진지한 표정으로 말을 이었다.

“나도 가 보고서야 알게 된 건데……. 이와나가 선생님은─반년쯤 전에 돌아가셨대.”

“……네?”

니아의 말을 들은 순간, 쿠루미는 무심코 눈을 동그랗게 떴다.

“즉…… 지금 잡지에 연재되고 있는 건, 이와나가 선생님이 생전에 그려 두신 원고……라는 건가요?”

“아냐~. 몇 편 정도는 저장해 둔 분량이 있을지도 모르지만, 주간 연재는 그야말로 지옥이거든. 연재를 이어가면서 반년 치 원고를 저장해 두는 건 불가능해. 이와나가 선생님은 작업 속도가 그렇게 빠른 편도 아니었거든.”

“그러면 누가 연재를 이어받아서 그리고 있다는…… 건가요?”

“으음~ 그것도 아닐 거야. 누가 봐도 이건 이와나가 선생님 본인의 그림이고, 만약 그렇게 됐다면 편집부 측에서 발표했을 거잖아? 솔직히, 무슨 일이 일어난 건지 전혀 모르겠어. —그러니 쿠루밍이 조사해 줬으면 해.”

“흠…….”

쿠루미는 표정을 굳히면서 턱에 손을 댔다.

“반년 전에 돌아가신 만화가 분의 원고가, 지금도 매주 잡지에 실리고 있다는 거군요—. 확실히 기묘한 사태예요.”

“선생님. 혹시, 이건…….”

아야가 그렇게 말하자, 쿠루미는 살며시 고개를 끄덕였다.

“네. —아티팩트가 얽혀 있을 가능성이 있군요.”

아티팩트. 그것은 과거에 마술사가 만들었다고 하는, 불가사의한 힘을 지닌 공예품.

두 사람이 기묘한 탐정사무소를 경영하고 있는 이유는 바로, 아야의 집 창고에서 사라진 아티팩트를 다시 모으기 위해서다.

“—좋아요, 니아 양. 이 의뢰, 제가 맡도록 하죠.”

“이와나가 선생님이…… 반년 전에 돌아가셨다고요?!”

『주간 소년 블래스트』를 발행하는 출판사의 회의 부스에서 그렇게 외친 이는 이와나가 슌의 담당 편집자인 코미

켄스케였다.

그렇다. 사건 조사를 시작한 쿠루미는 우선 니아를 통해 약속을 잡은 후, 이와나가의 담당 편집자에게 이야기를 들으러 온 것이다.

담당 편집자라면 이와나가와 자주 연락을 주고받을 것이며, 예의 원고를 가장 먼저 받는 사람이다. 그러니 가장 먼저 이야기를 들어 봐야 하는 인물인 것이다.

하지만 쿠루미와 니아에게 자초지종을 들은 담당 편집자는 방금 같은 반응을 보였다.

"자, 자, 잠깐만요. 무슨 소리를 하는 거예요? 이번 주에도 『패성의 셰다르』는 잡지에 실렸고, 다음 주와 다음다음 주의 원고도 이미 받아 놨거든요?"

코미는 쿠루미 일행이 무슨 소리를 하는 건지 모르겠다는 듯이, 당혹스러운 표정을 지었다.

그 반응을 보아하니, 거짓말을 하는 것 같지는 않았다. 쿠루미는 눈을 가늘게 뜨면서 말을 이었다.

"코미 씨는 이와나가 선생님의 담당 편집자이시라고 들었는데— 회의 등으로 빈번히 만나시나요?"

"어…… 아, 그게…… 직접 뵌 건 1년도 더 되긴 했어요."

"그러면 연락을 전화로 주고받으시나요?"

"……아뇨. 전부터 연락은 채팅 툴을 이용하고 있어요. 원고도 우편으로 보내 주시니까 최근에는 선생님의 작업실에 찾아간 적도 없고요……."

말을 이어가는 코미의 목소리가 점점 작아졌다. 이제까지 느낀 조그마한 위화감이 전부 맞물리는 듯한 느낌이었다.

"……아니, 그렇다면 저 원고는 대체 누가 그린 거죠?"

"그걸 지금 조사하고 있답니다."

쿠루미는 날카로운 시선을 머금으며 다시 물었다.

"사소한 것이라도 상관없어요. 지금으로부터 반년 전, 이와나가 선생님께 뭔가 특이한 일은 없었나요?"

"특이한 일……."

코미는 잠시 당혹스러운 표정을 짓더니, 이윽고 뭔가가 생각난 것처럼 눈썹이 흔들렸다.

"그러고 보니 반년쯤 전부터 원고 작업 속도가 약간 빨라진 느낌이 들어요. 그리고 그 타이밍에 마무리의 인상이 조금 바뀌었던 것 같은데……."

"흠. 그 원고를 보여 주실 수 없을까요?"

"그건……."

코미는 약간 주저하더니, 곧 결의에 찬 표정을 지으며 고개를 끄덕였다.

"……알았어요. 부디 비밀로 해 주세요."

"네, 물론이죠."

쿠루미가 고개를 끄덕이자, 자리에서 일어난 코미는 봉투 몇 개를 가지고 돌아왔다.

"이것이에요."

"감사해요."

쿠루미는 감사의 뜻을 표한 후, 조심조심 봉투에서 원고를 꺼냈다.

"흐음……."

쿠루미는 이곳에 오기 전에 사전 조사 삼아서 『패성의 셰다르』를 읽어 봤지만— 역시 실제 원고는 박력이 달랐다. 인쇄본에서는 볼 수 없는 섬세한 터치에서는 작가의 열기가 느껴지는 것만 같았다.

바로 그때, 어떤 점을 눈치챈 쿠루미는 눈을 깜빡였다.

"대사 부분은 손 글씨군요?"

그렇다. 잡지와 단행본에서는 깨끗하게 인쇄되어 있던 대사가 전부 펜으로 적혀 있었다.

"아, 사진 식자라고 하는데, 말풍선 안의 대사는 원고를 컴퓨터에 인식시킨 후에 저희 쪽에서 다시 입력해요. 선생님이 악필이셔서 글자를 읽는 게 참 힘들다고 들었어요……."

코미는 그렇게 말하면서 니아 쪽을 힐끔 쳐다봤다. 니아는 딱히 개의치 않는 듯이 「맞아~, 있긴 해. 알아볼 수 없을 만큼 글자가 더러운 사람 말이야~」라고 말하면서 원고를 주시했다.

"니아 양, 어떤가요? 프로의 관점에서 눈치챈 것은 없나요?"

"으음……. 그래. 그림 터치는 이와나가 선생님 본인이 맞지만, 이렇게 보니 톤 처리가 약간 허술한 듯한 느낌이 들어. ……하지만 그 점을 고려해도, 역시 완성도가 끝내준다니깐……. 만약 이와나가 선생님 말고도 이렇게 그릴 수 있는 사람이 있다면, 그림을 잘 그리고 말고 할 레벨을 넘어섰어."

"그게 무슨 말씀이시죠?"

"만화는 일러스트나 그림과 다르게, 그림을 비슷하게 그릴 줄 안다고 해서 재현할 수 있는 게 아니거든. 컷 배분과 구도에서도 버릇이 존재하고, 무엇보다 앞으로의 스토리를 모른다면 그리고 싶어도 그릴 수가 없잖아?"

"……확실히, 그렇긴 하죠."

니아의 말을 들은 쿠루미가 턱을 매만졌다.

아티팩트는 불가사의한 힘을 지녔지만, 그렇다고 뭐든 뜻대로 할 수 있는 마법의 아이템 같은 건 아니다. 어디까지나 특정 조건이 충족됐을 때 특정 효과가 출력되는『도구』인 것이다.

이와나가의 원고를 재현하기 위해 무엇을 사용했고, 어떤 조건을 충족시켰는가. 그것을 밝혀내야 범인을 잡을 수 있으리라.

쿠루미가 그런 생각을 하고 있을 때, 니아는 뭔가를 눈치챈 것처럼 고개를 들며 입을 열었다.

“……채팅으로는 연락을 취할 수 있댔지? 그 가짜 이와나가 선생님과 말이야. 그럼 확 『너는 누구냐?』라고 물어볼까?”

“그건 최후의 수단이에요. 그 바람에 연락을 끊고 도망치기라도 한다면, 저희가 범인에게 도달할 길이 끊기고 말 테니까요.”

“아…… 그것도 그러네.”

쿠루미와 니아가 그런 이야기를 나누고 있을 때, 코미가 당혹스러운 표정을 지으며 이마에 맺힌 땀방울을 닦았다.

“저기…… 두 분의 말이 사실이라면 이건 큰일이에요. 제가 처리할 수 있는 일이 아니죠. 우선 편집장님께 보고한 후, 회사 측의 대처 방안을 논의해야…….”

쿠루미는 그 말을 끊듯이 손바닥을 펼쳐 보였다.

“지금은 무슨 일이 벌어지고 있는지 모른답니다. 진상이 판명되면 꼭 보고를 드릴 테니, 조사가 끝날 때까지 기다려 주셨으면 해요.”

“그건……, ……네. 알겠어요.”

코미는 마음을 진정시키려는 듯이 숨을 내쉬면서 그렇게 말했다. 쿠루미는 그 말에 고개를 끄덕여서 답했다.

“조사를 위해, 부탁드리고 싶은 일이 있답니다.”

“……뭐죠?”

“이와나가 선생님의 가족 혹은 친한 동료나 어시스턴트

— 생전에 이와나가 선생님이 작성한 노트나 데이터를 열람하거나 앞으로의 스토리 전개를 들을 기회가 있었을 듯한 분을 알려 주셨으면 해요."

◇

"그렇군요⋯⋯. 언니와 친분이 있는 만화가분이신가요⋯⋯."

다음 날. 쿠루미와 니아는 코미가 소개해 준 이와나가의 동생 집을 방문했다.

이와나가는 미혼이며, 부모님 또한 이미 돌아가셨다. 남겨진 가족은 여동생과 여동생의 딸뿐이라고 한다.

이와나가의 여동생— 하나무라 토시코는 갑작스러운 연락과 방문에 놀라면서도, 쿠루미 일행을 정중히 맞이해 줬다. 나이는 40대 후반 정도일까. 선이 가는 인상이지만, 행동 하나하나에서 품격이 느껴지는 여성이었다.

"네, 갑작스럽게 찾아뵈어서 송구해요. —외람된 질문이겠습니다만, 당신은 언니분께서 돌아가셨다는 것을 알고 계셨죠?"

"⋯⋯네."

"그러면 언니분이 세상을 떠난 후에도 잡지에 언니분의 만화가 실리고 있다는 것도 알고 계셨나요?"

"그건……."

쿠루미가 그렇게 묻자, 토시코는 잠시 망설인 후에 체념한 듯한 표정으로 고개를 끄덕였다.

"……네."

그 대답을 들은 순간, 니아는 눈을 동그랗게 떴다.

"어, 그러면 왜 출판사에 말하지 않은 건데요?"

토시코는 잠시 대답을 망설이더니, 곧 체념한 투로 이야기를 시작했다.

"……실은 언니가 세상을 떠난 후로 원고료와 인세는 유족인 저에게 입금되어서…… 부끄러운 이야기지만, 저희는 모자가정이라 생활이 여유로운 편이 아닌지라……."

"즉, 괜한 소리를 해서 연재가 중단된다면 원고료가 끊길지도 몰라서 잠자코 있으셨단 거군요."

"……."

쿠루미가 그렇게 말하자, 토시코는 말없이 고개를 끄덕였다.

쿠루미는 「그랬군요」 하고 말하며 숨을 내쉬었다. ―결코 칭찬받을 짓은 아니지만, 심정은 이해가 됐다. 누군가가 언니의 이름으로 만화 연재를 이어가고 있다는 사실이 기분 나쁠지라도, 계좌에 입금되는 원고료는 매력적이었을 것이다.

하지만, 그 바람에 이해가 안 되는 점이 하나 더 늘어난 쿠루미는 미간을 좁히면서 턱을 매만졌다.

"지금 연재를 이어가고 있는 누군가는 무보수로 원고를 그리고 있단 건가요? 저는 잘 모르지만, 만화를 연재하는 건 매우 힘든 일 아닌가요?"

쿠루미가 중얼거리듯 그렇게 말하자, 니아는 과장스레 어깨를 으쓱했다.

"그야, 뭐…… 힘들다는 말로는 부족할 지경이야. 특히 주간 연재는 매주가 지옥 그 자체거든. 까놓고 말해 다음 주부터 원고료와 인세 없음! 이란 말을 들으면 대부분의 작가는 마음이 꺾일 거야."

하지만, 하고 니아는 말을 이었다.

"그렇다고 돈만을 위해서 만화를 그리냐면, 그렇지도 않아서 골치 아프다니깐……."

"흐음……. 만약 니아 양이 범인이라면, 연재를 이어가는 동기는 무엇이라고 생각하시죠?"

쿠루미가 묻자, 니아는 팔짱을 끼면서 대답했다.

"……사명감, 이려나."

"사명감, 이라고요?"

"응. 작가가 죽으면 만화는 거기서 끝나야 하잖아? 만약 내가 작가와 똑같은 그림을 그릴 수 있고, 그 후의 스토리도 안다면…… 어떻게든 최종화까지 그리고 싶어! 하고 생각하지 않으려나……."

"……그렇군요."

쿠루미는 니아의 말을 듣고 조용히 고개를 끄덕였다. 분위기가 딱딱해졌다는 것을 느낀 듯한 니아는 장난스레 「뭐, 아무리 그래도 원고료 안 받으면서는 못 해 먹겠지만 말이야~」라고 말하며 어깨를 으쓱했다.

쿠루미는 잠시 생각에 잠긴 후, 토시코를 쳐다봤다.

"―아무튼, 이와나가 선생님께서 돌아가셨다는 것은 이미 편집부에 알렸답니다. 저희는 이와나가 선생님의 가짜를 계속 찾을 생각이죠.『패성의 셰다르』의 연재가 어떻게 될지는 아직 모르지만, 아마 지금 이대로 계속되지는 않으리라고 생각해요."

"……네. 알고 있답니다. 저희는 신경 쓰지 마세요. 언젠가는 이런 날이 올 것을 각오하고 있었으니까요. 관계자 여러분과 독자 여러분에게 불성실한 짓을 해서 정말 송구해요."

토시코는 몸을 움츠리며 고개를 숙였다. 마치 이대로 세상에서 사라질 듯한 느낌마저 들었다.

그 모습을 본 니아는 멋쩍은 듯이 머리를 긁적였다.

"아…… 저기 말이죠. 만약 연재가 중단되어서 원고료가 안 들어오더라도, 전자 인세나 굿즈의 로열티 등으로 꽤 돈이 들어올 테니 너무 비관하진 마세요."

"……네. 배려해 주셔서 감사해요."

한 번 더 고개를 숙인 토시코는 자리에서 일어나더니, 선반의 서랍에서 명함으로 보이는 것을 꺼냈다.

"이게 뭐죠?"

"……언니는 기본적으로 어시스턴트를 쓰지 않는 사람이었지만, 일이 너무 급해지면 친분이 있는 만화가 분에게 도움을 요청했던 것 같아요. 어쩌면 그분들에게서 실마리를 얻을 수 있을지도 모르죠. 연락을 취해 보시는 것도 괜찮을 거예요."

토시코가 그렇게 말하자, 쿠루미와 니아는 서로를 쳐다봤다.

"그래도 될까요?"

"……네. 저도 진실을 알고 싶으니까요."

토시코는 진지한 표정으로 그렇게 말했다.

쿠루미와 니아는 정중히 감사 인사를 드린 후, 명함에 실린 정보를 가지고 그 자리를 벗어났다.

그리고 또 다음 날.

쿠루미와 니아는 사이타마현 남부에 있는 맨션을 방문했다.

바로 이곳이 생전에 이와나가의 일을 도왔다는 만화가,

타케다 라이조의 작업실이다.

"니아 양은 이 만화가를 아시나요?"

"당연하잖아. 업계 베테랑이거든. 하지만 직접 만난 적은 없을지도 몰라."

"친분이 없는데, 갑자기 찾아가도 괜찮을까요?"

"으음~. 일단 편집부 경유로 약속은 잡았으니까 괜찮지 않으려나."

니아는 머리를 긁적이면서 그렇게 말했다. 쿠루미는 「호오」 하고 작게 탄성을 터뜨렸다. 이 혼죠 니아란 여성은 언뜻 보면 흐리터분하고 매사에 대충인 것 같지만, 의외로 예의를 지키는 상식인이다.

"쿠루밍~, 왜 그런 눈빛으로 쳐다보는 건데~?"

"감탄한 거랍니다. 욕심을 부리자면, 제 사무소에 찾아올 때도 그런 배려심을 발휘해 줬으면 좋겠군요."

"에이~. 나와 쿠루밍은 그럴 사이가 아니잖아~."

쿠루미가 어깨를 으쓱하며 그렇게 말하자, 니아는 얼버무리듯 웃으면서 문 옆에 달린 인터폰의 버튼을 눌렀다.

그러자, 다음 순간…….

"……!"

집안에서 다급한 발소리가 들려오더니, 힘차게 문이 열리면서 눈에 핏발이 선 쉰 살가량의 남성이 얼굴을 내비쳤다. 머리카락은 푸석푸석했고, 입가에는 다박수염이 자라 있었다. 이마에는 냉각 시트가 붙어 있었다.

"으, 으음…… 저기~, 저희는 편집부의 소개로……."

"기다리고 있었어……! 자, 들어와!"

니아가 식은땀을 흘리며 입을 열자, 그 남성은 눈을 반짝이며 두 사람을 집안으로 들였다.

쿠루미와 니아는 의아한 표정으로 서로를 쳐다본 후, 그 남자의 뒤를 따라 안으로 들어갔다.

크고 작은 나무상자가 가득 쌓여 있는 복도를 지나서 넓은 공간에 들어서자, 그 남성은 힘찬 목소리로 외쳤다.

"다들! 지원군이 왔다고!"

그러자, 그 자리에 있던 몇 명의 남녀가 고개를 들었다.

"오오……!!"

"살았어……!"

"잘하면 펑크가 안 나겠네!"

입을 모아 그렇게 외친 그들의 초췌한 얼굴이 희미하게 밝아졌다.

성별도 나이도 천차만별이지만, 공통점은 작업에 힘쓰고 있다는 점과 눈 밑에 진한 다크서클이 존재한다는 점이다.

그 모습을 보고 사태를 눈치챈 니아는 볼을 긁적였다.

"아차~. 아무래도 마감 지옥일 때 찾아온 것 같네. 게다가 도와주러 온 어시스턴트로 의심받은 것 같은걸?"

"어머나, 어머나. 어떻게 하죠?"

쿠루미가 작은 목소리로 묻자, 니아는 하아~ 하고 한숨을 내쉬었다.

"으음…… 뭐, 이 상황에서 작업을 중단하고 이야기를 나누자고 할 수도 없잖아……. 어쩔 수 없네. 일 좀 도와주고 빨리 본론에 들어가도록 하자."

"……진심인가요?"

"이제 와서 때려치울 수도 없잖잖아. 게다가―."

"게다가?"

"마감 지옥 상황에 인기 작가가?! 앗, 당신이 바로 그 혼죠 선생님?! 느낌으로 대활약하면 완전 주인공 같지 않겠어?"

"……그런가요."

쿠루미가 질렸다는 듯이 한숨을 내쉬었을 때, 타케다가 말을 걸어왔다.

"빨리 작업을 시작해 줬으면 좋겠는데, 너희는 어시 경력은 얼마나 돼? 어떤 작업을 할 수 있지?"

니아는 그 말을 기다렸다는 듯이 허리를 짚으며 말했다.

"훗. 이 애는 초보자지만…… 저는 일단 프로 만화가예요."

니아가 그렇게 말하자, 어시스턴트들이 흥미에 찬 눈길을 보내왔다.

"뭐, 프로? 설마 연재 경험자야?"

"에이, 단편 정도만 실어 본 것 아니겠어……?"

"저기, 실례가 아니라면 펜네임을 여쭤도 될까요……?"

어시스턴트 중 한 명이 물었다.

니아는 훗 하고 미소 짓더니, 가슴을 펴며 힘찬 목소리로 선언했다.

"만나서 반가워요. ―혼죠 소지예요."

"""……"""

하지만 어시스턴트들의 반응은 차가웠다.

"에이~."

"그런 농담은 됐거든?"

"진짜라면 펜네임을 바꾸세요. 유명 만화가 분과 겹치니까요……."

"아니, 진짜거든요?!"

니아가 새된 목소리로 그렇게 외치자, 타케다는 쓴웃음을 머금었다.

"아니, 혼죠 선생님이 너처럼 젊은 애일 리가 없잖아."

"……"

니아는 「하지만 진짜가 맞는데」와 「그래도 젊다는 말 들으니 기분 좋네」라는 두 가지 감정이 뒤섞인 듯한 표정을 지으며 팔짱을 꼈다.

"아무튼, 너는 만화 좀 그린다는 거지? 실은 아직 손도 안 댄 배경이 있는데…… 맡겨도 될까?"

타케다가 원고용지를 머뭇머뭇 내밀었다. 거기에는 대략적인 콘티와 『박살나는 빌딩들』이라는 지시만 적혀 있었다.

니아는 그것을 보더니, 즐거운 듯이 눈을 가늘게 떴다.

"호오……? 무지 성가신 부분을 남겨 놨네요~. —뭐, 좋아요. 만화가답게 실력으로 이야기하겠어요."

니아는 빈 자리에 털썩 앉더니, 거기 있는 샤프펜과 자를 손에 쥐며 작업을 시작했다.

눈에 보이지 않는 속도로 밑그림용 선이 그어졌다. 마치 니아의 눈에는 새하얀 원고용지 위에 완성된 그림이 이미 표시된 것만 같았다.

"우왓……?!"

"무지 빨라! 게다가 잘 그려!"

"저 나이에 이렇게 숙련된 기술을……?!"

경악에 찬 목소리가 주위에서 들려왔다. 빠르게 선을 긋고 있는 니아의 눈가가 촉촉해졌다.

"이, 이렇게 칭찬받는 건 오랜만이야……. 나, 그냥 여기 취직할까……."

"무슨 소리를 하는 건가요."

쿠루미가 도끼눈을 뜨며 그렇게 말했을 때, 타케다가 그녀에게 말을 건넸다.

"으음, 너한테도 작업을 부탁해도 될까?"

"……네. 하지만 너무 복잡한 작업은 못 한답니다."

"그러면 이 원고에 연필로 그린 선을 지우개로 지워 주겠어?"

타케다는 그렇게 말하면서 원고를 내밀었다.

뭐, 그 정도는 할 수 있을 것이다. 쿠루미는 원고를 넘겨받은 후, 빈자리에 앉아서 작업을 시작했다.

"—다 했어요."

"아, 고마워— 어, 어라? 혹시 말풍선 안의 글자도 지운 거야?"

몇 분 후, 쿠루미가 건네준 원고를 본 타케다는 눈을 동그랗게 뜨며 그렇게 말했다.

"네. 지우면 안 됐나요?"

"아, 설명을 안 한 내 잘못이야. 말풍선 안의 대사는 나중에 편집부에서 사진 식자 작업을 하니까 그냥 연필로 써둔 거야. 요즘 젊은 친구들은 대부분 디지털 작화로 한다니까, 모르는 것도 무리는 아니네."

"어머나……. 제가 실례를 범했군요. 정말 죄송해요."

쿠루미가 그렇게 말하자, 타케다는 손을 내저었다.

"아, 괜찮아. 다시 쓰면 되거든. ……그것보다 실은 아직 손을 안 댄 페이지가 한 장 더 있거든. 괜찮다면 모델이 되어 주지 않겠어?"

"모델, 말인가요?"

"그래. 복잡한 앵글의 장면은 상상만으로 그리는 것보다 실물을 참고하는 편이 정확해서 말이지. 포즈를 좀 취해주면 좋겠어."

"그렇군요. 어떤 포즈면 될까요?"

"그게 우선 이 고풍스러운 단총을 두 자루 쥐고……."

"……이런 게 왜 있는 거죠?"

갑자기 종이 상자에서 고풍스러운 총 두 자루를 꺼내는 타케다를 본 쿠루미가 무심코 진땀을 흘리며 그렇게 말하자, 니아는 미소를 머금으며 말했다.

"훗……. 만화가의 작업실에는 온갖 자료가 다 있는 법이야."

"……그렇군요."

잘은 모르겠지만, 원래 그런 것 같았다. 쿠루미는 깊이 생각하지 않기로 하면서 두 자루의 총(당연히 모델건이다)을 넘겨받았다.

"그러면 그걸 들고 포즈를 취해 주겠어? 숙적과 마주한 느낌으로 말이야."

"흐음—."

일이 이렇게 됐으니 어쩔 수 없다. 쿠루미는 특별 서비스라는 듯이 총의 그립을 움켜쥐더니, 오른발을 뒤로 빼면서 비스듬히 선 후에 지정된 방향을 총구로 겨눴다. —오랜 세월 동안 싸워 오며 도달한, 낭비가 없는 자세다. 쿠루미의 시간과 경험이 결실을 이룬 최적의 해답이다.

하지만, 쿠루미가 취한 혼신의 자세를 본 타케다는 미묘한 표정을 지었다.

"앗, 어…… 으음. 멋지기는 한데, 너무 멋지달까…… 좀 더 리얼리티가 있으면 좋겠는걸. 뭐, 총을 쏴 본 적이 없을 테니 알 리가 없겠지만……."

"……."

타케다가 그렇게 말하자, 쿠루미는 입을 다물었다.

그 광경을 곁눈질한 니아는 웃음을 참으며 어깨를 들썩였다.

그로부터 몇 시간 후.

"이야, 덕분에 살았어. 너희 덕분에…… 어, 어라? 너희는 헬프로 온 어시스턴트가 아니었던 거야?!"

겨우겨우 시간에 맞춰 원고를 완성한 후, 쿠루미와 니아가 본론을 꺼내자 타케다는 경악을 금치 못했다.

"맞아요~. 편집부에서 전화가 왔을 텐데요?"

"그러고 보니 전화가 오긴 했던 것 같은데……. 미안해. 원고 재촉인 줄 알고 마음이 방어 형태였거든……."

"아~. 하긴, 그러는 게 기본이니까요~."

"그러는 게 기본이라고요?"

니아의 말을 들은 쿠루미가 도끼눈을 뜨며 그렇게 말하자, 니아와 타케다는 눈에서 빛을 잃은 상태에서 메마른 웃음을 흘렸다. ……주간 연재라는 건 여러모로 힘든 일

같았다.

“그건 그렇고…… 으음……. 용건이 뭐였지?”

“아, 실은 말이죠—.”

이와나가가 세상을 떠났다는 것을 숨기면서 니아가 용건을 이야기하자, 타케다는 고개를 끄덕였다.

“이와나가 선생님? 아, 그래. 몇 번 도우러 간 적 있어. 요즘에는 만난 적이 없는데…….”

“역시 그랬군요. 혹시 그때, 『패성의 셰다르』가 앞으로 어떻게 전개될지 이야기를 들었나요? 혹은 아이디어 노트를 봤다거나…….”

“아, 그런 건 못 들었어. 나는 스포일러 없이 즐기자는 주의거든. 원고를 도우러 갔을 때도 가능한 한 대사는 안 읽으려고 했다니깐.”

“그랬군요.”

거짓말을 하는 것 같지는 않았다. 쿠루미가 한숨을 내쉬며 고개를 푹 숙이자, 타케다는 미심쩍다는 듯이 눈을 가늘게 떴다.

“그건 그렇고, 왜 그런 걸 묻는 건데?”

“아…… 실은 말이죠. 이와나가 선생님이 아이디어 노트를 분실했는데, 앞으로의 전개가 생각나지 않나 봐요. 옛날에 누군가에게 앞으로의 전개를 이야기한 적이 있다기에, 교류가 있는 선생님을 이렇게 찾아온 거예요.”

니아는 태연한 표정으로 그렇게 둘러댔다. 의외로 사기에도 재능이 있어 보였다.

"아…… 그래. 그렇게 된 거구나."

"맞아요~. 혹시 이와나가 선생님에게 그런 이야기를 들었을 법한 만화가 분은 안 계시나요?"

"으음…… 이와나가 선생님에게 그런 이야기를 들을 만한 사람이라면…… 야가미 씨려나? 소개해 줄 테니까, 한 번 찾아가 봐."

그렇게 말한 타케다는 메모 용지에 연락처를 적어서 건네줬다.

"—기다리고 있었어어어어어엇! 자, 빨리 들어와!"

다음 날. 순정 만화가 야가미 우사코의 작업실을 방문한 쿠루미와 니아는 왠지 데자뷔를 느꼈다.

다른 점은 문 너머에서 나온 이가 한계 상태의 중년남이 아니라, 소녀들이 좋아할 듯한 드레스를 입은 40대 중반의 여성이라는 점이었다.

"저기, 저희는…….""

"와 줘서 고마워! 일손이 부족했거든! 앗, 우리 작업실은 단결력과 의지를 끌어올리기 위해 옷을 갈아입기로 되어 있어! 어느 걸 입을래?!"

"네……?"

쿠루미가 영문을 모르겠다는 표정으로 멍하니 서 있는 사이, 야가미는 다짜고짜 옷장 안에서 메이드복을 골라서 두 사람에게 떠넘겼다.

반강제적으로 탈의실에 내던져진 쿠루미는 어처구니없어하면서도 어쩔 수 없이 건네받은 메이드복으로 갈아입은 후, 탈의실의 커튼을 걷었다.

니아 또한 거의 동시에 옷을 다 갈아입은 것 같았다. 쿠루미와 비슷한 프릴이 잔뜩 달린 메이드복을 입은 니아가 쿠루미의 모습을 보더니 배를 잡고 깔깔 웃어댔다.

"아하하하하하하! 우와~. 잘 어울려, 쿠루밍~!"

"……니아 양도 잘 어울리시는군요."

"뭐? 정말? 나도 의외로 나쁘진 않나 보네?"

비아냥 삼아서 한 말이지만, 니아에게는 통하지 않은 것 같았다. 쿠루미는 땅이 꺼지게 한숨을 내쉬었다.

"어머어머어머! 두 사람 다 정말 귀엽네! 자, 이쪽으로 와!"

야가미는 그렇게 말하면서 쿠루미와 니아를 안쪽 방으로 안내했다.

안쪽 방은 예상대로 작업 공간이었다. 줄지어 놓인 책상에는 반짝반짝~ 하늘거리는~ 의상을 입은 어시스턴트들이 앉아서 열심히 작업을 하고 있었다. 귀여운 디자인의 가구와 관엽식물도 배치되어 있어서, 어제 본 타케다의 작업실과는 분위기가 매우 달랐다. ……복장은 귀엽지만, 아시스턴트들의 피폐한 모습은 타케다의 작업실과 별반 다르지 않지만 말이다.

아무래도 어제와 마찬가지로 도와주러 온 어시스턴트로 오해받은 것 같았다. 원고가 끝나야 이야기를 들어 줄 것 같았다. 쿠루미가 눈짓을 보내자, 니아도 같은 생각을 한 것인지 고개를 크게 끄덕이며 야가미를 쳐다봤다.

“아~, 저는 웬만한 건 다 할 줄 알아요. 여기 있는 쿠루밍은 초보자니까, 간단한 작업을 맡겨 주세요.”

“어머나, 그래? 그러면 인경이 멋진 너, 으음, 이름이—.”

“혼죠 소지예요.”

“아하하, 농담을 참 잘하네. 혼죠 선생님이 너처럼 젊고 귀여운 여자애일 리가 없잖니.”

“……”

니아가 볼을 붉히면서 입을 웅얼거리자, 쿠루미는 도끼눈을 떴다.

“그러면 너는 배경을, 긴 머리카락이 아름다운 쿠루밍 양? 에게는…… 포즈 모델을 부탁해도 될까?”

“……알겠답니다.”

결국 만화 제작 능력이 없는 쿠루미가 할 수 있는 일은 그런 것뿐이었다. 쿠루미는 작게 한숨을 내쉬며 고개를 끄덕였다.

"오늘은 고마웠어. 덕분에 원고를 완성…… 어, 뭐? 이와나가 선생님? 응, 옛날에는 자주 도우러 갔었어. 하지만 『패성의 셰다르』의 전개에 관한 이야기는 들은 적이 없네."

몇 시간 후. 어찌어찌 작업을 마친 두 사람이 정체를 밝히며 자초지종을 이야기하자, 야가미는 턱을 손가락으로 훑으면서 생각에 잠긴 후에 그렇게 답했다.

참고로 니아가 담당한 것은 이번에도 손도 대지 않은 배경 작업이었으며, 쿠루미는 다양한 캐릭터의 포즈를 취했다. 어째선지 주인공인 소녀보다 미남 캐릭터의 포즈를 더 많이 요청받았다. 뭐가 그들의 심금을 울린 건지는 모르겠지만, 도중부터 다른 어시스턴트까지 참가해서 촬영회가 벌어졌다. 마감 직전인데도 여유로워 보였다. 그리고 가장 열심히 사진을 찍은 사람은 바로 니아였다.

"그런가요~. ……저기, 이와나가 선생님에게 그런 이야기를 들었을 법한 선생님은 없을까요……?"

"글쎄……. 타케다 선생님 이외에 말이지? 그렇다면—."

야가미는 잠시 생각에 잠긴 후, 메모장에 연락처를 적었다.

◇

"─잘 왔어어어어엇! 너희는 구세주야아아아앗!"

다음 날. 쿠루미와 니아가 소개받은 만화가의 작업실에 가보니, 머리카락을 대충 묶은 안경 쓴 여성이 눈물을 줄줄 흘리며 모습을 보였다.

그 반응을 봐도 무슨 일인지 짐작됐다. 아마 여기도 마감 직전이며, 쿠루미와 니아는 작업을 도와주러 온 임시 어시스턴트로 오해받은 것 같았다.

이것으로 세 번째라 그런지 익숙했다. 쿠루미는 한숨을 내쉬면서 복도를 걸어갔다.

하지만…….

"……."

작업 공간에 들어선 순간, 쿠루미는 걸음을 멈췄다.

이유는 단순했다. 줄지어 놓인 책상 앞에 앉은 어시스턴트들이 작업하고 있는 건 이제까지의 작업실과 똑같았지만, 그들의 책상 위와 선반에는 피부 노출이 심한 피규어와 자료용으로 보이는 조크 굿즈가 놓여 있었다.

작업 중인 원고를 보니, 거기에는 농후한 베드신이 그려져 있었다.

그렇다. 펜네임을 보고 불길한 예감이 들기는 했지만…… 만화가 날름리스트 아메노는 아무래도 성인 취향 만화가인 것 같았다.

느닷없이 이런 광경을 보고 그대로 굳어 버린 쿠루미를, 아메노는 안경을 반짝이며 핥듯이 살펴봤다.

"너, 너, 몸매 좋네……. 괜찮다면 포즈 모델을……."

"……사양하겠어요!"

쿠루미는 즉시 거절했다.

"이야, 덕분에 살았어. 수당은 넉넉하게…… 뭐? 이와나가 선생님? 아, 응. 몇 번 도와드리러 간 적 있어. 하지만 아이디어 노트 같은 건 본 적 없는데……."

원고 작업을 마친 후에 쿠루미 일행은 본론에 들어갔지만, 다른 작업실에서 들은 것과 똑같은 대답이 돌아왔다.

참고로 니아는 이번에도 복잡한 배경의 작성을 맡았지만, 포즈 모델을 단호히 거부한 쿠루미는 대신 음식을 만드는 이른바 식사스턴트를 맡았다. ……왠지 이제까지 갔던 작업실 중에서 가장 감사를 받은 듯한 느낌이 들었다.

"으음…… 그러면 이와나가 선생님한테서『패성의 세다르』의 스토리 전개를 들었을 법한 사람은 알고 있나요?"

"글쎄……. 타케다 선생님과 야가미 선생님을 제외하면……."

니아의 질문을 들은 아메노는 표정을 굳히면서 낮은 신

음을 흘리더니, 곧 뭔가가 생각난 것처럼 눈을 치켜떴다.

"아, 『SILVER BULLET』의 혼죠 소지 선생님이 이와나가 선생님과 친하다는 이야기를 들은 적이 있는데……."

"아~, 그 사람은 됐어요. 제가 혼죠 소지거든요."

"뭐? 에이……. 혼죠 선생님이 너처럼 젊고 귀여운 데다 에로틱한 애일 리가 없잖아."

"네~? 그렇게 보여요~? 곤란한데~."

그 말에 기분이 좋아진 듯한 니아는 몸을 배배 꼬았다. 왠지 이름을 밝히는 목적이 바뀐 듯한 느낌이 들었다.

"아무튼, 다른 분을 알려 주셨으면 좋겠군요."

쿠루미의 말을 듣고 난처한 듯이 머리를 긁적이던 아메노가 갑자기 손뼉을 쳤다.

"그래. 그 사람이 있었지."

"혹시 짚이는 사람이 있나요?"

"응. 이와나가 선생님의 아이디어 노트를 볼 수 있는 건 아마 그 사람뿐일걸? 한참 전에 연재를 관두긴 했지만, 이와나가 선생님의 원고 작업은 자주 도왔던 것 같거든."

"네? 그게 누구인데요?"

니아가 묻자, 아메노는 고개를 끄덕이며 말을 이었다.

"—이와나가 선생님의 여동생분이야. 토시코 씨라고 했던가? 옛날에 만화가였는데, 자매답게 그림체도 엄청 비슷했어."

“‘……?!’”

아메노가 그렇게 말한 순간, 쿠루미와 니아는 무심코 서로의 얼굴을 쳐다봤다.

◇

“—어서 오세요. 슬슬 올 때가 됐다고 생각했어요.”

아메노의 작업실을 나선 쿠루미와 니아가 그대로 다음 목적지— 하나무라 저택에 가보니, 하나무라 토시코는 차분한 태도로 두 사람을 맞이해 줬다.

방금 그 말과 태도를 접한 쿠루미는 미간을 좁히며 눈을 가늘게 떴다.

“마치, 저희가 다시 찾아오리라는 것을 알고 있었다는 듯한 태도군요.”

“…….”

토시코는 그 질문에 답하지 않더니, 그저 조용히 미소 짓기만 했다.

“차를 준비해 뒀답니다. 괜찮다면 들어오세요.”

그리고 두 사람에게 집 안으로 들어올 것을 권했다.

쿠루미와 니아는 한순간 시선을 교환한 후, 토시코의 뒤를 쫓아 집 안으로 들어갔다.

그리고 응접실로 안내된 후에 홍차가 담긴 찻잔을 건네

받은 쿠루미는 토시코의 눈을 응시하며 물었다.

"토시코 씨. 당신은 과거에 만화가였다더군요. 그리고 연재 종료 후에는 언니분의 작업을 도왔다면서요?"

"네. 맞아요."

"―솔직하게 묻겠어요. 이와나가 선생님의 사후에『패성의 세다르』를 그린 사람은 당신인가요?"

"네."

쿠루미의 질문에, 토시코는 한치의 주저도 없이 그렇게 답했다.

토시코가 너무 순순히 대답하자, 옆에 앉아 있던 니아가 눈을 동그랗게 떴다.

"어…… 바로 인정하는 거예요?! 그러면 왜 전에 찾아왔을 때는 안 가르쳐 준 건데요?! 그 바람에 제작 현장을 세 곳이나 구원하고 말았잖아요!"

"죄송해요. 하지만 각오를 다질 시간이 필요했어요."

토시코는 깊이 고개를 숙였다. 상대방이 순순히 사과하니 니아도 더는 추궁할 수가 없는 건지, 양손을 부들부들 떨면서도 마음을 가라앉히며 소파에 다시 앉았다.

"……"

쿠루미는 토시코의 진의를 알아내려는 듯이 미간을 찌푸렸다.

토시코의 말도 이해가 안 되는 건 아니다. 그래도 그녀의 행동에는 이해가 안 되는 부분이 많았다. 세세한 반응도 놓치지 않기 위해 주의 깊게 상대방을 관찰하면서, 쿠루미는 말을 이었다.

"……들려주시겠어요? 대체 왜 이런 짓을 벌인 거죠?"

"금전적인 문제도 이유 중 하나이기는 했어요. 하지만 그보다 더 중요한 이유는, 한때 만화가였던 사람으로서 『패성의 셰다르』 같은 명작이 완결 나지 않은 채 끝나는 것을 용납할 수 없었단 거예요."

"……그랬군요."

딱히 기묘한 대답은 아니다. ……하지만 어째서일까. 너무 완벽한 대답이라는 점이 마음에 걸렸다. 예를 들자면, 면접 준비를 완벽하게 해둔 취업 준비생과 대화를 나누는 느낌이었다.

"실례지만, 당신이 이와나가 선생님의 사후에 『패성의 셰다르』를 그렸다는 것을 증명할 수 있나요?"

"네."

토시코는 그 질문도 예상하였다는 듯이, 선반에서 노트 몇 권과 봉투를 가져왔다.

"언니가 남긴 아이디어 노트, 그리고 아직 편집부에 보내지 않은 최신화의 완성 원고예요."

그렇게 말한 토시코는 봉투에서 꺼낸 원고를 테이블 위에 둔 후에 두 사람에게 「확인해 보세요」라고 말했다.

쿠루미와 니아는 작게 숨을 삼킨 후, 그것들을 살펴봤다.

"……확실히, 앞으로의 전개가 세세하게 적혀 있군요. 이것이 있다면 모순 없이 이야기를 그려나갈 수 있을지도 모르겠어요."

"원고도 진짜야. ……우와, 진짜야? 몇 화 후에 이런 일이 벌어지는 거네? 스포일러 당했어……."

니아는 과장스레 자기 이마를 찰싹 소리 나게 때렸다. 토시코는 쓴웃음을 머금으며 사과했다.

아직 개운치 않은 점이 남아 있지만, 이 원고가 진짜(라고 말해도 될지는 모르겠지만)가 틀림없는 것 같았다.

그렇다면 확인해야 할 것이 하나 더 있다. 쿠루미는 핵심에 파고들 듯이 몸을 쑥 내밀었다.

"그러면 하나만 더 가르쳐 주세요. 당신은 대체 어떻게 이 원고를 그린 거죠? 여기 계신 니아 양은 흐리터분한 술꾼에 대충대충인 성격이지만—."

"어이쿠, 느닷없이 디스당했네."

"—만화가로서의 실력만은 일품이랍니다."

이어지는 쿠루미의 말을 듣고 멋쩍은 듯이 머리를 긁적이던 니아는 「……어? 칭찬받은 거야? 통틀어서 마이너스 아냐?」라며 고개를 갸웃거렸다.

"그런 니아 양이 이와나가 선생님의 그림과 완전히 동일하다고 평한 원고를, 당신은 대체— 어떤 아티팩트로 그린 거죠?"

"……."

쿠루미가 그 단어를 입에 담자, 토시코는 입을 다물었다.

하지만 잠시 후, 그녀는 입가에 옅은 미소를 머금었다.

"아티팩트? 그게 뭐죠? 새로운 만화의 설정인가요?"

"시치미 떼지 말아 주시겠어요? 아무리 그림체가 비슷할지라도 한도라는 게 있답니다. 니아 양의 눈을 속일 수준의 위작을 매주 그려내는 건, 아티팩트를 쓰지 않고는 불가능해요."

쿠루미가 추궁하듯 그렇게 말하자, 토시코는 어깨를 살짝 으쓱했다.

"그렇게 복잡한 이야기는 아니에요. —원래 『패성의 세다르』의 절반은 제가 그린 것이니까요."

"뭐……?"

토시코가 그렇게 말하자, 니아는 눈을 동그랗게 떴다.

"5권부터였을까요. 작업 속도가 느린 언니에게 부탁을 받아서 원고 작업을 돕게 됐어요. 처음에는 어시스턴트로 참여하는 정도였지만, 점점 작업량이 늘어나면서 메인 캐릭터의 작화도 맡게 됐죠. 그러니까 이와나가 슌은 도중부터 실질적으로 저와 언니, 둘이서 한 명인 만화가였던 거예요."

"그, 그거…… 정말……."

니아가 식은땀을 흘리면서 턱에 손을 댔다. 쿠루미 또한 팔짱을 끼면서 표정을 굳혔다.

"―전부 이야기해 드렸어요. 이제 됐나요?"

그런 쿠루미의 생각을 중단시키려는 듯이, 토시코는 단호한 어조로 말했다.

"『패성의 세다르』를 연재 종료시키고 싶지 않았다고는 해도, 편집부 측에 언니의 죽음을 숨긴 건 제 잘못이에요. 편집부에는 제가 연락해서 용서를 구하겠어요.『패성의 세다르』를 앞으로 어떻게 할지에 대해서는 편집부와 상의할 생각이에요."

토시코는 딱 잘라서 그렇게 말한 후, 소파에서 일어섰다.

"폐를 끼친 두 분께 진심으로 사죄드려요."

토시코는 고개를 깊이 숙였다.

그 논리정연하고 솔직한 사죄를 받은 쿠루미와 니아는 순순히 물러날 수밖에 없었다.

"저기…… 미안해, 쿠루밍. 이상한 일에 휘말리게 했네~."

"아뇨……."

하나무라 저택을 나선 후. 니아가 미안해하는 투로 그렇게 말하자, 쿠루미는 고개를 살며시 저었다.

애초에 쿠루미와 니아는 제삼자였으며, 토시코를 벌할 권리 또한 없다. 이해가 안 되는 점이 몇 가지 있기는 하지만, 상대방이 모든 혐의를 인정하면서 앞으로 어떻게 대처할지도 밝혔으니 더는 할 수 있는 일이 없다.

"그건 그렇고…… 이와나가 선생님이 둘이서 한 명의 만화가였다, 라……. 그렇다면 알아볼 수 있을 리가 없어. 만화가 본인이 그린 거잖아. 뚜껑을 열고 보니 단순한 이야기네. 뭐, 불가사의한 일 같은 건 그리 흔하게 일어나지 않는 거구나……."

"그렇군요……."

생각해 보면, 이 건에 아티팩트가 얽혀 있다는 것은 쿠루미와 아야의 상상에 지나지 않는다. 평범하게 생각해 보면, 이번에 밝혀진 사실 쪽이 훨씬 신빙성이 있었다.

하지만, 그 사실을 순순히 받아들이지 못하게 하는 위화감이 존재했다. 뭔가 이상하다. 뭔가가 마음에 걸린다. 하지만, 그것이 뭔지 알 수가 없다ㅡ.

쿠루미가 팔짱을 끼며 신음을 흘린, 바로 그 순간이었다.

"흐음ㅡ. 표정이 편치 않아 보이는걸, 토키사키 양. 마치 사건의 진상을 받아들이지 못하는 듯한 느낌이야."

앞쪽에서, 그런 수상쩍은 목소리가 들려왔다.

“아……! 당신은—.”

쿠루미는 숨을 삼키면서 숙이고 있던 고개를 들었다.

대체 어느새 나타난 건지, 『수상쩍음』이란 말을 의인화한 듯한 인물이 쿠루미의 앞에 서 있었다.

동그란 검은색 선글라스를 쓴 키가 큰 여성이었다. 어두운 빛깔의 기모노 차림에, 손에는 검은색 가죽 장갑을 꼈으며, 발에는 부츠를 신고 있다. 석양을 배경 삼아 서 있는 그 모습은 황혼 녘에 모습을 드러내는 길모퉁이의 괴인이란 도시 괴담을 만들고도 남을 듯한 풍모였다.

“우와……. 뭐, 뭐야, 쿠루밍. 아는 사이야……?”

“……네.”

니아가 전율한 것처럼 몸을 젖히며 그렇게 묻자, 쿠루미는 인상을 찡그리며 대답했다.

“—에이고지 레몬 씨. 일전에 미쿠 양에게 의뢰받은 어떤 사건에서 만났던, 자칭 미래 탐정이랍니다.”

“……저기, 캐릭터성이 포화 상태인 거 아냐?”

니아는 어처구니없다는 표정으로 땀을 삐질삐질 흘리면서도, 쿠루미의 지인이라면 일단 인사를 나눠 둬야겠다고 생각한 건지 한 걸음 앞으로 내디디며 악수를 청하듯 손을 내밀었다.

“으~음. 안녕하세요. 쿠루밍의 베스트 프렌드인 혼죠 니아 양이에요.”

"아, 에이고지 레몬이라고 해. 만나서 반가워. ―미안하지만 악수는 사양하겠어. 실은 주정뱅이 안경 여성 만화가 알레르기거든."

"마치 나를 핀포인트로 저격하는 듯한 알레르기네?!"

니아가 새된 목소리로 그렇게 외치자, 레몬은 깔깔 웃었다.

여전히 종잡을 수 없는 여성이다. 쿠루미는 눈을 가늘게 뜨면서 그녀를 쳐다봤다.

"만나고 싶었답니다, 레몬 씨. 일전의 사건이 해결된 후에 당신은 홀연히 모습을 감췄으니까요."

"아하하. 그때는 실례했어. 엉터리 추리를 늘어놓은 게 부끄러워서 말이야. 이야, 네가 사건을 해결해 줘서 정말 다행이었다니깐."

"……"

쿠루미는 그 부자연스러운 말을 듣고 입을 다물었다. ……확실히 당시에 레몬은 진범이 아닌 사람을 범인으로 지목했지만, 실은 진상을 알면서도 일부러 그렇게 행동한 것처럼 보였다.

하지만, 지금은 그것보다 우선해서 확인해야 할 일이 있다. 쿠루미는 시선을 날카롭게 만들면서 말을 이었다.

"그런데, 오늘은 대체 무슨 일이시죠? 설마 저에게 알려주시러 왔나요? ―당신이 아티팩트의 존재를 알고 있는 이유를 말이죠."

“전에도 말했다시피, 그게 너희의 전매특허인 건 아니잖아? 세상은 넓어. 자신들만이 특별하다고는 생각하지 않는 편이 좋을 거야.”

“……말을 참 아니꼽게 하시는군요.”

“이야, 실례했어. 타고난 성격이라 말이야.”

레몬은 장난스러운 투로 그렇게 말하더니, 고개를 살짝 숙인 후에 말을 이었다.

“사과의 의미로 조언을 하나 해 주겠어.”

“조언……?”

“―네 예감은 틀리지 않았어. 그 원고는 아티팩트를 이용해 그린 게 맞아.”

“……!”

레몬이 그렇게 말하자, 쿠루미는 무심코 미간을 좁혔다.

“……당신, 어떻게 그걸…….”

“말했을 텐데? 나는 미래 탐정. 나에게 그걸 물으려면 『왜』가 아니라 『언제』를 물어야 하지 않으려나?”

“……설정을 철저하게 지키시는군요.”

“사람 앞에서 설정 같은 말은 안 하는 편이 낫지 않으려나?”

쉿~ 하는 소리를 내며 검지를 입술에 댄 레몬이 이어서 그렇게 말했다. 행동 자체는 우스꽝스럽지만, 그녀는 저런 행동으로 자신의 비밀을 숨기고 있다는 느낌이 들었다.

"아무튼, 고민이 될 때는 처음으로 돌아가 보도록 해. 이유가 어찌 됐든 간에, 발로 뛰면서 모은 정보는 헛되지 않거든."

"처음—."

쿠루미는 작은 목소리로 그렇게 중얼거린 후, 화들짝 놀라며 어깨를 부르르 떨었다.

"—니아 양. 출판사에서 본 반년 전 원고를 기억하시나요?"

"아, 응. 사진도 찍어뒀어."

"어느새……."

무심코 도끼눈을 뜰 뻔했지만, 결과적으로는 잘 됐다. 쿠루미는 니아에게 그 촬영 데이터를 보여 달라고 부탁했다.

그리고 화면에 표시된 원고의 사진을 확대해 보더니—

"설마…… 이건……."

무언가를 눈치챈 쿠루미는 표정을 딱딱히 굳혔다.

"쿠루밍, 뭔가 알아낸 게 있는 거야?"

"……네."

쿠루미는 니아의 질문에 짤막하게 답한 후, 화면에서 시선을 뗐다.

"일단 고맙다는 말은 해 두죠. 하지만, 대체 어떻게 이런 것까지—."

바로 그때, 쿠루미는 말을 멈췄다.

이유는 단순했다. 방금까지 눈앞에 있던 수상쩍은 여자

가 흔적도 없이 사라진 것이다.

"우왓, 사라졌네?! 방금까지 여기 있었는데……!"

"……."

수상쩍은 행동과 말을 늘어놓고, 쿠루미가 확신에 도달하면 모습을 감춘다— 미쿠에게 의뢰 받은 사건 때와 마찬가지다. 쿠루미는 어금니를 깨물었다.

아마 이 근처를 뒤져도 찾을 수 없을 것이다. 쿠루미는 생각을 전환하려는 듯이 머리를 내저은 후, 니아를 향해 고개를 돌렸다.

"돌아가죠, 니아 양. 아직 사건은 해결되지 않았답니다."

"뭐?! 그 말은……."

"네. —추리의 시간이 아로새겨졌답니다."

쿠루미가 그렇게 말하자, 니아는 왠지 감격한 듯한 표정을 지었다.

"우와! 탐정은 진짜로 그런 대사를 읊는구나! 대박~!"

"……빨리 가기나 하죠."

왠지 부끄러워진 쿠루미는 빠른 걸음으로 왔던 길을 되돌아갔다.

몇 분 후에 쿠루미와 니아가 하나무라 저택을 다시 방문하자, 토시코는 약간 놀란 표정을 지으면서 두 사람을 맞이했다.

"무슨 일이죠? 물어볼 게 더 있나요?"

토시코는 어딘가 불안한 어조로 그렇게 물었다.

쿠루미는 가늘게 숨을 내쉬더니, 마치 독백하듯 이야기하기 시작했다.

"─수수께끼였답니다. 저희가 처음 이곳을 방문했을 때는 당신이 왜 범인을 모르는 척했는지, 그리고 저희가 자신에게 도달할 것을 뻔히 알면서 왜 이와나가 선생님과 오랜 친분이 있는 만화가들을 소개해 줬는지가 말이에요."

"그건…… 아까도 말했잖아요. 저는 죄책감을 느끼고 있었지만, 두 분의 갑작스러운 방문에 놀란 나머지 각오를 다지지 못했다고요."

토시코는 아까와 같은 이유를 입에 담았다. 쿠루미는 천천히 고개를 끄덕였다.

"네─ 분명 그건 거짓말이 아니겠죠. 하지만 전부 솔직하게 털어놓은 것도 아니에요. 그렇지 않나요?"

"……."

"어? 쿠루밍, 그게 무슨 소리야?"

니아는 영문을 모르겠다는 듯이 고개를 갸웃거렸다. 쿠루미는 그런 그녀를 힐끔 쳐다본 후에 말을 이었다.

"토시코 씨는 시간을 벌고 싶었던 거예요. 저희가 다른 만화가 분들을 찾아다니는 사이, 꼭 해야만 하는 일이 있었던 거죠."

"해야만 하는 일……?"

"이 사건을 어떻게 수습할 것인가. 그 방침을 상의한 거랍니다."

"방침을…… 상의해? 그 말은—."

"네."

쿠루미는 고개를 끄덕이면서 말을 이었다.

"—이와나가 선생님의 사후에 원고를 그린, 또 한 명의 유령 작가와 말이죠."

"……!"

쿠루미가 선언하듯 그렇게 말하자, 토시코는 어깨를 부르르 떨었다.

니아는 경악한 듯이 눈을 치켜뜨더니, 쿠루미 쪽을 돌아봤다.

"또 한 명의……?! 그 원고를 그린 건 여동생분이 아니었다는 거야?!"

"네. 아마 반년 전, 이와나가 선생님의 사후에 남은 원고를 그리기 시작한 건 또 한 명의 유령 작가였으리라고 생각한답니다."

"어, 그걸 어떻게 아는데?"

"반년 전의 원고 사진을 다시 한번 살펴보세요. 거기에는 명백하게 이상한 점이 하나 있답니다."

쿠루미가 그렇게 말하자, 니아는 아까와 마찬가지로 스마트폰에 원고 사진을 표시했다.

"이상한 점…… 이상한 점……, 아— 혹시…….."

사진을 확대해서 살펴보던 니아는 뭔가를 눈치챈 것처럼 그렇게 말했다.

"그래요. 말풍선 안의 대사가 펜으로 적혀 있답니다."

쿠루미는 고개를 끄덕이며 말을 이었다.

"저도 만화가 여러분의 작업 현장을 보기 전까지는 몰랐는데, 아날로그 원고를 그리던 시절에는 말풍선 안의 대사를 연필로 쓰는 게 일반적이었다죠?"

"응…… 맞아. 우와~, 너무 당당히 써 놔서 일부러 그런 줄 알았네. ……하지만, 왜 이런 건데?"

"단순히, 이 원고를 그린 사람이 그 룰을 몰랐을 뿐 아닐까요. 요즘의 젊은 만화가 분들은 디지털로 작화 작업을 하는 이들이 대부분이라 하니, 그런 옛날 룰을 몰라도 무리는 아닐 거랍니다. —하지만, 옛날부터 아날로그 원고를 그려 온 토시코 씨가 그 점을 몰랐을 리가 없어요. 실제로 아까 저희에게 보여 준 최신 원고의 대사는 연필로 적혀 있었죠. 그래서 눈치챘답니다. 지금은 공범 관계지만, 이와나가 선생님의 사후에 처음으로 연재를 시작한 사람은 토시코 씨가 아니라 다른 사람이라는 걸 말이에요."

"……."

토시코는 시선을 돌렸다. 아까 전의 차분한 태도는 눈을 씻고도 찾아볼 수가 없었다.

"하지만 쿠루밍의 말처럼 또 한 명의 범인이 있다면, 그건 대체 누구야?"

"설령 타인의 화풍을 흉내 낼 수 있는 아티팩트가 있더라도, 스토리를 파탄 내지 않고 이어가기 위해서는 아까 토시코 씨가 보여 준 아이디어 노트가 꼭 필요하답니다. 이와나가 선생님이 가지고 계셨던 저 노트를 볼 수 있고, 아날로그 원고의 룰에 어두운 세대인 분— 거기에 해당하는 사람은 딱한 명뿐이죠."

"그게 누구야……?"

니아는 고개를 갸웃거렸다. 쿠루미는 토시코의 얼굴을 응시하며 말을 이었다.

"모자가정이라고 토시코 씨가 말씀하셨죠—? 괜찮다면, 따님을 소개해 주시지 않겠어요?"

"그 애는 이 일과 상관없어요……!"

쿠루미의 말을 들은 토시코가 침묵을 깨면서 상기된 목소리로 그렇게 외쳤다.

"제가 범인이라고 말했잖아요! 대사를 펜으로 쓴 게 뭐 어쨌다는 거죠?! 사람이 실수할 수도 있잖아요! 겨우 그걸 가지고—."

그리고 불같이 화내며 말을 쏟아 내던 토시코가 갑자기

입을 다물었다.

이유는 단순했다. 그 목소리에 호응하듯 응접실의 문이 열리더니, 한 소녀가 모습을 보인 것이다.

나이는 열여섯, 일곱 정도일까. 파카를 걸친 호리호리한 체구의 소녀였다. 마치 방금까지 엉엉 운 것처럼 눈꺼풀이 부어 있었다.

"……이제 됐어, 엄마. 어차피 전부 다 끝났잖아."

"스즈하―."

토시코는 딸의 이름을 부르더니, 체념한 듯이 고개를 숙였다.

"스즈하 양이라고 불러도 될까요―? 만나서 반가워요. 토키사키 쿠루미라고 해요. 잠시 이야기를 나누지 않겠어요?"

"……네. 제 방으로 가죠."

스즈하가 그렇게 말하자, 쿠루미와 니아는 고개를 푹 숙인 토시코를 응접실에 남겨 둔 채 이 집 2층으로 올라갔다.

2층 가장 안쪽에 있는 스즈하의 방은 잉크 냄새로 가득 차 있었다.

입구 쪽에는 침대와 만화 및 자료집이 가득 꽂힌 책장이 있었고, 방 안쪽에는 커다란 작업용 책상과 사무용 의자가 놓여 있었다. 침대 위에는 귀여운 봉제 인형도 놓여 있지만, 이 방에서 가장 눈길을 끄는 것은 작업용 책상에 새겨져 있는 잉크 흔적과 커터 나이프 자국 같은 작업의 흔적이었다.

"그래요. ……여기서『패성의 세다르』를 그린 거군요?"

"……네. 이것을 이용해서요."

그렇게 말한 스즈하는 책상 위에 놓인 펜 하나를 내밀어 보였다. ―펜대에 세밀한 문양이 새겨진, 딱 봐도 불가사의한 펜이었다.

"이건……."

"―『소악마의 펜』. 대상자의 피가 섞인 잉크를 써서, 필적과 화풍을 모방하게 해 주는 펜이에요. 어느 날, 누군가가 우리 집으로 이걸 보냈어요."

"……그랬군요."

틀림없다. 아야의 집에서 없어진 아티팩트다. 쿠루미는 펜대의 문양을 손가락으로 훑으면서 고개를 들었다.

"『패성의 셰다르』를 그린 이유를 알려 주시겠어요?"

"……엄마가 아까 말한 이유가 거의 들어맞아요. 저는『패성의 셰다르』의 광팬이었죠. 그 만화가 도중에 끝나 버리는 걸 도저히 받아들일 수가 없었어요. 게다가―."

"게다가?"

"……이모가 임종 직전에 부탁했어요.『패성의 셰다르』를 완결시켜 달라고요."

“…….”

스즈하가 그렇게 말하자, 쿠루미는 입을 다물었다.

아무리 만화를 좋아하더라도, 이번 일은 과했다고 생각했지만— 확실히 그 말은 일종의 저주에 가까웠다.

게다가 스즈하의 곁에는 타인의 그림을 흉내 낼 수 있는 아티팩트가 있었다. 그 기묘한 우연이, 이번 사건을 일으킨 것이리라.

“그래서, 이 펜으로 『패성의 세다르』를 그리기 시작했어요. ……뭐, 물론 엄마한테 금방 들켰지만요.”

“그 후로, 함께 원고를 그린 거군요?”

“……네. 엄마도 이모의 만화가 미완인 채 끝나는 것을 아쉬워했거든요. 처음에는 놀랐지만, 협력해 줬어요. 그림은 제가 그리고, 다른 작업은 엄마가 전부 맡아 줬죠. 절반은 자기가 그렸다는 말은 펜의 존재를 숨기기 위한 거짓말이었지만— 이모가 살아 계시던 시절에 엄마가 원고 작업을 도운 건 사실이에요.”

스즈하는 가라앉은 목소리로 그렇게 말했다.

얼추 쿠루미의 예상대로였다. 하지만 신경 쓰이는 점이 하나 더 있었기에, 고개를 갸웃거리며 물었다.

“아까 말씀하신 다 끝났다는 건— 무슨 말이죠?”

“……말 그대로의 의미예요. 이제 연재를 이어갈 수 없어요.”

그렇게 말하는 스즈하의 눈가에 눈물이 맺혔다. 그것을 본 니아는 미간을 좁혔다.

"무슨 소리야? 이와나가 선생님이 돌아가셨다는 것을 숨긴 채 연재를 계속한 건 칭찬받을 짓이 아니지만, 자초지종을 이야기한다면 정식으로 연재를 물려받을 가능성도 있잖아? 잡지 측도 같은 퀄리티로 원고를 그려 주는 작가가 나타났으니 기뻐할 거야. 게다가 친족이니까……."

니아가 그렇게 말했지만, 스즈하는 고개를 저었다.

"……이제 무리예요. 더는 원고를 그릴 수 없어요. ―잉크가, 바닥났거든요."

"―."

쿠루미는 그 말을 듣고 숨을 삼켰다.

아까 스즈하가 말했다. 『살라이의 펜』은 대상자의 피를 섞은 잉크를 써서 그림체와 필적을 모방하는 아티팩트다. 어떻게 한 건지는 아직 모르지만, 스즈하는 이모의 피를 입수해서 잉크에 섞었으리라.

하지만, 주간 연재에 쓰이는 잉크의 양은 방대하다. 그리고 시체는 화장했을 테니, 피를 더 확보할 수도 없다.

그것은 즉, 만화가 이와나가 슌의 두 번째 죽음이라 해도 과언이 아닐 것이다.

"……엄마가 두 분에게 보여 준 게 마지막 원고예요. 저는 결국 『패성의 세다르』를 완결시키지 못했어요……."

젖은 목소리로 그렇게 말한 스즈하의 눈에서 눈물이 방울져 떨어졌다.

원통함에 사로잡힌 스즈하를 본 쿠루미는 말을 이을 수가 없었다.

니아 또한 쿠루미와 마찬가지로 무슨 말을 건네면 좋을지 모르겠다는 표정을 짓고 있었지만, 이윽고 뭔가를 눈치챈 것처럼 작업용 책상 위를 쳐다봤다.

"……어, 저기 있는 원고는 뭐야? 아까 우리한테 보여 준 원고에서 이어지는 내용 맞지?"

"……저건 잉크가 떨어진 후에 제가 평범한 펜으로 그린 거예요. 이모의 그림과는 비교할 가치조차 없는 졸작이죠. 완벽한 가짜예요."

"……흐음~?"

니아는 흥미롭다는 듯한 반응을 보이더니, 원고를 손에 쥐고 넘겨 보기 시작했다.

"……."

그리고 니아가 한동안 아무 말도 하지 않자, 쿠루미는 의아하다는 듯이 고개를 갸웃거렸다.

"니아 양, 왜 그러시죠?"

"으음……."

그 말에 답하듯, 니아는 원고를 내밀었다. 쿠루미는 의아하게 생각하며 그 원고를 받아서 살펴봤다.

“어—.”

그리고, 말문이 막히고 말았다.

확실히 이와나가 슌의 그림을 완벽하게 재현한 이제까지의 원고와는 화풍이 미묘하게 달랐다. 비슷하기는 했지만, 다른 작가가 그렸다는 것을 한눈에 알 수 있었다.

하지만, 그런 사소한 점을 고려하더라도—.

쿠루미가 아연실색한 사이, 니아가 스즈하를 향해 고개를 돌렸다.

“—확실히 이와나가 선생님의 그림과는 달라. 뭐, 다른 사람이 그렸으니 당연할 거야.”

“……네. 알고 있어요. 이모와는 비교조차—.”

“하지만, 결코 가짜는 아냐.”

“네……?”

니아가 그렇게 말하자, 스즈하는 눈을 동그랗게 떴다.

“확인 삼아 묻는 건데, 이와나가 선생님은 스즈항이 그 펜을 가지고 있는 걸 알고 『패성의 셰다르』를 완결시켜 달라고 부탁한 건 아니지?”

“……네.”

“그럴 거야. 그렇다면 이와나가 선생님이 바란 『이어지는 내용』은 그런 치트 아이템을 써서 그린 게 아니라— 자기 혼을 이해하며 이어받은 작가가 그린 것이 아닐까?”

“……그, 건—.”

스즈하는 말문이 막혔다. 니아는 그런 그녀의 두 눈을 응시하며 말을 이었다.

"—적어도 내가 보기에, 이 원고는 이와나가 선생님의 혼을 이어받아 그렸다고 생각해."

"——."

니아가 그렇게 말하자, 스즈하는 한동안 얼이 나간 채 서 있더니— 곧 무너지듯 주저앉아서 울음을 터뜨렸다.

더는 자신이 할 일이 없다고 생각한 쿠루미는 그 광경을 응시하면서 작게 숨을 내쉬었다.

"떼레떼뗀뗀뗀떼뗀, 떼레떼뗀뗀뗀뗀떼뗀—♪"

"……그냥 평범하게 들어오세요, 니아 양."

사건이 해결되고 며칠 후. 토키사키 탐정사의 문틈으로 정체불명의 멜로디가 흘러들어 오자, 쿠루미는 인상을 찡그리며 그렇게 말했다.

그러자 문이 힘차게 열어젖혀지더니, 예상했던 인물이 안으로 들어왔다.

"홋, 용케도 간파했군. K소년의 드라마판 BGM을 간파하다니, 혹시 쿠루밍도 나와 동년배인 거려나?"

"이런 식으로 등장하는 사람은 니아 양뿐이니까요."

도끼눈을 뜨면서 자리에서 일어난 쿠루미가 응접 공간의 소파에 앉자, 니아 또한 맞은편 소파에 앉았고, 방 안쪽에 있던 아야가 차를 준비하기 시작했다.

"어서 오세요, 혼죠 씨. 설탕은 두 개였죠?"

"오, 역시 아~ 양. 하지만 혼죠 씨란 호칭은 너무 서먹하네~. 니아 씨나 니아 양이나 니아 언니 중에 하나로 부탁해~."

"과자도 드세요, 니아 언니."

"왜 하필이면 그건데?"

태연히 과자가 담긴 쟁반을 내미는 아야를 본 쿠루미는 한숨을 내쉬었다. 명가의 자제답게 기본적으로는 성실하고 예의 바르지만, 때때로 이런 익살스러운 짓을 진지한 표정으로 했다.

"뭐, 좋아요. 그것보다, 이와나가 선생님 건으로 온 거죠—? 저도 그 후에 어떻게 됐는지 궁금했답니다."

그렇다. 아티팩트 『살라이의 펜』은 쿠루미가 자초지종을 설명하고 회수했다. 하지만 스즈하와 토시코, 그리고 『패성의 세다르』의 연재가 어떻게 됐는지는 쿠루미도 알지 못했다.

"아, 응. 이와나가 선생님께서 세상을 떠나셨단 것은 『살라이의 펜』을 써서 그린 마지막 원고를 게재하면서 잡지 지면을 통해 발표했어. 선생님의 피가 섞인 잉크가 없으니, 똑같은 그림을 그릴 수도 없으니 말이지."

"……그건 어쩔 수 없으니까요."

"그렇게 아쉬운 표정 짓지 마. —편집부에 스즈항의 원고를 보여 주고 『패성의 셰다르』를 계속 그려도 된다는 허가를 정식으로 받아 왔어. 물론 내 밑에서 실력을 갈고닦는다는 조건으로 말이지."

니아는 그렇게 말하면서 자기 가슴을 두드렸다.

—역시 그렇게 된 것일까. 스즈하의 원고를 봤을 때부터, 이 결말을 예상하기는 했다. 쿠루미는 작게 숨을 내쉰 후에 말했다.

"니아 양. 저는 만화를 잘 알지는 못하지만, 스즈하 양의 원고는—."

"—응. 이런 표현은 그다지 좋아하지 않지만, 그녀는 천재야."

쿠루미의 말에, 니아는 고개를 끄덕이며 답했다.

"아직 완성되지는 않았지만, 충분히 이 업계에서 통용될 수준이야. 그 나이에 이만큼이나 그리는 사람은 흔치 않아. 장래에는 이와나가 선생님을 능가할지도 몰라. 예의 펜을 계속 썼다면 알 수 없었겠지."

"……이런, 이런."

기묘한 감회로 폐부가 가득 찬 가운데, 쿠루미는 어깨를 살짝 으쓱했다.

"아이러니한 이야기군요. 인지를 초월한 힘을 지닌 아티 팩트를 쓸 때보다, 인간의 손으로 그릴 때 더 좋은 결과가 나오다니 말이죠."

"하하, 그 펜의 힘은 어디까지나 모방이잖아? 그런 것을 계속 써선 선구자를 넘어설 수 없거든……."

니아는 그렇게 말하면서 아련한 눈길을 머금었다. 어쩌면 그녀도 크리에이터의 한 명으로서, 나름대로 생각하는 바가 있는 걸지도 모른다.

바로 그때, 뭔가가 생각난 것처럼 니아의 눈썹이 흔들렸다.

"그러고 보니 이름이 뭐였더라? 조사 도중에 만났던 그 수상한—."

"레몬 씨, 말인가요?"

"맞아, 맞아. 그 캐릭터성 포화 우먼. 그 사람은 대체 정체가 뭐야? 등장하는 타이밍도 그렇고, 조언해 준 방식도 그렇고, 완전 편의주의 도우미 캐릭터 그 자체잖아."

"……제가 묻고 싶을 정도랍니다."

니아가 그렇게 묻자, 쿠루미는 질렸다는 듯이 어깨를 으쓱했다. 그렇다. 결국 레몬의 정체는 이번에도 알아내지 못했다.

"왠지~ 수상하다니깐. 아군 행세를 하는 흑막 같아. 아마 아티팩트를 모으고 나면 본성을 드러낼걸?"

"……."

왠지 농담처럼 들리지 않았다. 쿠루미의 볼을 타고 땀방울이 흘러내렸다.

바로 그때, 니아가 화제를 바꾸려는 듯이 테이블 위에 넙죽 엎드렸다.

"—그건 그렇고오~, 쿠루미잉~."

"그 기분 나쁜 목소리는 대체 뭐죠?"

쿠루미가 인상을 쓰면서 몸을 뒤편으로 젖히자, 니아는 간드러진 목소리로 말을 이었다.

"『살라이의 펜』……이라고 했지? 그거, 자기 자신의 피도 유효할까~?"

"그게 무슨 소리죠?"

"예를 들어 수면 부족이나 숙취로 그림을 제대로 못 그릴 때, 그 펜을 쓰면 멀쩡한 상태일 때의 그림을 그릴 수 있으려나~ 싶어서 말이지."

"……안 빌려줄 거예요."

"뭐~, 너무해~! 조금만~ 빌려줘~!"

쿠루미가 딱 잘라 거절하자, 니아는 입술을 삐죽 내밀면서 소파를 마구 두드려 댔다.

"방금 자기 입으로 말했잖아요? 그것을 쓰는 한, 선구자를 넘어설 수는 없다고 말이죠. 니아 양도 어제의 자신을 능가해 주세요."

"끄응……. 자기가 한 말에 논파당하다니……! 찍소리도 못하겠네……!”
　니아는 분하다는 듯이 주먹을 부들부들 떨었다.
　쿠루미는 쓴웃음을 머금으며 홍차를 한 모금 마셨다.

Case File

III

탐정 조수라면,
관찰안을 더욱 갈고닦도록 하세요.

쿠루미 고스트

“—여러분, 만나서 반가워요. 오늘부터 교육 실습생으로서 여러분과 함께하게 된 토키사키 쿠루미라고 합니다. 짧은 시간 동안이지만, 부디 잘 부탁드려요.”

아침. 도립 라이젠 고교 1학년 2반 교실.

쿠루미는 간결하게 인사를 마친 후, 정중히 고개를 숙였다.

그런 그녀가 입고 있는 건 말쑥한 정장이었다. 가련한 얼굴에는 옅은 화장을 했으며, 긴 흑발은 꽃문양이 들어간 머리핀을 이용해 하프업 스타일로 올려 묶었다. 나이는 이 교실에 있는 학생들과 크게 다르지 않지만, 복장과 몸가짐 덕분에 어른스러운 분위기가 감돌았다. 쿠루미가 교실을 둘러보며 옅은 미소를 머금자, 몇 명 학생은 볼을 살짝 붉히며 시선을 돌렸다.

그 모습을 본 건지, 쿠루미의 옆에 서 있는 여성 교사가 감격한 듯이 눈시울을 붉혔다.

“흐흑, 토키사키 양이 교육 실습생이 되어서 모교로 돌아오다니……. 왠지 감동했어요.”

그렇게 말하며 안경을 들어 올린 그녀는 눈가에 맺힌 눈물을 닦았다.

그녀는 이 반의 담임인 칸나즈키 타마에 교사다. 예전에 쿠루미가 이 학교에 다니던 시절의 담임이기도 했다. 결혼해서 성이 바뀌었지만, 눈물이 많은 성격은 변함없는 것 같았다.

그런 타마에의 말을 들은 건지, 앞에 앉아 있던 학생이 놀란 표정으로 눈을 동그랗게 떴다.

"어, 토키사키 선생님은 이 학교 학생이었어요?"

"네, 그래요. 2학년 때 편입했고, 몸이 약해서 자주 학교를 쉬었죠. 그래도 무사히 졸업해서, 지금은 사이토 대학에— 어……."

거기까지 말한 타마에는 뭔가가 생각난 것처럼 고개를 갸웃거렸다.

"어머……? 토키사키 양이 교육학부로 진학했던가요?"

"……."

타마에가 의아하다는 투로 그렇게 말하자, 쿠루미의 눈썹이 희미하게 떨렸다.

"게다가 올해 졸업했으니 아직 대학교 1학년이잖아요? 교육실습은 보통 4학년 때……."

"어험!"

타마에의 말을 막으려는 듯이, 쿠루미가 일부러 헛기침을 했다.

"칸나즈키 선생님. 정해진 절차를 밟고 대학에 인정을 받는다면, 학부를 변경하는 것도 가능하답니다. 게다가— 월반이란 제도는 알고 계실 텐데요?"

쿠루미가 그렇게 말하자, 타마에는 눈을 동그랗게 뜨며 손뼉을 쳤다.

"아하, 그렇게 된 거군요! 역시 토키사키 양은 우수하다니까요."

"……."

아무래도 얼버무리는 데 성공한 것 같았다. 자기 일처럼 기뻐하며 고개를 끄덕이는 타마에를 보면서, 쿠루미는 가슴을 쓸어내렸다.

"……그런데, 이게 대체 뭐죠?"

그날 방과 후. 라이젠 고교의 학생회실을 방문한 쿠루미는 불만 섞인 한숨을 내쉬면서 자신이 입고 있는 옷을 내려다봤다. —바로, 풋풋한 교육 실습생 느낌이 물씬 나는 정장을 말이다.

하지만, 쿠루미의 짜증 섞인 목소리를 듣고도, 이 방에 모인 학생회 임원들은 그저 어리둥절한 표정으로 서로의 얼굴을 쳐다보기만 했다.

"……아니, 보고도 모르겠어?"

"정장이잖아……?"

"음. 틀림없느니라."

"……아! 잘 어울리세요."

표정이 우울해 보이는 소녀, 머리카락을 흰색과 검은색 리본으로 나눠 묶은 드세 보이는 인상의 소녀, 고풍스러운 분위기의 소녀, 상냥한 외모의 소녀가 차례차례 그렇게 말했다.

오른쪽부터 학생회장인 쿄노 나츠미, 회계인 이츠카 코토리, 홍보인 호시미야 무쿠로, 서기인 히메카와 요시노다. 쿠루미는 머리를 긁적이면서 「그게 아니라……」 하고 말을 이었다.

"저는 분명 『조사』에 협력하겠다고 말했지만, 교육 실습생으로 잠입해야 한단 이야기는 못 들었답니다."

그렇다. 쿠루미는 자기 취미나 성적 취향 때문에 이런 복장을 한 것이 아니다.

지금으로부터 며칠 전, 토키사키 탐정사에 쿠루미와 친분이 있는 이 소녀들이 나타나서 교내에서 일어난 어떤 사건의 조사에 협력해 달라는 의뢰를 했다.

쿠루미는 탐정으로서 교내를 조사하기만 하면 될 줄 알았지만, 어느 날 갑자기 사무소에 지시서와 함께 정장을 비롯한 의상 세트가 배달된 것이다. 참고로 같이 배달된 실내용 샌들에는 시계 문양이 새겨져 있었다. 세세한 부분까지 신경 쓴 것 같았다.

하지만 나츠미 일행은 쿠루미의 말을 듣고 눈을 동그랗게 떴다.

"그건…… 우리도 모르는 일이야."

"쿠루미 씨가 직접 준비했다고 생각했어요."

"네……?"

그들의 반응을 본 쿠루미는 미간을 좁히더니— 곧 눈치 챘다.

학생회 임원들 옆에서, 안경을 쓴 조그마한 체구의 소녀가 눈을 반짝이고 있다는 사실을 말이다.

쿠루미의 탐정 조수이자 스폰서인 아야다.

"……아야 양. 혹시 당신이 이것들을 준비한 건가요?"

"잘 어울리세요, 선생님. 역시 잠입 조사는 탐정의 묘미예요."

그렇게 말한 아야는 흥분한 기색을 감추지 않으며 몸을 부들부들 떨었다.

참고로 현재 아야는 코토리 일행과 같은 디자인의 교복을 입고 있었다. 사이즈가 조금 큰 것처럼 보이지만 말이다.

그리고 1학년이라는 것을 알리는 파란색 라인이 그려진 실내화에는 쿠루미의 샌들과 마찬가지로 시계 문양이 새겨져 있었다. 아무래도 세세한 부분까지 신경 쓴 것 같았다.

"……설마 아야 양도 학생으로 잠입한 건가요?"

"아뇨, 그건 무리여서 방과 후에 몰래 학교에 들어왔어요……."

아야는 아쉽다는 듯이 고개를 푹 숙였다. 그 모습을 보고 화낼 마음이 가신 쿠루미는 「……그랬군요」라고 말하며 한숨을 내쉬기만 했다.

“……하아. 이런 이야기를 더 나눠봤자 소용없을 것 같군요. 그것보다, 이번 조사에 협력하는 학생회 임원은 여러분이 전원인가요?”

쿠루미는 그렇게 말하면서 방 안에 있는 학생들을 둘러봤다. 이곳에는 아까 말한 이들 이외에도 소녀 네 명이 더 있었다.

한 사람은 왕자님 느낌이 나는 키가 큰 소녀, 다른 한 사람은 화려한 세로 롤 헤어스타일의 소녀, 또 다른 사람은 안경을 쓴 양 갈래머리의 소녀, 그리고 마지막 한 사람은 팔짱을 낀 채 쿠루미를 미심쩍은 눈길로 응시하고 있는, 눈물점이 인상적인 포니테일 헤어스타일의 소녀였다.

“놀랐어. 진짜로 사립 탐정인 지인이 있구나.”

“역시 나츠미 양이야! 학생회장답게 인맥도 엄청나잖아!”

“아니, 학생회장인 것과는 딱히 상관없을 것 같은데요.”

“맞아요. 그리고 탐정 중에도 별의별 사람이 다 있어 버리니까요. 정의감이 넘치는 어엿한 인물도 있는가 하면, 어디 사는 누구 씨처럼 인간성을 눈곱만큼도 신용할 수 없을 뿐만 아니라 괴상망측한 이름을 지닌 망탐정도 있어 버린다고요.”

아까 들은 소개에 따르면, 가장 먼저 말한 사람은 학생회 부회장인 키노사키 미야코, 다음은 서무인 아야노코지 카논과 오츠키 노리코, 그리고 경비 담당인 타카미야 마나다.

앞의 세 사람은 초면이지만, 마나만은 코토리 일행과 마찬가지로 예전부터 아는 사이다. ……뭐, 쓸데없이 신랄한 말로도 알 수 있다시피, 그렇게 양호한 관계는 아니지만 말이다.

하지만 괜히 대꾸해 봤자 시간만 낭비할 뿐이다. 쿠루미는 여유를 표시하듯 「훗」 하고 코웃음을 친 후(마나가 울컥한 것처럼 인상을 찡그렸기에, 쿠루미는 마음이 살짝 풀렸다), 대답을 요구하듯 코토리를 쳐다봤다.

코토리는 그 말을 긍정하듯 고개를 끄덕였다.

"응, 여기 있는 사람이 전부야."

"좋아요. —그러면 이만『NEW 7대 불가사의』에 대해 상세히 이야기해 주셨으면 좋겠군요."

그렇다. 그것이 바로 쿠루미가 이곳에 온 이유였다.

아무래도 최근에 라이젠 고교에서『NEW 7대 불가사의』라는 소문이 돌고 있는 것 같았다.

즉, 기존의 괴담이 시대의 흐름에 맞춰 새로운 에피소드로 바뀐 것이다.

하지만 괴담은 어디까지나 괴담이다. 단순한 소문이란 사실에는 변함없다. 평범하게 생각하면 그런 괴담을 조사하는 건 열성적인 오컬트 연구부 혹은 한산한 시기의 신문부일 것이다.

하지만 한밤중에 학교에서『무언가』를 봤다는 보고가 줄

을 이은 탓에, 나츠미를 비롯한 학생회 임원이 나설 수밖에 없는 상황이 된 것 같았다.

그래서 그녀들은 예전부터 알고 지낸 쿠루미에게 조사 협력을 의뢰한 것이다.

물론 그녀들도 진짜로 유령이 나왔다고는 생각하지 않았다. 무엇이 괴기 현상으로 착각된 것인지 알아내서 학생들을 안심시키는 게 목적이리라. 설령 구체적인 원인을 찾지 못하더라도, 프로가 조사했다는 점은 학생들이 마음을 놓을 충분한 이유일 것이다.

솔직히 쿠루미는 그다지 내키지 않았지만, 아티팩트가 얽혀 있을 가능성도 있기에 이렇게 모교를 찾은 것이다.

"잠시만 기다려 주세요. 으음—."

쿠루미가 요청하자, 미야코가 스마트폰을 조작하기 시작했다. 그리고 화면에 표시된 내용을 읽기 시작했다.

"『NEW 7대 불가사의』 그 첫 번째, 옥상 앞의 층계참에 생겨난 무수한 새하얀 손."

"콜록콜록."

미야코의 말을 들은 순간, 쿠루미는 격렬한 기침을 토했다.

"앗. 탐정님, 왜 그러세요?"

"선생님, 이 손수건을 쓰세요."

"……고마워요."

쿠루미는 아야가 건네준 손수건으로 입을 가리더니, 숨

을 고르듯 어깨를 들썩였다.

"괜찮아지셨나요? 그럼 계속할게요—."

미야코는 그렇게 말하더니, 스마트폰의 화면을 다시 쳐다봤다.

"두 번째, 그림자 속으로 끌려들어 간 여학생. 세 번째, 정체불명의 집단 의식불명. 네 번째, 괴기 고양이 체취 흡입녀……."

"……잠깐 멈춰 주시겠어요?"

인상을 찡그린 쿠루미는 미야코를 제지하듯 손바닥을 펼쳐 보였다.

이유는 단순했다. 괴담의 내용을 듣고 짚이는 데가 무지막지하게 있어서다.

……솔직히 말하자면, 쿠루미가 예전에 이 학교에서 저질렀던 사건에서 비롯된 괴담이란 느낌이 무지막지하게 들었다.

"왜 그러세요? 아직 남았는데요."

"……질문이 있답니다. 혹시 그 괴담은 실제로 일어난 사건을 모델로 한 것인가요?"

"글쎄요. 그런 게 있을지도 모르지만…… 혹시, 뭔가 눈치챈 점이 있으세요?"

"……아뇨. 계속해 주세요."

쿠루미가 그렇게 말하자, 미야코는 영문을 모르겠다는

듯이 고개를 갸웃거리며 말을 이었다.

"다섯 번째, 소원을 이뤄 주는 거울. 여섯 번째, 풀장의 요괴. 일곱 번째, 학교 건물 뒤편의 유령—."

"……."

다행이라고 해야 할지, 후반부 세 개는 딱히 짚이는 구석이 없었다. ……하지만 앞의 네 개를 생각하면, 그것들도 이 학교에서 일어난 사건에 비롯된 것이리라.

"선생님, 왜 그러세요? 왠지 기운이 없어 보이세요."

"……그렇지 않답니다."

쿠루미는 마음을 다잡으려는 듯이 고개를 저은 후, 다른 사람을 둘러보며 말을 이었다.

"전원이 일곱 개의 괴담을 하나씩 조사하는 건 너무 비효율적이겠죠. 그렇다고 소수 인원으로 조사에 임했다가 만일의 사태가 벌어지면 위험할 수도 있을 거랍니다. 그러니 조사대를 두 조로 나눈 후, A조는 첫 번째부터 네 번째 괴담을, B조는 다섯 번째부터 일곱 번째 괴담의 조사를 진행하는 건 어떨까요?"

"그래. 좋은 생각 같네. 그러면 쿠루미는 A조의 조장을……."

"아뇨. 저는 B조를 맡겠어요."

쿠루미가 딱 잘라 그렇게 선언하자, 코토리는 당황한 듯이 땀을 삐질삐질 흘렸다.

"따, 딱히 상관은 없는데…… 무슨 이유라도 있어?"

"굳이 설명하자면, 탐정의 감이라고나 할까요—?"

쿠루미는 자신만만한 미소를 머금으며 그렇게 말했다.

실은 『무언가』를 보게 된다면 쿠루미가 짚이는 구석이 없는 후반부 세 개 쪽이리라고 생각했을 뿐이지만, 학생회 임원들은 일단 그 말에 납득한 것 같았다. 요시노와 무쿠로, 미야코와 카논은 「오오~」 하고 탄성을 터뜨렸다.

"그러면 바로 조를 나눠서 조사를 시작하죠."

"……잠깐만 있어 봐."

쿠루미가 그렇게 말하자, 나츠미가 제지했다.

"왜 그러시죠?"

"……그게 말이야. 방과 후라고는 해도 아직 교내에 사람이 꽤 있으니까, 좀 더 기다리는 편이 좋을 것 같아. 학생들이 『무언가』를 봤다는 것도 늦은 시간이었거든."

"그래요. 그러면 그때까지 잠시 대기해야겠군요."

그렇게 말한 쿠루미는 「……어머?」 하며 고개를 갸웃거렸다.

"……그렇다면 교육 실습생으로 위장할 필요가 없었던 것 아닌가요?"

"아니, 우리가 그런 게 아닌데……."

나츠미는 난처하다는 듯이 눈썹을 찌푸렸다.

확실히 그 말이 옳았다. 질렸다는 듯이 한숨을 내쉰 쿠루미는 자리에서 일어나더니, 학생회실 입구로 향했다. 아야 또한 그런 쿠루미를 쫓듯 걸음을 옮겼다.

"어. 탐정님과 조수 씨, 어디 가세요?"

등 뒤에서 미야코가 말을 건넸다. 쿠루미는 그쪽을 힐끔 쳐다보더니, 손을 가볍게 내저으며 대답했다.

"밤이 될 때까지 대기라면서요? 잠시 시간 좀 보내고 오겠어요."

쿠루미는 그렇게 말하면서 문을 열었다.

다음 순간—.

"꺄앗?!"

갑자기 눈앞에 사람이 나타난 바람에, 작게 비명을 지르고 말았다. 뒤에서 따라오던 아야가 등을 받쳐 주지 않았다면 그대로 엉덩방아를 찧었을지도 모른다.

문 앞에 서 있던 이는 네모난 안경을 쓴 남성 교사였다. 평범한 덩치를 지녔고, 흰색 셔츠와 검은색 바지 차림이었다. 타인의 인상에 남을 만한 요소를 철저하게 배제한 것 같은 몰개성한 겉모습이었다.

"……토키사키 선생님? 죄송합니다. 저 때문에 놀라셨죠?"

"아, 아뇨……. 그것보다 무슨 일이시죠?"

쿠루미가 태연을 가장하며 그렇게 대꾸하자, 남성 교사는 학생회실 안을 살펴보며 말을 이었다.

“아, 네. 학생회에 볼일이 있어서요. 키노사키 양, 있습니까?”

“―타나카 선생님.”

남성 교사가 그렇게 말하자, 미야코가 쪼르르 달려왔다.

……그러고 보니 이 남성 교사의 이름은 타나카였던 것 같다. 아침에 소개를 받았지만, 부끄럽게도 미야코가 부를 때까지 그의 이름이 생각나지 않았다.

“무슨 일이세요? 보통 학생회실까지는 잘 찾아오지 않으시잖아요.”

“아, 얼마 전에 무대 효과에 흥미가 있다고 말했던 게 생각나서 이걸 드릴까 해서요.”

타나카는 그렇게 말하면서 종이 가방 안에 들어 있던 잡지 크기의 책을 꺼내서 미야코에게 건네줬다. 「와아」 하고 탄성을 지른 미야코는 볼을 붉히면서 눈을 크게 치켜떴다.

“일부러 가져다주신 거예요? 다음 부활동 때 주셔도 되는데…….”

“뭐, 그래도 빨리 드리는 편이 좋을 것 같아서 말이죠.”

“에이, 실은 저를 만나고 싶었던 것 아니에요?”

“무, 무슨 소리 하는 겁니까. 교사를 놀리면 안 돼요.”

그렇게 이야기꽃을 피우기 시작했다. 미야코는 왕자님 같은 인상이지만, 타나카와 이야기를 나눌 때는 저 나이 또래의 장난기 넘치는 소녀 같아 보였다.

“…….”

왠지 이야기가 길어질 것 같았다.

방해하는 것은 좀 그렇고, 이야기가 끝날 때까지 기다려 줄 이유도 없다. 쿠루미는 아야에게 눈짓을 보낸 후, 두 사람의 옆을 지나치면서 학생회실을 나섰다.

◇

사람은 본능적으로 어둠을 두려워한다.

생명 유지 활동의 대부분을 시각에 의존하기에, 그 시각이 차단되는 미지의 영역에서는 어마어마한 공포에 사로잡히고 만다. 보이지 않는 장소에『무언가』가 숨어 있는 건 아닌지 경계하는 것이다.

그것은 눈에 익은 일상적인 광경일지라도 예외는 아니다. 햇빛을 잃은 학교의 복도는 낮과는 전혀 다른 얼굴을 내비치고 있었다. 비유하자면, 커다란 뱀의 입이다. 끝을 알 수 없는 어두운 길은, 발을 들였다간 돌아갈 수 없을 듯한 착각마저 일으켰다. 많은 괴담이 밤을 무대로 삼는 것도 이해가 됐다. 지금, 이 순간의 이 자리에서라면 나무의 술렁거림과 창문의 삐걱거림마저도 요괴의 웃음소리처럼 들릴 것이다.

그래도…….

"지나치게 무서워하는 것 같군요, 코토리 양."

쿠루미는 작게 숨을 내쉬며 그렇게 말했다.

그러자 코토리는 너무하다는 투로 대꾸했다.

"갑자기 뭐라는 거야? 너무 무례한 거 아냐?"

"그렇다면 제 소매를 놔주시지 않겠어요? 옷이 늘어날 것 같답니다."

그렇다. 코토리의 얼굴은 태연해 보였지만, 그녀는 아까부터 쿠루미의 옷소매를 어마어마한 힘으로 꽉 움켜쥐고 있었다.

코토리는 뭐라고 반박하려 했지만, 곧 체념하면서 쿠루미의 소매를 놔줬다. 그리고 내려설 나뭇가지를 찾는 참새처럼, 근처에 있던 나츠미의 소매를 꼭 움켜쥐었다. 그러자 나츠미의 목에서 「우와아~」 하고 질색하는 목소리가 흘러나왔다.

"자."

쿠루미는 주름이 생긴 소매를 대충 편 후, 다시 주위를 둘러봤다.

학생회실에서 헤어지고 일곱 시간 후. 쿠루미 일행은 한밤중의 라이젠 고교 건물 안에 있었다. 일단 학교 측의 허가를 받았지만, 조명 사용은 원칙적으로 자제해 달라는 말을 들었다. 그래서 빛이라고는 달빛과 회중전등뿐이다. 끝을 알 수 없는 어둠 속에서, 가느다란 회중전등의 불빛만이 미덥지 못하게 복도를 비추고 있었다.

참고로 이미 조를 나눴으며, 현재 이곳에는 쿠루미, 코토리, 나츠미, 미야코, 아야, 이렇게 다섯 명이 있었다. 쿠루미는 조원들을 둘러본 후, 지휘를 맡은 것처럼 입을 열었다.

"그러면 바로 시작할까요. 첫 조사 포인트는—."

바로 그때였다.

쿠루미는 갑자기 말을 멈췄다. 아니, 다른 이들이 찬물을 뒤집어쓴 것처럼 입을 다물었다.

이유는 단순했다. 어둡디어두운 복도 너머에서 뚜벅……뚜벅…… 하는 발소리 같은 게 들려온 것이다.

"어, 뭐야……?! 이게 무슨 소리지?!"

"A조의 누군가……일까?"

코토리가 비명에 가까운 목소리로 그렇게 외치자, 미야코의 볼을 타고 땀방울이 흘러내렸다.

쿠루미는 미심쩍어하듯 미간을 좁혔다. —한 사람의 발소리인 것을 보면, A조는 아닐 것이다. 어쩌면 연락 사항이 있어서 한 사람만 B조에게 보냈을 가능성도 없지는 않지만, 그렇다면 스마트폰으로 전화했을 것이다.

그렇다면, 이게 바로 이 학교 학생이 목격했다는 『무언가』의 발소리인 것일까?

아니, 그럴 가능성은 작다. 왜냐하면 여기는 아직 『NEW

7대 불가사의』의 조사 포인트가 아닌 것이다. ……뭐, 괴담이 절도 있기를 바라는 것 자체가 어처구니없는 소리겠지만 말이다.

그렇다면, 이것은—.

쿠루미가 그런 생각을 하는 사이에도, 정체불명의 발소리는 점점 다가왔다. 당혹감과 긴장감에 사로잡힌 그녀들의 심장 박동이 빨라지기 시작했다. 코토리의 손에 힘이 들어가자, 나츠미의 소매는 더욱 늘어났다.

이윽고 발소리의 주인이, 창문을 통해 스며드는 달빛 아래에서 모습을 드러냈다.

"—안녕, 토키사키 양. 이런 곳에서 만날 줄은 몰랐네."

그 사람은 한밤중인데도 선글라스를 썼고, 어두운 빛깔의 기모노를 걸친, 죽어라 수상쩍은 여성이었다.

"……이런 데서 뭐 하시는 건가요, 레몬 씨."

그런 상대를 본 쿠루미는 도끼눈을 떴다.

여성— 자칭 미래 탐정 에이고지 레몬이 깔깔 웃으면서 머리를 긁적였다.

"아, 산책 중이야. 한밤중의 학교도 꽤 운치가 있는걸. 확실히 요괴가 튀어나와도 이상하지 않겠어."

"아야 양, 경찰에 연락하세요. 불법 침입 현행범이에요."

"네, 선생님."

"자, 자, 잠깐만."

쿠루미가 신고를 지시하자, 레몬은 허둥지둥 말렸다.

"아니, 농담 좀 했을 뿐이야. 토키사키 양과 내 사이잖아. 나도 조사단에 끼워 주지 않겠어? 이 미래 탐정 에이고지 레몬은 너희에게 충분히 도움이 될걸?"

그렇게 말하면서 환한 미소를 머금었다. 그 표정을 본 나츠미는 땀을 삐질삐질 흘리면서 고개를 갸웃거렸다.

"……누구야? 쿠루미의 친구야?"

"지인, 이랍니다."

"이야, 쌀쌀맞네."

쿠루미가 단호한 어조로 그렇게 말하자, 레몬은 익살맞게 어깨를 으쓱했다.

쿠루미는 한숨을 내쉬면서 눈을 가늘게 떴다. ……수상한 여성이지만, 사실 쿠루미는 그녀의 등장을 전혀 예견하지 못했던 것은 아니었다.

이유는 단순했다. 쿠루미가 이 의뢰를 맡을지 말지 고민하고 있을 때도, 레몬이 불쑥 나타났었다.

그렇다. 원래 쿠루미는 이 의뢰를 맡을 생각이 거의 없었다.

하지만 레몬이 불쑥 나타나서…….

(─흐음, 토키사키 양은 이렇게 재미있어 보이는 의뢰를 맡지 않는 거야? 그러면 내가 대신 조사를 맡아 줄까?)

……하고 부추기는 투로 말한 것이다.

레몬은 목적과 정체를 알 수 없는 정체불명의 인물이지만, 딱 하나 틀림없는 점이 있다.

그것은 바로 아티팩트가 얽힌 사건이 일어났을 때, 모습을 보인다는 점이다.

어쩌면 이번 사건도 아티팩트와 연관이 있을지도 모른다. 쿠루미가 그런 의문을 품은 것은 바로 레몬이 등장했기 때문이다.

쿠루미는 잠시 생각에 잠긴 후, 질렸다는 듯이 한숨을 내쉬었다.

"……좋아요. 단, 조사를 방해하지는 말아 주세요."

"어……, 데려갈 거야? 진심이야?"

쿠루미가 그렇게 말하자, 나츠미는 이해가 안 된다는 표정을 지었다. 그러자 쿠루미는 고개를 끄덕이며 이렇게 말했다.

"확실히 수상한 사람이지만, 도움이 될 거랍니다. 만약 진짜로 유령이 나타난다면, 미끼로 쓰도록 하죠."

"좋아. 나만 믿어."

레몬이 가슴을 두드리며 고개를 끄덕이자, 나츠미는 땀을 삐질삐질 흘리면서 볼을 긁적였다.

"……뭐, 쿠루미의 뜻대로 해……."

"이해해 주셔서 감사해요. —자, 그러면 가볼까요. 시간을 허비했군요. 곧 있으면 자정이에요."

쿠루미는 그렇게 말하면서 손에 쥔 회중전등으로 앞쪽을 비추더니, 걸음을 떼기 시작했다. 그 뒤를 따르듯, 다른 이들도 걸음을 내디뎠다. 코토리에게 소매를 잡힌 나츠미는 약간 걷기 힘들어 보였다.

그리고 어두운 복도를 몇 분 동안 나아간 후, 쿠루미 일행은 건물 가장 안쪽에 있는 계단에 도착했다.

3층과 4층 사이에 층계참의 벽에는 꽤 오래된 디자인의 커다란 전신 거울이 설치되어 있었다. 밤의 어둠 속에서 갑자기 거울에 비친 자기 모습이 떠오른다면, 충분히 괴기 현상 같을지도 모른다.

"이게 라이젠 고교 『NEW 7대 불가사의』의 다섯 번째—."

"네. 『소원을 이뤄 주는 거울』이에요. 밤 열두 시에 이 거울에 소원을 빌면, 그것이 이뤄진다고 해요."

미리 전해 들은 정보를 상기시켜 주듯 그렇게 말한 이는 왼편에서 걷고 있는 아야였다. 쿠루미는 고개를 끄덕이며 대답했다.

"흐음……. 확실히 거울은 괴담에서 흔히 쓰이는 요소죠. 거울 속으로 빨려 들어간다거나, 자신의 미래 모습이 비친다거나……."

쿠루미는 그렇게 말하면서 스마트폰의 화면을 쳐다봤다. 현재 시각은 오후 11시 57분. 곧 있으면 자정이 된다.

"뭐, 말보다는 증거죠. 소문이 사실인지, 실제로 시험해 보도록 할까요."

쿠루미가 그렇게 말하면서 거울 앞으로 걸음을 옮기자, 아야가 그 뒤를 쫓듯 옆에 섰다.

하지만 다른 이들은 걸음을 떼지 않았다. 쿠루미는 의아해하며 고개를 갸웃거렸다.

"왜 그러시죠? 만약 진짜라면 횡재하게 될 텐데요?"

쿠루미가 묻자, 코토리는 겁먹은 표정을 지었다.

"……소원을 이뤄 주는 대신, 혼을 빼앗아 가는 것 아닐까……?"

"상상력이 참 뛰어나시군요……."

쿠루미는 어깨를 으쓱하며 한숨을 내쉬었다.

나츠미는 겁을 먹은 것 같지 않지만, 코토리에게 소매를 잡힌 탓에 움직일 수 없는 것 같았다. 쿠루미는 확인하듯 미야코를 쳐다보며 물었다.

"미야코 양도 안 할 건가요?"

"아, 네. 사양할게요. ……그 소문, 아마 가짜일 테니까요."

"……? 그런가요."

쿠루미는 짤막하게 답한 후, 거울을 향해 돌아섰다. 참고로 레몬은 「어라, 나한테는 안 물어보는 거야?」라고 말했지만, 이미 시간이 다 되었기에 무시하기로 했다.

시곗바늘이 12란 숫자를 가리켰다. 쿠루미와 아야는 거울 속의 자신을 응시하며 두 손을 모았다.

"귀여운 고양이를 만나게 해 주세요."

"흩어진 아티팩트를 전부 회수하게 해 주세요⋯⋯."

그리고, 작은 목소리로 소원을 말했다.

하지만 그 후로 시간이 꽤 지났지만, 아무 일도 일어나지 않았다.

"⋯⋯뭐, 괴담이란 이런 거니까요. 딱히 기대하진 않았답니다."

그렇게 말한 쿠루미는 어깨를 으쓱했다.

소문을 빈 직후에 바로 이뤄진다는 보장이 없기는 하지만, 적어도 이 자리에서 뭔가 변화가 일어나지 않는다면 학생들이 본 『무언가』와는 상관이 없을 것이다. 쿠루미는 다음 목적지를 향해 발길을 돌렸다.

다음으로 쿠루미 일행이 향한 곳은 동쪽 건물 4층에 있는 실내 풀장이었다.

지금은 여름이 아니지만, 수영부의 활동을 위해 물이 채워져 있었다. 창문을 통해 스며드는 달빛과 최소한의 조명만이 비추고 있는 어둑어둑한 수면에는 몽환적인 아름다움과 무시무시함이 기묘한 밸런스를 이루며 동시에 존재하고 있었다.

"여기가 『NEW 7대 불가사의』의 여섯 번째 장소군요."

"네. 어느 학생이 한밤중에 학교에 숨어들어 풀장에서 수영하고 있는데, 누군가에게 발을 잡혀서 물속으로 끌려 들어 갔다, 란 이야기예요─."

아야가 그 내용을 읊조리듯 이야기해 주자, 쿠루미는 식은땀을 흘리며 물었다.

"……애초에, 대체 왜 한밤중에 학교에 숨어들어서 수영을 한 거죠?"

"청춘……이라서가 아닐까요?"

미야코가 턱에 손을 대며 그렇게 답했다. 쿠루미는 표정을 살짝 찌푸리며「……그런가요」라고 말했다.

"뭐, 아무튼 검증해 보도록 할까요."

쿠루미가 그렇게 말하자, 다른 이들은 고개를 끄덕였다.

참고로 다들 검증을 위해 수영복으로 갈아입었으며, 다른 이들은 스타일리시한 느낌의 경기용 수영복인데 비해 쿠루미와 아야는 클래식한 느낌의 남색 학교 수영복을 입고 있었다. 딱히 보는 사람도 없으니, 물에 들어가기 위한 기능만 갖춰진다면 어떤 수영복이든 상관없지만 말이다.

"자, 그러면 실제로 수영을 해 보도록 할까요. 다들 준비는 됐나요?"

쿠루미가 제1레인 앞에 서서 그렇게 말하자, 수영복을 입은 다른 이들이 제2부터 제5레인 앞에 섰다. 참고로 가장 끝에 있는 제5레인에 선 코토리는 표정은 늠름하지만,

안색이 매우 나빴다.

"……코토리 양. 무리하지 않는 편이 좋지 않을까요?"

"나를 뭐로 보고 그런 소리를 하는 거야? 다들 최선을 다하고 있는데, 나만 물 밖에서 멀뚱멀뚱 쉬고 있을 순 없어."

코토리가 그렇게 말하자, 다들 최선을 다하고 있는데 혼자만 물 밖에서 멀뚱멀뚱 쉬고 있던 레몬이 풀 가장자리에서 손뼉을 쳤다.

"대단해. 그녀의 고결한 정신에 갈채를 보내겠어."

"……레몬 씨는 도와주지 않을 건가요?"

"마음 같아서는 돕고 싶지만, 수영복이 없거든."

"—아야 양."

"네. 예비용이라도 괜찮다면 준비가—."

"아야야얏! 하필이면 지병인 발작이 일어났네!"

쿠루미의 말에 아야가 답하려던 순간, 레몬은 갑자기 옆구리를 감싸 쥐며 신음을 흘렸다. 정말 타이밍 좋게 발병하는 지병 같았다.

처음부터 레몬에게 기대는 하지 않았다. 쿠루미는 한숨을 내쉬더니, 풀을 향해 돌아섰다.

"……그럼 들어가죠."

그리고 그렇게 말하면서 출발대 위에 서더니, 몸을 앞으로 숙이면서 수면에 뛰어들었다. 첨벙, 하는 소리와 함께 물방울이 튀었다.

온수라서 그런지, 이 시간인데도 물은 그렇게 차갑지 않았다. 딱히 순위 경쟁을 하는 건 아니기에, 천천히 팔을 휘두르며 앞으로 나아갔다.

물속에 들어가자, 밖에서 수면을 보며 느낀 불길함은 꽤 잦아들었다. 오히려 지금은 불가사의한 차분함마저 느껴졌다. 아까 들은 청춘 운운은 이해가 안 되지만, 어둠 속에서 수영하는 것도 꽤 정취가 있다는 느낌이 들었다.

그런 생각을 하면서 풀을 횡단한 쿠루미가 맞은편 벽에 손을 대려던 바로 그 순간이었다.

"─우읍?! 으윽…… 꼬르륵……?!"

오른편 뒤쪽에서 그런 목소리와 함께 첨벙첨벙하고 수면을 때리는 소리가 들려오자, 쿠루미는 무심코 그 자리에서 두 발로 섰다.

"무슨 일이죠?!"

"제5레인이에요, 선생님!"

아야가 가리킨 방향을 쳐다봤다. 그러자 제5레인의 가운데쯤에서 코토리가 물보라를 일으키며 버둥거리고 있는 모습이 눈에 들어왔다.

그렇다. 마치─ 누군가가 발을 잡아당기는 것처럼 말이다.

"코토리 양!"

쿠루미는 고함을 지르면서 잠수하더니, 전속력으로 코토리에게 다가갔다.

그리고 쿠루미와 마찬가지로 서둘러 코토리의 곁으로 향한 나츠미, 미야코와 함께 코토리를 부축했다.

"코토리 양, 괜찮나요?!"

"대체 무슨 일이야……?!"

"……내, 발— 발을…… 누가 잡아당겨……!"

"발—."

쿠루미는 숨을 삼키더니, 다시 잠수해서 코토리의 발을 살폈고—.

"……."

그녀의 발에 얽혀 있는 것의 정체를 확인한 후, 물 밖으로 나왔다.

"진정하세요, 코토리 양. 이제 발이 잡아당겨지지는 않을 텐데요?"

"어……? 아……."

쿠루미가 그렇게 말하자, 코토리는 눈을 깜빡였다.

"고, 고마워. 쿠루미가 구해 준 거야?"

"뭐, 그렇다고 할 수 있겠군요."

"깜짝 놀랐어……. 헤엄을 치는데, 갑자기 뭔가가 내 발을 잡았어……. 설마 그 괴담이 진짜였다니……."

얼굴이 새파랗게 질린 코토리는 정감 넘치는 떨리는 목소리로 그렇게 말했다.

쿠루미는 말을 꺼내기 힘든 분위기를 느끼면서도, 코토

리의 발에 휘감겨 있던 것을 물 밖으로 꺼냈다.

그것을 본 코토리, 나츠미, 미야코, 그리고 뒤늦게 다가온 아야는 눈을 동그랗게 떴다.

"그, 그건……."

"레인 구분을 위해 설치하는 부표……네."

그렇다. 쿠루미가 손에 쥔 것은 버둥거리는 코토리의 발에 휘감겨 있던, 로프 형태의 부표였다.

"고정장치가 낡아서 빠진 것 같답니다. 참 허탈한 진실이군요."

"……."

쿠루미가 한숨 섞인 목소리로 그렇게 말하자, 코토리는 부끄러워하듯 어깨를 움츠렸다.

풀에서의 소동으로부터 약 30분 후.

옷을 갈아입은 쿠루미 일행은 『NEW 7대 불가사의』의 마지막 하나인 『학교 건물 뒤편의 유령』이 나온다는 장소로 향했다.

그 이름으로 알 수 있듯, 그 장소는 동쪽 건물 뒤편이다. 한낮에도 햇빛이 그다지 들지 않아서 그런지, 왠지 눅눅한 공기가 감돌고 있었다.

"여기가 마지막 포인트군요."

"네. 한밤중에 학생이 이곳을 지나가는데, 갑자기 심각한 표정의 여자 유령이 나타났다는 소문이에요—. 그 유령이 하는 말을 들으면 명계로 끌려가니 마주치면 귀를 막아야만 한다, 라고 하죠."

"흠……. 꽤 흔한 괴담이군요."

아야의 설명을 들은 쿠루미는 턱을 매만지며 딱히 관심이 없는 투로 그렇게 답했다.

사실 쿠루미는 이 괴담을 믿지는 않았다. 풀장에서의 일과 마찬가지로 이런 괴담이 생겨난 에피소드 같은 게 있을지도 모르지만, 뚜껑을 열고 보니 별일 아니었다 같은 결말일 게 뻔한 것이다. 아마 한밤중에 학교에 숨어든 학생들끼리 딱 마주쳐서 깜짝 놀랐다, 같은 것이리라.

"뭐, 일단 조사를 해 보도록 할까요. 조사를 해 보고 아무 일도 일어나지 않는다면, 단순한 소문이었던 것으로—."

바로 그때, 쿠루미는 말을 멈췄다.

이유는 단순했다. 쿠루미가 다른 이들에게 지시를 내리려던 순간, 그녀들 앞에 새하얀 실루엣이 불쑥 나타난 것이다.

"——."

"앗……!"

"꺄아아아아아아아앗—?!!"

갑작스러운 일이 벌어지자, 다들 화들짝 놀랐다.

하지만 그것도 무리는 아니었다. 괴담을 조사하러 왔다고는 해도, 유령이 나타나리라고는 생각도 못 했을 테니 말이다. 쿠루미도 다른 이들과 마찬가지로, 잠시 얼이 나가고 말았다.

"……아! 귀! 귀 막아!"

하지만 그 순간에 들려온 나츠미의 목소리를 듣고, 쿠루미는 숨을 삼켰다.

그렇다. 방금 아야가 말해 준 괴담의 내용. —유령이 하는 말을 들어선 안 된다. 눈곱만큼도 믿지 않았지만, 실제로 눈앞에 유령이 나타나면 이야기가 달라진다. 쿠루미는 다른 이들과 마찬가지로 귀를 막았다.

바로 그때였다.

"■■■■■■■■■■■—!!!"

새하얀 실루엣이 부들부들 떠는가 싶더니, 음성변조기를 쓴 듯한 목소리로 고함을 질렀다.

귀를 막고 있는데도 고막이 떨릴 정도로 큰 목소리였다. 하지만 무슨 말을 하는 건지는 알 수 없었다.

—즉시 귀를 막은 덕분에, 말을 못 들은 것일까. 아니다. 애초에 의미를 알 수 없는, 고함 소리인 듯한…….

"……."

거기까지 생각한 쿠루미는 위화감을 느끼며 고개를 갸웃거렸다.

갑자기 나타나서 놀라고 말았지만, 눈앞에 있는『그것』
은『NEW 7대 불가사의』의 유령과는 명백하게 달랐다.

원래의 괴담에서, 건물 뒤편에 나타나는 건 여자 유령이
었다.

하지만 지금 눈앞에 있는 것은 그림책에 나올 법한, 하
늘거리는 흰색 천을 뒤집어쓴 고전적인 비주얼의 유령이
었다. 성별을 판별할 수가 없는 것이다.

마음을 진정시키고 차분하게 관찰해 보니, 그것은 머리
에 천을 뒤집어쓴 인간으로만 보였다.

“……장난치고는 너무 지나친 것 아닌가요?”

쿠루미는 귀를 막고 있던 손을 떼더니, 인상을 찡그리며
한숨을 내쉬었다.

그 모습을 본 다른 이들도 점점 진정하기 시작했다.

“으, 으음……?”

“저건 유령……이 아닌 거야?”

코토리가 머뭇머뭇 그렇게 묻자, 쿠루미는 어깨를 과장
되게 으쓱했다.

“아무리 봐도 평범한 인간이군요.”

쿠루미는 그렇게 말하면서 흰색 실루엣을 다시 쳐다봤
다. 그녀를 놀래 주려는 건지 여전히 양손을 크게 꿈틀거
리고 있지만, 상대방이 덮어쓰고 있는 건 시트가 틀림없었
다. 유심히 보니 단순히 뒤집어서 쓰고 있을 뿐이어서, 가

장자리에 달린 세탁용 태그까지 훤히 보였다.

"아마 저희가 『NEW 7대 불가사의』를 조사한다는 것을 알고, 놀래 주려고 숨어 있었던 거겠죠. 정말 취미가 고약하군요."

쿠루미는 질렸다는 듯이 한숨을 내쉬더니, 여전히 박진감 넘치는 연기를 선보이고 있는『그것』에게 다가갔다.

하지만 바로 그때, 미세한 위화감이 뇌리를 스쳤다. 가장자리에 달린 태그에 적힌 조그마한 글자가 처음 보는 형태였다. 한순간 외국어라고 생각했지만— 아니었다. 일본어를 좌우가 반전된 형태로 써둔 것이다.

그 표기 자체는 이상했지만, 저것은 천이 틀림없다. 쿠루미는 딱히 개의치 않으면서『그것』을 향해 손을 뻗었다.

"언제까지 이러고 있을 거죠? 대체 누구인가요? 그만 정체를 밝히세요—."

하지만 시트를 벗기려던 쿠루미는 무심코 앞으로 쓰러질 뻔했다.

시트를 잡으려던 쿠루미의 손이 흰색 실루엣을 그대로 통과한 것이다.

"어—?"

뜻밖의 사태가 벌어지자, 쿠루미는 눈을 동그랗게 떴다.

손을 몇 번 쥐락펴락한 쿠루미는 다시『그것』을 향해 손을 뻗었다.

하지만 결과는 동일했다. 몇 번이나 손을 뻗었지만, 닿지 않았다. 『그것』은 틀림없이 눈앞에 있지만, 손에서는 아무런 감촉도 느껴지지 않았다.

그렇다. 마치 진짜 『유령』을 만지려 하는 것처럼 말이다.

"이, 이게…… 대체—."

쿠루미가 시행착오를 반복하는 사이에도, 『그것』은 시트 안에서 두 손을 든 채 보는 이들을 위협하고 있었다.

마치 헛된 노력을 계속하고 있는 쿠루미를 조롱하는 것처럼도, 혹은 그녀가 안중에 없는 것처럼도 보였다.

이윽고 『그것』은 한층 더 크게 손을 놀리더니—.

스으, 하고 공기에 녹아들 듯이 사라지고 말았다.

"아니……?!"

쿠루미는 무심코 숨을 삼켰다. 뒤편에서는 다른 이들의 비명에 가까운 목소리가 들려왔다.

『그것』이 나타났을 때는 전방에 주의를 기울이고 있지 않았다. 느닷없이 나타난 것처럼 보이기는 했지만, 허를 찔려 눈치 못 챘다고 여길 수 있었다.

하지만 지금 『그것』은 농담이 아니라 진짜로 순식간에 눈앞에서 사라졌다.

어마어마한 속도로 도망친 것도, 지하나 상공으로 이동한 것도 아니라 그저 이 자리에서 모습을 감췄다. 명백하게, 비정상적인 사태가 벌어진 것이다.

그 광경을 본 주위 사람들이 허둥대기 시작했다.

"꺄아아아아아아아아아아아아아앗—?!"

"지, 진짜…… 유령……?!"

"선생님에게 보고— 아니, 경찰……?!"

"……진정하세요. 저런 싸구려 유령이 있을 리가 없답니다."

당황할 대로 당황한 코토리와 나츠미가 한 말에, 쿠루미는 미간을 좁히면서 대답했다.

그것은 확신이라 해도 과언이 아니었다. ……왜냐하면 『그것』이 사라지기 직전, 시트 자락 아래로 사람의 발마저 보인 것이다. 적어도 그 시트 안에 사람이 있었던 것은 틀림없다.

하지만, 그렇다면 그것은 대체 뭘까. 거기에 대한 명확한 답을, 쿠루미는 가지고 있지 않은 것 또한 사실이었다.

"……아무튼, 모든 포인트의 조사를 마쳤어요. 오늘은 이만 해산하도록 하죠. 뭔가 알아낸 게 있다면 다시 보고드리겠어요. —너무 걱정하지는 마세요. 가짜 유령의 정체는 제가 반드시 밝혀낼 거랍니다."

쿠루미는 자기 가슴을 두드리면서, 불안한 표정을 짓고 있는 학생회 멤버들에게 그렇게 말했다.

◇

"말은 그렇게 했지만―."

다음 날 아침. 아침 햇살의 세례 덕분에 공포스러운 분위기가 확 가신 건물 뒤편에서, 쿠루미는 팔짱을 낀 채 서 있었다.

그때는 다른 사람들의 정신 상태도 생각해서 해산을 지시했지만, 사실 쿠루미는 그 싸구려 느낌이 물씬 나는 『유령』의 정체를 아직 알아내지 못했다.

"뭔가 그럴듯한 흔적은 남아 있지 않네요, 선생님……."

주위의 사진을 촬영하던 아야가 그렇게 말했다. 쿠루미가 아침 일찍 현장을 조사하러 가겠다고 말하자, 용감히 따라온 것이다.

쿠루미는 당연히 정장을, 아야는 고등학교 교복을 입고 있었다. 아직 조례까지는 시간이 있지만, 이 모습이라면 등교한 학생들이 보더라도 이상하게 여기지 않을 것이다. 괜한 짓이라 여긴 아야의 사전 공작이 뜻밖의 형태로 효과를 발휘하고 있었다.

아야가 말한 것처럼, 주위에는 『유령』의 흔적이 남아 있지 않았다. 주위에 펼쳐진 것이라고는 흔하디흔한 학교 건물 뒤편의 풍경뿐이다.

"역시, 진짜로 유령이었던 걸까요……."

"마음에 안 드는군요. 제 조수를 자처할 거라면, 미지의 존재를 해명하려 하기는커녕 포기하는 듯한 언행은 삼가 해 줬으면 한답니다."

"……! 네. 죄송해요. 마음에 새겨 두겠어요."

쿠루미의 말을 들은 아야가 등을 꼿꼿이 펴며 그렇게 답했다. 충격을 받은 것 같지는 않았다. 오히려 쿠루미에게서 탐정으로서의 마음가짐을 배운 것을 기뻐하는 눈치였다.

쿠루미는 한숨을 내쉬면서 생각에 잠겼다.

그렇다. 그것이 진짜로 초자연적인 존재일 리가 없다.

하지만, 그『유령』이 사라지기 직전에 본 것. 그것이 의미하는 바는—.

"호오. 고민하고 있기는 하지만, 뭔가를 알아낸 듯한 표정인걸."

"……레몬 씨—."

느닷없이 목소리가 들려오자, 쿠루미는 표정을 굳혔다. 어느새 쿠루미의 등 뒤에, 선글라스를 쓴 기모노 차림의 여성이 서 있었던 것이다.

"어느새 오신 거죠? 전에도 말씀드렸다시피, 남을 놀래 주는 짓은 자제해 주셨으면 좋겠군요."

"하하하, 그럴 생각은 없었는데 말이야. 토키사키 양의 집중력이 범상치 않아서 그런 것 아닐까? 탐정으로서 참 멋진 소양을 지녔는걸. 자랑스럽게 여겨도 되겠어."

레몬의 얄팍한 찬사에, 쿠루미는 불쾌한 듯한 시선으로 답했다. 여전히 속을 알 수 없는 인물이다. 수상쩍음과 신출귀몰함으로는 예의 『유령』과 맞먹었다.

"……레몬 씨는 뭘 알고 있는 거죠? 당신이 나타난 것을 보면, 이번 일에도 아티팩트가 얽혀 있겠군요."

"글쎄. 나를 과대평가하는 것 아니려나. ―그것보다 들려주지 않겠어? 토키사키 양이 그것을 유령이 아니라고 단언한 이유를 말이지."

"……."

레몬은 노골적으로 이야기를 돌리면서 어깨를 으쓱했다.

하지만 쿠루미는 자신이 눈치챈 점과 의문을 타인과 공유하고 싶었기에, 눈을 가늘게 뜨며 입을 열었다.

"그『유령』은― **저였답니다.**"

"호오?"

"……? 그게 무슨 말인가요?"

레몬의 눈썹이 흔들렸고, 아야는 고개를 갸웃거렸다. 쿠루미는 보충 설명을 하듯 말을 이었다.

"더 정확하게 말하자면, 제 요소도 담겨 있었다고 말해야 하려나요. 그것이 모습을 감추기 직전, 시트 아래로 사람의 발이 보였답니다. ―그것도 몇 개나 됐죠."

"발이…… 몇 개나……?"

"네. 한순간에 지나지 않았으니 제가 놓친 게 있을 가능성도 있지만, 적어도 세 사람의 발이 그 시트 아래로 보였답니다."

"하, 하지만, 그렇게 많은 사람이 들어 있는 것처럼은 보이지 않았는데요……."

"그래요. 그게 불가사의한 점이죠."

쿠루미는 고개를 끄덕이며 말을 이었다.

"아무튼, 그 안에 시계 문양이 새겨진 실내용 샌들을 신은 발이 있었답니다. 틀림없어요. 그것은 제 발이었어요."

그렇다. 그것은 아야가 준비한 쿠루미의 샌들이 분명했다. 그렇게 독특한 문양이 새겨진 샌들을 신은 인간이 또 있을 리 없다.

"게다가 그 옆에는 같은 문양이 새겨진 실내화도 있었죠. 아마 그건 아야 양의 발이었을 거랍니다."

"제 발도…… 있었어요?"

아야가 눈을 동그랗게 뜨며 자신을 손가락으로 가리키자, 쿠루미는 「네」라고 대답하며 고개를 끄덕였다.

"다른 발은 학교 지정 실내화를 신고 있었죠. 거기에 적힌 이름까지는 보이지 않았지만, 1학년을 가리키는 파란색 라인이 그려져 있었어요. 또한, 발판 위에 서 있더군요."

"발판……."

아야는 의아한 표정을 지었다. 그 심정도 이해가 안 되는 건 아니다. 실제로 그 광경을 본 쿠루미도 솔직히 영문을 알 수가 없었다.

바로 그때, 레몬이 과장되게 고개를 갸웃거렸다.

"흐음, 토키사키 양과 아야 양의 발이라—. 그거 이상하네. 혹시 마주 선 상대의 특징을 흡수하는 종류의 요괴일까? 발을 빼앗기지 않도록 조심하는 편이 좋겠는걸."

"히익……."

레몬이 농담 투로 그렇게 말하자, 아야는 자기 발의 감촉을 확인하듯 만지작거렸다.

쿠루미는 질렸다는 듯이 도끼눈을 떴다.

"허튼소리로 아야 양에게 겁을 주지 말아 주겠어요? 마주 선 상대, 라고 볼 수는 없으니까요."

"호오? 어째서지?"

"당연하지 않나요? 저희는 그때, 지금과 마찬가지로—."

말을 이으려던 쿠루미는 입을 다물었다.

—그렇다. 어째서 이렇게 단순한 점을 눈치채지 못했을까. 시트 아래로 보였던 발은 **쿠루미와 아야의 발이 맞지만, 쿠루미와 아야의 발이 아니었다.**

그렇다면 『언제』일까. 쿠루미와 아야는 『언제』, 발을 찍힌 것일까. 두 사람이 그렇게 나란히 서 있었던 타이밍은 많지 않다. 그렇다면—.

어떤 가능성이 뇌리를 스쳤다. 쿠루미는 작게 숨을 삼키더니, 날카로운 눈빛으로 레몬을 주시했다.

“……레몬 씨. 당신, 설마 다 알면서 방금 그 말을 한 건 가요?”

“응? 무슨 소리인지 모르겠는걸. 토키사키 양의 말은 참 어렵다니깐.”

레몬은 시치미를 떼듯 시선을 돌리며 그렇게 말했다.

쿠루미는 짜증에 사로잡힌 것처럼 미간을 찌푸리더니, 내뱉듯이 대꾸했다.

“—일단, 빚을 진 것으로 해 두겠어요. 그것보다 가죠, 아야 양.”

“네? 아, 네. 어디 가는 건가요?”

아야가 당혹스러운 투로 그렇게 말하자, 쿠루미는 건물을 손가락으로 가리키며 말했다.

“—그야 물론, 아티팩트가 있는 곳이랍니다.”

“……저기, 코토리.”

“왜?”

“……소, 손의 힘 좀 빼면 안 돼?”

“너무하네. 마치 내가 겁먹어서 나츠미의 옷소매를 잡아당기고 있다는 것 같잖아.”

“아…… 응. 미안해…….”

나츠미는 전부 체념한 것처럼 한숨을 내쉬었다. 실제로는 코토리의 말대로지만, 아무래도 무의식적으로 이러는 것 같았다. ─굿바이, 카디건. 조끼나 실내복으로써 다시 만나자.

하지만 코토리가 겁에 질린 것도 무리는 아니다. 나츠미를 비롯한 학생회 임원들은 현재, 쿠루미의 요청에 따라 『유령』과 마주쳤던 건물 뒤편으로 한밤중에 다시 향하고 있었다.

"흠……. 쿠루미는 대체 이런 시간에 뭘 하려는 게지?"

"글쎄요……. 게다가 지정한 장소는 나츠미 씨와 다른 분들이『유령』을 봤다는 건물 뒤편이잖아요……."

어제 조사 때는 A조였던 무쿠로와 요시노가 그렇게 말했다. 그 목소리에서는 희미한 불안이 느껴졌지만, 두 사람 다 코토리보다는 훨씬 차분해 보였다. ……이 두 사람은 어제『유령』을 실제로 보지 않았기 때문이리라. 코토리의 명예를 위해, 나츠미는 그렇게 생각하기로 했다.

얼마 후, 목적지인 건물 뒤편에 도착했다.

그곳에는 쿠루미와 그녀의 조수인 아야가 먼저 와 있었다.

"─어서 오세요. 시간에 딱 맞춰서 왔군요."

나츠미 일행이 도착하자마자, 쿠루미는 차분한 어조로 이야기를 시작했다.

"아니, 대체 왜 이런 장소에…… 그것도 이런 시간에 부른 거야?”

나츠미가 미간을 좁히며 그렇게 말하자, 쿠루미는 과장된 태도로 말을 이었다.

“자. 오늘 여러분을 부른 것은 다름이 아니라, 어제 나타난『유령』의 정체를 해명하기 위해서랍니다.”

“……! 뭐…….”

“『유령』의 정체를 알아낸 건가요?”

나츠미와 미야코가 그렇게 말했지만, 쿠루미는 반응을 보이지 않았다.

마치 나츠미 일행의 모습이 보이지 않는 것처럼, 그저 담담히 이야기를 이어갔다.

“편의상『유령』이라고 부르고 있지만, 물론 그것은 초자연적인 존재가 아니랍니다. 단순히 사람이 흰색 천을 뒤집어썼을 뿐인, 오늘날에는 귀신의 집에서도 볼 수 없는 존재죠.”

“하지만…… 쿠루미의 손이 그『유령』의 몸을 통과했었잖아. 게다가 다른 사람들이 보는 앞에서 갑자기 모습을 감추기도—.”

“하지만, 수수께끼는 남아 있답니다. 제 손은 그『유령』의 몸을 통과했죠. 게다가 여러분이 보는 앞에서 홀연히 모습을 감췄어요. 정말 불가사의하군요.”

코토리가 한 말을 그대로 따라 하듯 쿠루미가 말했다.

묘한 위화감이 느껴지자, 나츠미 일행은 무심코 서로의 얼굴을 쳐다봤다.

하지만 쿠루미는 개의치 않는 듯이 고개를 돌리면서 말을 이었다.

"하지만, 이 세상에는 그런 불가사의한 현상을 일으키는 것이 존재하죠. 그것이 소위 아티팩트라 부르는 아이템이랍니다."

아티팩트. 들어 본 적 없는 단어인지, 미야코와 카논, 노리코는 의아한 표정을 지었다.

바로 그때, 쿠루미는 「하지만……」 하고 말하며 어깨를 으쓱했다.

"말로 설명하기만 해서는 이해가 안 되는 부분도 있겠죠. 지금 이 자리에서 아티팩트의 실존과 관여를 증명하겠어요. ―어느 분이라도 괜찮으니, 제 손을 잡아 주지 않겠어요?"

그렇게 말한 쿠루미는 한 손을 슬며시 앞으로 내밀었다.

"……"

나츠미는 한순간 코토리와 시선을 마주하더니, 무언의 압력을 느낀 것처럼 하아 하고 한숨을 쉰 후에 쿠루미에게 다가가서 머뭇머뭇 손을 내밀었다.

하지만―.

"……어엇?!"

바로 그때, 나츠미의 입에서 당황한 목소리가 흘러나왔다.

하지만 그것도 당연했다. 나츠미의 손이, 앞으로 내밀고 있는 쿠루미의 손을 그대로 통과한 것이다.

"—이제 이해가 되셨으려나요?"

"우히잇?!"

다음 순간에 느닷없이 등 뒤에서 그런 목소리가 들려오자, 나츠미는 흠칫했다.

"쿠, 쿠루미……?! 설마 분신……?!"

"아니랍니다. 방금 말씀드렸을 텐데요? 아티팩트의 실존과 관여를 증명하겠다, 고 말이죠."

그렇게 말한 쿠루미는 아까부터 이 자리에 있던 쿠루미의 옆에 섰다.

확실히, 이보다 더 확실한 증명은 없을 것이다. 판박이처럼 똑같은 두 명의 쿠루미가 나란히 서 있는 그 광경은 기묘하기 그지없었다.

"자, 잠깐만 있어 봐."

다들 얼이 나간 상황에서, 코토리가 입을 열었다.

"이번 건에 그런 불가사의한 아이템이 얽혀 있다는 건 알겠는데…… 대체 어디 있는 거야? 쿠루미는 그걸 찾아낸 거지?"

"네. 여러분도 알고 계실 거랍니다. 적어도 B조였던 분들은 말이죠. 그도 그럴 것이, 어제 실제로 그것을 보러 갔었으니까요."

“뭐……?”

코토리가 당혹스럽다는 듯이 미간을 좁히자, 쿠루미는 미소를 머금으며 말을 이었다.

“—『NEW 7대 불가사의』의 다섯 번째.『소원을 이뤄 주는 거울』이라 불리는 계단 층계참의 거울이 바로 아티팩트였답니다. 그 이름은『브로켄의 마경(魔鏡)』. 입력된 영상을 임의의 시간 및 장소에 재현하는, 이른바 초고성능 프로젝터라고나 할까요. 즉, 그 유령은 다른 시간과 다른 장소에서 기록된 영상을 정밀한 음성 동반 입체 영상으로 재생했을 뿐인 존재랍니다.”

“““……!”””

쿠루미가 그렇게 말하자, 학생회 멤버들은 눈을 동그랗게 떴다.

브로켄— 아마 그 이름의 기원이 된 것은『브로켄의 요괴』일 것이다. 산에 나타나는 요괴라고 알려진 것이, 실은 특수한 대기 광학 현상에 의해 생겨난 사람 그림자였다고 한다. ……확실히 센스 있는 이름이기는 했다.

바로 그때, 나츠미는 눈치챘다. 판박이처럼 똑같아 보이는 두 명의 쿠루미에게, 결정적인 차이점이 존재한다는 것을 말이다.

“단추 위치가…… 반대잖아—?”

“정답이에요. 역시 관찰력이 뛰어나시군요.”

쿠루미는 입가를 말아 올리며 미소 지었다.

그렇다. 확실히 가짜 쿠루미는 진짜와 착각할 만큼 정교하지만, 입은 정장과 셔츠의 단추 위치가 좌우로 반대였다.

"초고성능 프로젝터라고는 했지만, 『거울』이니 기록된 영상은 좌우 역전되고 마는 것 같군요. 정말 아쉬운 점이에요."

쿠루미가 그렇게 말한 순간, 또 한 명의 그녀가 공기에 녹아들 듯 사라졌다.

그 광경은 어제 사람들 앞에 나타난 『유령』이 사라질 때와 똑같았다.

"예의 『유령』이 사라진 순간, 저는 시트 아래에 존재하는 여러 사람의 발을 목격했답니다. 그리고 그중에는 저와 아야 양의 발이 있었죠. ─게다가 그때 저희가 신고 있었던 것은 실내용 샌들과 실내화였어요."

"그 말은……."

"네. 그래서 그 『유령』이 다른 시간 및 장소에서 기록된 것이 아닐까 하고 생각했답니다. 저와 아야 양이 둘 다 실내화를 신고 있었던 것은 방과 후와 『NEW 7대 불가사의』를 조사할 때뿐이었어요. 또한 시트에 달린 태그가 거울에 비친 것처럼 반대여서, 그 『유령』은 거울에 비친 모습이라는 데까지 생각이 미쳤죠. 그 모든 조건에 부합되는 장소는 한 곳뿐이랍니다. 자정에 거울을 향해 소원을 빌었을 때, 그 모습이 영상으로 기록된 것이겠죠."

"그, 그러면 그 시트를 뒤집어쓴 『유령』은……?"

"저희 이전에, 완전히 같은 조건으로 거울에 영상을 기록한 사람이 있었을 거랍니다. 시트 아래로 여러 사람의 발이 보인 것은 저희와 『유령』, 양쪽의 영상이 같은 장소에서 겹쳐서 재현되어서겠죠. 저희의 얼굴과 몸이 보이지 않았던 건, 그 『유령』의 모습에 가려졌기 때문 아닐까 싶군요."

"……."

쿠루미가 그렇게 말하자, 미야코는 작게 숨을 삼켰다. —마치, 짚이는 데가 있는 것처럼 말이다.

하지만 다들 쿠루미의 말에 정신이 팔린 건지, 그것을 눈치챈 사람은 나츠미뿐인 것 같았다. 그런 와중에, 코토리가 식은땀을 흘리며 물었다.

"대체 누가 이런 심술궂은 장난을 벌인 거야……?"

코토리의 말을 들은 쿠루미가 눈을 살짝 내리깔며 고개를 끄덕였다.

"잠시 후면 알 수 있을 거랍니다. —곧, 그 시간이 될 테니까요."

"어……?"

코토리가 눈을 동그랗게 뜬 직후…….

이 자리에 있는 사람들 앞에, 새하얀 실루엣이 모습을 보였다.

"─꺄앗?!"

코토리가 새된 비명을 지르며 뒤편으로 허둥지둥 물러났다. 소매를 잡힌 나츠미 또한, 그대로 끌려가며 비틀거리고 말았다.

"진정하세요. 아까 말씀드렸다시피, 저건 단순한 입체영상이랍니다. 그 증거로, 어젯밤과 같은 움직임을 보이고 있잖아요?"

"어⋯⋯? 아⋯⋯."

쿠루미가 그렇게 말하자, 코토리는 눈을 깜빡였다.

그러자 그 실루엣은 한동안 주위에 있는 이들을 위협하듯 손을 꿈틀거린 후⋯⋯.

"■■■■■■■■■■■─!!!"

어제와 마찬가지로 괴성을 질렀다.

"이, 이건⋯⋯."

"의도한 건지 우연인지는 모르겠지만, 매일 밤 같은 시간과 같은 장소에서 영상이 재현되고 있는 것 같군요. 아마 학생들이 목격한 것도 이 『유령』이겠죠."

자, 하고 쿠루미는 다른 이들에게 손짓했다.

"곧 『유령』이 사라질 거랍니다. 발치를 유심히 보세요. 저와 아야 양의 발 말고도 『유령』으로 분장한 분의 실내화가 보일 테죠. 어제는 갑작스러워서 놓치고 말았지만─."

쿠루미가 그렇게 말한 순간, 『유령』이 한층 더 커다란 움직임을 선보인 바람에 시트 자락이 펄럭였다.

““‘……!’””

그 덕분에 드러난 실내화를 본 이들은 숨을 삼켰다.

하지만 그것도 무리는 아니었다.

그 실내화에는 좌우가 반전된 상태로『쿄노』라고 적혀 있었던 것이다.

“─추리의 시간이 아로새겨졌답니다.”

쿠루미는 그렇게 말하더니, 나츠미의 얼굴을 들여다보며 말을 이었다.

“설명해 주시겠어요? 나츠미 양. 아니,『유령』씨라고 부르는 편이 나으려나요?”

　

“나츠미 양이……?! 대체 왜…….”

“…….”

카논은 깜짝 놀란 목소리로 그렇게 말했고, 미야코는 무슨 말을 하면 좋을지 모르겠다는 표정을 짓고 있었다.

나츠미는 크게 숨을 들이마시더니― 우울한 목소리로 이렇게 말했다.

“……역시, 너 같은 건 부르지 말 걸 그랬어.”

“……! 나츠미─.”

나츠미가 자백이나 다름없는 말을 하자, 코토리는 인상

을 찡그렸다.

이어서 나츠미는 자기 소매를 움켜쥔 코토리의 손을 거칠게 뿌리쳤다.

“……아아~. 들켜 버렸네. 재미없어~.”

“이런 일을 벌인 이유를 알려 주시겠어요?”

쿠루미가 그렇게 묻자, 나츠미는 작게 한숨을 내쉰 후에 대답했다.

“……딱히 거창한 이유는 없어. 예전부터 한밤중에 학교에 숨어들어서 담력 시험을 하는 학생이 문제가 됐거든. 그래서 좀 놀래 주자고 생각했을 뿐이야. 이 또한 학생회장의 소임 아니겠어?”

“……쿄노 양, 저기—.”

미야코가 괴로운 듯한 표정을 지으며 무슨 말을 하려 했다. 하지만 나츠미는 그 말을 막듯 날카로운 시선을 머금으며 말했다.

“……뭐, 재미가 없었다면 거짓말일 거야. 한밤중에 학교에서 청춘을 구가하는 인싸들에게 한 방 먹여 주니 통쾌하기도 했거든. ……잊은 거야? 나, 장난치는 걸 좋아하거든?”

나츠미가 어깨를 으쓱하며 그렇게 말하자, 쿠루미는 「흐음」 하고 작게 숨을 내쉬었다.

“아티팩트는 어떻게 손에 넣은 거죠? 그 거울은 나츠미 양의 것인가요?”

"……그럴 리가 없잖아. 몇 달 전에 이 학교에 기증된 거야. 아티팩트라는 명칭조차 몰랐어. 사용법을 알게 된 것도 완전 우연이었다니깐."

"그랬군요……."

쿠루미가 턱을 쓰다듬으면서 그렇게 말하자, 나츠미는 머리를 거칠게 긁적인 후에 입을 열었다.

"……그것보다 물어볼 게 있어, 쿠루미. 아까『유령』과는 다른 시간에 자기 모습을 투영시켰지? 그 거울의 사용법을 알고 있는 거야?"

"네. 원래는 아야 양의 가문이 소장하고 있던 아티팩트니까요. 남아 있던 목록에 사용법이 적혀 있었답니다. 대부분 소실되어서 모든 아티팩트의 사용법을 알고 있는 건 아니지만 말이죠."

"흐음……. 그럼 기록된 영상을 지우는 법도 알아?"

"어머, 이상한 걸 묻는군요. 지우고 싶나요?"

"……솔직히, 한 번 써 보기는 했는데 지워지지 않아서 난감하던 참이야. 방법을 안다면 가르쳐 줘."

"흠……."

쿠루미는 잠시 생각에 잠긴 후, 작게 고개를 끄덕였다.

"뭐, 좋아요. —거울의 틀에 그려진 마술 문자를 왼쪽 위부터 시계 방향으로 세 번 훑은 후, 거울 앞에서 3분 동안 몸을 배배 꼬며 춤을 추면 되죠. 그러면 거울의 표면에 이제까지 기록한 영상이 전부 나오니, 그중에서 지우고 싶은 영상을 고르면 된답니다.”

“……뭐 그런 어이없는 사용법이 다 있는 건데?”

“저도 모르겠군요.”

쿠루미는 어깨를 으쓱한 후, 말을 이었다.

“아무튼, 괜한 걱정은 안 하셔도 된답니다. 저게 아티팩트라는 것이 밝혀졌으니, 내일 저희 쪽에서 회수하겠어요. 영상의 삭제도 저희 쪽에서 하죠.”

“……흐음. 그럼 부탁할게.”

나츠미는 귀찮다는 투로 그렇게 말하더니, 등을 구부리면서 이 자리를 벗어났다.

“기, 기다려, 나츠미 양!”

카논이 그런 나츠미를 향해 그렇게 외쳤다. 그러자 쿠루미는 카논을 말리듯 손바닥을 펼쳐 보이며 말했다.

“너무 문제 삼을 필요는 없지 않을까요. 좀 경솔하기는 했지만, 일단 학생회장으로서의 책임감에서 비롯된 행동인 것 같으니까요. —안 그런가요? 코토리 양.”

“뭐?”

쿠루미가 자기에게 화제를 돌리자, 코토리는 잠시 생각에 잠긴 후에 한숨을 내쉬었다.

“……뭐, 그렇긴 해—. 앞으로는 이런 소란스러운 짓은 자제해 줬으면 좋겠지만 말이야.”

“그, 그게 아니라……! 나츠미 양이 이런 짓을 벌일 리가―.”

카논은 이해가 안 된다는 듯이 미간을 좁혔다.

하지만 나츠미는 걸음을 멈추지 않으며, 그대로 밤의 어둠 속을 나아갔다.

“자. 이번 사건도 해결된― 것이려나요?”

그 뒷모습을 응시하며, 쿠루미는 작은 목소리로 그렇게 중얼거렸다.

―심야 두 시.

라이젠 고교 동쪽 건물, 3층과 4층 사이의 계단을 빛도 없이 살금살금 올라가는 사람이 있었다.

“…….”

그 사람은 층계참의 벽에 설치된 커다란 전신 거울 앞에서 걸음을 멈추더니, 주위를 둘러본 후에 손가락 끝으로 거울 가장자리에 새겨진 마술 문자를 훑기 시작했다.

그리고 그대로 손가락을 세 바퀴 돌린 후, 거울 앞에서 잠시 머뭇거린 후에 몸을 배배 꼬기 시작했다. 아무래도 춤을 추는 것 같은데, 마치 파도에 흔들리는 미역이나 다시마 같아 보였다.

바로 그때―.

"……?!"

갑자기 빛이 비치자, 괴상한 춤을 추던 이는 화들짝 놀라며 온몸을 부르르 떨었다.

"―어머나, 어머나. 아까 돌아가신 줄 알았는데 말이죠. 이런 데서 뭐 하시는 건가요? 나츠미 양."

"아…….."

회중전등을 손에 쥔 쿠루미가 입술 가장자리를 말아 올리며 그렇게 묻자, 어색하게 허리를 흔들던 사람― 나츠미는 얼굴을 새빨갛게 붉히며 움직임을 멈췄다.

"너, 너야말로 왜 여기에……."

"그건 제가 할 말이랍니다. 이 거울에 무슨 볼일이라도 있으신가요?"

"큭…….."

쿠루미가 시치미를 떼듯 그렇게 말하자, 나츠미는 분하다는 듯이 이를 악물었다. 바로 그때, 쿠루미의 뒤편에서 아야의 의아한 목소리가 들려왔다.

"선생님, 어떻게 된 거죠? 사건은 해결된 것 아니었나요……?"

"『유령』의 정체는 해명됐다고 할 수 있겠죠―. 하지만 나츠미 양이 왜『유령』소동을 일으켰는가, 에 관해서는 아직 밝혀지지 않은 부분이 있답니다."

"네? 그건 야간에 학교에 숨어드는 사람들을 놀래 주려고, 하암······."

아야가 말하던 도중에 하품했다. ······무리도 아닐 것이다. 지금은 착한 아이라면 꿈나라를 여행하고 있을 시간이니 말이다.

"무리하지 말고 먼저 돌아가도 된다고 했을 텐데요?"

"아뇨······ 조수로서, 끝까지 함께하고 싶어서요."

아야는 졸린 듯이 눈을 비비면서도, 의연한 목소리로 그렇게 말했다. 그러자 쿠루미는 「그런가요」라고 짤막하게 답한 후에 나츠미를 돌아봤다.

"아무튼, 방금 행동의 목적은 명백해요. ―나츠미 양은 『브로켄의 마경』에 기록된 영상을 지우려 한 것이랍니다."

"따, 딱히 그런 건······."

"참고로 아까 알려 드린 영상을 지우는 법은 새빨간 거짓말이죠."

"젠장~!"

나츠미는 내뱉듯이 그렇게 말하며 발을 동동 구르더니, 곧 퍼뜩 놀라며 어깨를 부르르 떨었다. 쿠루미는 「어머나, 어머나」 하며 어깨를 으쓱했다.

"하지만 선생님······『유령』의 영상은 거울을 회수한 후에 저희 쪽에서 지우기로 했잖아요? 나츠미 씨도 동의했었고요. 그런데 왜 일부러······."

"후후, 그 이유가 뭐라고 생각하나요?"

"……선생님을 신용하지 않는 건가요?"

"……뭐, 그 가능성도 부정할 수는 없을 테죠."

쿠루미는 마음을 다잡듯 어험 하고 기침을 한 후, 말을 이었다.

"제 생각에 나츠미 양은『유령』이외의 영상을 지우려는 게 아닐까 싶군요."

"『유령』이외의 영상……인가요."

"네. 저희가 영상을 지우는 과정에서, 자신이 진짜로 지워 줬으면 하는 영상을 실수로 남겨 둘지도 모른다. 혹은 저희에게도 보여 주고 싶지 않은 영상이 있다. 자세한 것까지는 모르겠지만, 아무튼 나츠미 양은 자기 손으로 그 영상을 지우지 않으면 안심 못 하는 거겠죠. 그래서 거울이 회수되기 전에 처리하려고 이곳에 온 게 아닐까 싶군요."

"……."

나츠미는 미간을 좁히며 시선을 돌렸다. 자기 옷소매를 움켜쥔 손이, 희미하게 떨리고 있었다.

"자, 제가 이렇게까지 말했는데도 진상을 밝히지 않을 건가요? 뭐, 나츠미 양이 그렇게 나온다면 나중에 차근차근 조사해 볼 뿐이지만 말이에요."

쿠루미가 도발하듯 그렇게 말하자, 한동안 침묵을 지킨 나츠미가 결국 체념한 것처럼 한숨을 푹 내쉬었다.

"……알았어. 하지만, 꼭 비밀로 해 줘."

그리고 머리를 긁적인 후, 내키지 않는 투로 이야기를 시작했다.

"……실은 쿠루미에게 상의하러 가기 전에, 나 혼자서 『NEW 7대 불가사의』를 조사한 적이 있어."

"그랬나요?"

"……원해서 된 것은 아니지만, 일단은 학생회장이니 말이야."

나츠미는 불만을 표시하듯 입술을 삐죽 내밀면서 말을 이어갔다.

"……뭐, 그래도 소문에 지나지 않아서 그런지, 딱히 별일은 일어나지 않았어. —하지만, 건물 뒤편을 지나갈 때, 어떤 사람의 모습이 갑자기 생겼어."

"어떤 사람?"

"키노사키 선배야."

나츠미가 그렇게 말하자, 쿠루미의 눈썹이 희미하게 떨렸다. —키노사키 미야코. 학생회 부회장이다.

"그렇다면, 그녀도 『NEW 7대 불가사의』를 믿고, 거울에 소원을 빌었다는 건가요—?"

"……뭐, 그런 거야."

"대체 어떤 소원을 빌었는지, 알려 주시겠어요?"

쿠루미가 묻자, 나츠미는 잠시 망설인 후에 말했다.

"……『타나카 선생님에게 내 마음이 전해지게 해 주세

요』, 랬어."

"그랬군요……."

타나카 선생님이라면, 학생회실에 찾아왔던 그 존재감이 희미하던 교사일까. 뜻밖의 이름이 나오자, 쿠루미는 무심코 눈을 동그랗게 떴다.

나츠미는 한숨을 내쉬며 말을 이었다.

"그래서…… 키노사키 선배에게 몰래 물어봤더니, 『NEW 7대 불가사의』의 거울에 소원을 빌었대. 그래서 나도 자정에 거울 앞에 서 봤더니, 진짜로 건물 뒤편에 입체 영상이 나타났어. ……저기 말이야. 키노사키 선배는 꽤 인기가 있으니까, 이상한 소문이 돌면…… 좀 그렇지 않겠어? 선배 본인은 들켜도 그다지 개의치 않는 건지 내가 물었을 때도 아무렇지 않아 했지만, 선생님한테 나쁜 소문이 따라다닐 가능성도 있는걸. ……선배는 사람이 너무 좋아서, 이 세상에는 그저 타인을 나락에 떨어뜨리고 싶어 할 뿐인 성질머리 더러운 인간이 있다는 걸 이해 못 하는 것 같거든……."

"그렇군요. 그래서 미야코 양의 영상에 덧씌우려고 일부러 유령 분장을 한 자기 모습을 기록한 건가요. 키가 작으니 일부러 발판까지 준비해서 말이죠."

"……뭐, 그렇게 된 거야."

나츠미는 약간 부끄러워하며 그렇게 말했다. 그 말을 들은 아야는 눈을 치켜떴다.

"선생님, 이 사람은 좋은 사람이에요."

"어머, 이제야 눈치챘나요? 탐정 조수라면, 관찰안을 더욱 갈고닦도록 하세요."

쿠루미의 말을 들은 아야가 「네!」 하고 힘차게 대답하자, 나츠미는 「으~!」 하고 신음을 흘리며 얼굴을 새빨갛게 붉혔다.

"—자초지종을 이제 알겠어요. 솔직히 대답해 주셔서 감사해요. 미야코 양의 영상은 나츠미 양의 『유령』, 그리고 저희 영상과 함께 지울 테니 걱정하지 마세요. 물론 이 일을 남들에게 이야기할 생각도 없답니다. —아야 양, 괜찮죠?"

"네. 물론이에요."

아야가 고개를 끄덕이며 그렇게 답했다. 쿠루미는 만족한 듯이 고개를 끄덕이면서 「하지만……」 하고 말을 이었다.

"학생회 여러분의 오해는 푸는 편이 좋지 않을까요? 코토리 양들은 이유까진 몰라도 어떻게 된 건지 눈치챈 낌새였지만 말이죠."

"……생각해 볼게."

"그런가요."

이 이상은 오지랖이 될 것이다. 쿠루미는 짤막하게 대답한 후, 아야를 데리고 돌아가려 했다.

"……마지막으로 하나만 물어도 돼?"

그런 쿠루미의 등을 쳐다보며, 나츠미가 입을 열었다. 쿠루미는 걸음을 멈추더니, 고개만을 돌려서 나츠미를 쳐다봤다.

"뭐죠?"

"……내가 말한 동기가 거짓이라는 걸 어떻게 안 거야?"

나츠미는 의아한 표정으로 물었다. 그녀가 그런 의문을 품는 건 어찌 보면 당연했다. 나츠미가 거짓말을 하고 있다는 확신이 없었다면, 이렇게 성가신 수단을 선택하지 않았을 것이다.

쿠루미는 입가에 미소를 머금으며 대답했다.

"ㅡ나츠미 양이 그런 짓을 한다면, 자기가 아니라 다른 사람을 위해서일 리가 틀림없으니까요."

"……."

나츠미는 숨을 삼키며 볼을 붉혔다.

쿠루미는 머리카락을 휘날리며, 밤의 어둠을 가르듯 그 자리를 벗어났다.

The artifact crime files
kurumi tokisaki

Case File

IV

……누구에게나 그런 시기가
있는 법이랍니다.

쿠루미 빌리지

―현의 경계에 있는 긴 터널을 빠져나오자, 인습(因襲)
마을이었다.

"……."
토키사키 쿠루미는 주위의 경치를 둘러보면서, 그런 취
미가 고약한 문장을 떠올리고 말았다. ……물론, 입 밖으
로 내뱉지는 않았다.
긴 흑발과 새하얀 피부가 인상적인 소녀였다. 지금은 모
자와 얇은 코트라는 외출 스타일을 하고 있으며, 클래식한
디자인의 트렁크도 끌고 있었다.
"……뭐랄까, 꽤 개성적인 마을이군요."
쿠루미는 신중하게 말을 고르면서 그렇게 말했다.
문 닫기 직전으로 보이는 가장 가까운 역에서, 교통 카
드로 결제가 안 되는 버스를 타고 40분가량 이동한 끝에
도착한 산간의 조그마한 촌락은 평범한 시골이라고 하기
에는 좀 불온한 공기가 감돌고 있었다.
"그래? 옛날부터 이런 곳이라서 나는 잘 모르겠네."
쿠루미의 옆에 있는 여성이 느긋한 어조로 그렇게 대답
했다.
올백 스타일로 넘겨서 묶은 헤어스타일에 검은 테 안경
을 쓴 그녀는 바지 차림에 가을 빛깔의 외투를 걸치고 있
었다.

그녀의 이름은 쿠와바라 츠무기. 쿠루미가 다니는 대학의 3학년이자, 이번 여행을 제안한 사람이며, 또한 이 마을 출신이었다.

"……그러면, 질문을 몇 가지 드려도 될까요."

"응? 뭔데?"

"저건 대체 뭐죠?"

쿠루미는 땀을 삐질삐질 흘리면서 앞쪽을 손가락으로 가리켰다.

그곳에는 수상한 분위기가 감도는 낡은 사당이 있었다.

"아, 저건 먼 옛날부터 이 마을에 있었던 사당이야. 토지 신님이 모셔져 있으니까 조심해. 만에 하나 망가뜨리기라도 하면 큰일이 난다니까, 절대로 망가뜨리면 안 돼. 알았지? 꼭이야. 절대로 망가뜨리지 마."

"그런 짓 안 해요."

츠무기는 다짐을 받듯 그렇게 말했다. 그 모습을 보니, 왠지 『클리셰』라는 말이 생각났다.

……애초에 왜 사당을 『망가뜨리지 마』라는 당연한 소리를 이렇게 필사적으로 하는 것일까. 애초에 사당은 망가뜨리면 안 되는 것인데 말이다. 마치 사당을 보면 망가뜨리지 않곤 못 배기는 사당 크러셔라도 있는 듯한 태도였다.

그것 말고도 신경 쓰이는 점은 있었다. 쿠루미는 논두렁 길을 걷고 있는 수수께끼의 집단을 쳐다보며 물었다.

"……저기 있는, 기묘한 천으로 얼굴을 가린 흰색 전통복 차림의 분들은 누구죠?"

"이 마을의 청년단이야. ……뭐, 이제는 아저씨나 할아버지가 대부분이지만 말이지. 축제 전에는 저렇게 줄지어서 마을 안을 돌아다녀. 아, 저 행렬 앞을 가로지르면 안 된다고 하니까 조심해."

츠무기의 설명을 들은 쿠루미가 인상을 찡그리며 귀를 세웠다.

"……왠지 흉흉한 가사의 노래를 부르고 있는 것 같군요."

"이 마을에 전해져 내려오는 동요야. 나도 옛날에 할머니한테 배웠어. 어릴 적에는 전혀 신경 쓰이지 않았는데, 이제 들어 보니 가사가 참 불가사의하네. 장래에 나한테 자식이 생기면 꼭 가르쳐 줘야 한댔어."

"……."

쿠루미는 인상을 찡그리며 입을 다물었다.

타인의 고향에 대해 이런 식으로 말하는 건 매우 실례되는 짓일지도 모르지만…… 뭐랄까, 먼 옛날부터 전해져 내려오는 관습에 얽매여 있는 마을이란 느낌이 어마어마하게 들었다. 이런 말은 좀 그렇지만 아직도 토지신에게 산 제물을 바치거나, 전설에 따라 살인을 저지를 법한 분위기가 감돌았다.

하지만, 이 자리에서 그런 생각을 품은 쿠루미는 소수파인 것 같았다.

"구풍의 왕녀, 훌륭한 마을에 강림하노라. 여기가 내 무대인가. 나쁘지 않구나."

"긍정. 자연으로 둘러싸인 아름다운 장소예요. 공기가 참 맛있어요."

쿠루미의 뒤편에 있던 판박이처럼 똑같이 생긴 쌍둥이가 그렇게 말했다.

한 명은 흑백으로 이뤄진 스타일리시한 복장에 은으로 된 액세서리를 착용한 소녀였다.

그리고 다른 한 명은 파스텔 컬러로 된 여성스러운 느낌의 옷차림에, 얇은 목걸이를 착용한 소녀였다.

야마이 카구야와 야마이 유즈루. 두 사람은 쿠루미의 대학 동기생이자 친구다.

"음? 공기가 맛있다고? 맛은 느껴지지 않는다만…….."

"그런 의미가 아냐. 공기가 맑다는 표현이야."

이어서 말을 한 이는 야마이 자매의 옆에 있던 야토가미 토카와 토비이치 오리가미였다.

칠흑빛 머리카락과 수정 같은 두 눈동자가 인상적인 소녀와, 인형 같은 얼굴을 지닌 소녀였다. 두 사람 다 쿠루미와 함께 이 마을을 방문한 친구였다.

"……여러분은 아무것도 느껴지지 않는 건가요?"

쿠루미가 묻자, 네 사람은 영문을 모르겠다는 듯이 서로를 쳐다본 후에 고개를 갸웃거렸다.

"으음…… 뭘 말이지? —아니, 느껴져. 느껴지는구나. 심연 밑바닥에 가라앉아 있는 사악한 신의 꿈틀거림이랄까, 아무튼 그런 느낌이 말이지."

"지적. 카구야의 말은 신경 쓰지 않아도 괜찮아요."

"으음, 나는 아무것도 느껴지지 않는다만……."

"나도 그래. 특이한 건 느껴지지 않아."

"……그런가요."

쿠루미는 인상을 살짝 찡그리면서 그렇게 대꾸했다.

바로 그때, 츠무기가 손뼉을 치며 입을 열었다.

"—좋아. 그러면 바로 가 보자. 출발하기 전에 연락을 해 뒀으니까, 이미 준비가 되어 있을 거야."

"크큭, 좋다. 한때의 휴식처로 향하도록 할까."

"확인. 선배의 집에 머무는 거죠?"

"응. 맞아. 미안해~. 여관이 있으면 좋겠지만, 이런 시골에는 관광객이 안 오거든. 아, 그래도 시골답게 집이 어마어마하게 넓으니까, 부대낄 일은 없을 거야. 그리고 쌀농사를 지으니까, 밥맛 하나는 보장할 수 있어!"

츠무기는 엄지를 치켜들며 그렇게 말했다.

그러자 토카와 다른 이들은 「오오~!」 하며 환성을 질렀지만, 쿠루미는 매우 불길한 예감이 들었다.

—쿠루미 일행이 이 시라쿠 마을에 온 이유는 연휴를 이

용해 며칠 동안 머물며 아르바이트를 하기 위해서였다.

듣자 하니 이 마을에서는 1년에 한 번 봉납제라는 축제가 열린다고 하는데, 저출산 탓에 봉납 의식을 할 무녀가 없어서 곤란한 상황이라고 한다.

그래서 츠무기가 같은 서클인 카구야에게 아르바이트를 할 사람을 모아달라고 부탁한 것 같았다. ……쿠루미는 내키지 않았지만, 이런저런 사정과 경위 탓에 참가하기로 했다.

"……."

쿠루미는 츠무기의 뒤를 따르면서, 말없이 주위를 살펴봤다.

좋게 말하면 녹음이 우거진 마을이다. 길은 어느 정도 정비되어 있기는 하지만, 양옆은 나무로 우거졌다. 드문드문 가로등이 있기는 하지만, 밤에 밖을 돌아다닐 생각은 들지 않았다.

사방이 산으로 둘러싸여 있으며, 아까 버스로 통과한 터널이 이 마을의 유일한 출입구인 것 같았다. 만약 산사태가 벌어져서 그 터널이 막힌다면, 이 마을은 외부와 격리된 육지의 외딴섬이 되고 말 것이다. 참고로 스마트폰은 이 마을에 들어서기 한참 전부터 전파가 잡히지 않았다. ……그야말로 한정된 공간을 바탕으로 하는 클로즈드 서클 형식의 미스터리 소설의 도입부였다.

그렇게 얼마나 걸어갔을까. 갑자기 길이 탁 트이더니,

멋진 대문이 달린 일본 가옥이 보였다.

"아, 도착했어. 여기가 우리 집이야."

"오오, 멋진 집이구나!"

츠무기가 그렇게 말하자, 토카가 눈을 반짝이며 답했다.

꽤 오래된 것 같기는 하지만 호화로운 저택이기는 했다. 열린 대문과 건물 사이에는 정원이 펼쳐져 있으며, 조그마한 연못까지 있었다. 시골이니까, 라는 말로는 설명이 안 될 만큼 규모가 컸다. 아마 이 지역의 부호일 것이다.

"─다들, 다녀왔습니다~!"

츠무기는 당당히 대문을 넘더니, 현관을 향해 큰 목소리로 그렇게 외쳤다.

그러자 곧 집안에서 두 여성이 모습을 보였다.

한 사람은 50대 정도로 보이는 기품 있는 부인이었다.

그리고 다른 한 사람은 그녀가 미는 휠체어에 앉아 있는, 아름다운 백발을 지닌 노파였다.

"어서 오렴, 츠무기. 생각보다 빨리 왔네. 오느라 수고했어."

"응, 다녀왔어. 엄마, 할머니."

츠무기는 손을 들어 보이면서 인사를 건넨 후, 훈훈한 분위기 속에서 두세 마디 이야기를 나눴다.

그 후, 츠무기의 어머니는 쿠루미 일행을 향해 시선을 돌렸다.

"어서 와요. 츠무기의 엄마인 리에예요. 이쪽은 제 어머니이신 테루라고 해요."

"네, 처음 뵙겠습니다."

쿠루미는 인사를 건넨 후, 다른 이들과 함께 간단히 자기소개를 했다.

"으음, 그러면 여러분이……?"

"응. 내 대학 후배야. 올해 봉납제의 무녀 역할을 맡아 주기로 했어."

츠무기가 그렇게 말한 순간…….

이제까지 아무 말도 하지 않으며 꼼짝도 하지 않던 츠무기의 할머니— 테루가 갑자기 눈을 치켜떴다.

"호오…… 이 애들이……."

그리고 쿠루미 일행을 핥듯이 훑어본 후, 씨익…… 하고 입술을 일그러뜨렸다.

"괜찮구나. 시라이토 님께서도 참 기뻐하시겠어. 히~ 히힛……."

"……."

아직 일을 시작하지도 않았는데, 쿠루미는 이곳에 온 것이 왠지 후회됐다.

◇

"수상한 데도 정도라는 게 있는데 말이죠."

방으로 안내된 후…….

츠무기를 비롯한 이 집 사람들이 없는 것을 확인한 쿠루미는 다른 이들에게 그렇게 말했다.

그러자 토카를 비롯한 다른 사람들은 영문을 모르겠다는 듯이 서로를 쳐다봤다.

"수상해? 뭐가 말이냐?"

"쿠루미가 무슨 말을 하는 건지 모르겠어."

그리고 태연한 어조로 이렇게 대답했다.

쿠루미는 두통을 느끼며 말을 이었다.

"……여러모로 하고 싶은 말이 많은데 말이죠. 우선 이 방을 보고도 아무 느낌이 안 드는 건가요?"

쿠루미 일행이 안내받은 방은 15평은 될 듯한 다다미방이었다. 이부자리를 다섯 채 깔아도 여유로울 듯한, 널찍한 방이었다.

하지만, 어째선지 방 안쪽에는 크고 작은 다양한 일본 인형이 줄지어 놓여 있었으며, 쿠루미 일행에게 시선을 보내고 있었다. 마치 인형을 공양해 놓은 것만 같았다.

야마이 자매는 쿠루미의 말을 듣더니, 어깨를 으쓱하며 대답했다.

“아, 혹시 쿠루미는 인형을 무서워해? 뭐, 좀 섬뜩하긴 하지만…… 그래도 우리는 불평할 입장이 아니잖아?”

“동의. 참을 필요가 있다고 생각해요. 오히려 일당이 10만 엔이나 되는 파격적인 아르바이트니까요.”

“애초에! 그 금액부터가! 수상하단 말이에요!”

쿠루미는 다다미를 손바닥으로 내려치며 그렇게 외쳤다.

그렇다. 쿠루미 일행은 축제의 준비 기간을 포함해 사흘 동안 이 마을에 머무르기로 했으며, 1인당 하루 10만 엔의 보수를 받기로 되어 있었다.

말할 필요도 없겠지만, 평균적인 아르바이트 급여를 아득히 뛰어넘는 금액이다. 만약 구인 사이트에 이런 조건의 모집 글이 올라와 있다면, 위법적인 일을 시키려는 게 아닌지 의심하는 편이 나을 것이다.

하지만 카구야는 그런 불평에 이미 질렸다는 듯이 미간을 살짝 찌푸렸다.

“정말~. 또 그 소리야? 그렇게 수상하면 거절했으면 됐잖아.”

“그건…….”

쿠루미는 그 말을 듣고 말끝을 흐렸다. 확실히 카구야의 말이 옳았다.

그런데도 쿠루미가 이런 수상한 아르바이트에 따라온 이유는 딱 하나다.

이 일에 아티팩트가 얽혀 있을 가능성이 있는 것이다.

―아티팩트. 그것은 과거에 마술사가 만들어 냈다고 하는, 인지를 초월한 힘을 지닌 공예품이다.

쿠루미는 흩어진 아티팩트를 수집하기 위해, 대학생이면서 탐정 일을 하고 있었다.

하지만, 이 일에 아티팩트가 얽혀 있을지도 모른다는 것은 어디까지나 가능성에 지나지 않는다. 그렇기에 쿠루미는 얼버무리듯이 흥하고 코웃음을 쳤다.

"……여러분만 보냈다간 나쁜 사람에게 속아도 눈치 못 챌 것 같아서 따라온 거랍니다."

"너무해~! 우리도 위험에 처하면 자기 앞가림 정도는 할 수 있거든?!"

카구야가 불만에 찬 목소리로 그렇게 외치면서, 두 다리를 다다미 위에 턱 내려놨다.

"""……!"""

그러자 마치 타이밍을 맞추기라도 한 것처럼, 집 어딘가에서 화난 듯한 목소리가 들려왔다.

"……어머? 이 목소리는……."

"거실 쪽이야. 혹시 모르니 확인하고 오겠어"

그렇게 말하며 자리에서 일어난 오리가미는 장지문을 열고 복도로 나갔다. 쿠루미 일행 또한 그 뒤를 따르며 방을 나섰다.

기나긴 복도를 따라서 걸어간 그녀들은 그 목소리가 발생한 곳에 도착했다.

장지문의 틈새로 방 안을 들여다보니, 그곳에는 리에와 테루, 그리고 다른 한 명의 여성이 있었다.

나이는 서른 전후일까. 짙은 남색 정장을 입은 커리어 우먼 느낌의 여성이었다. 머리카락을 어깨 근처까지 길렀으며 피부 노출을 꺼리는 건지 두 손에 장갑을 꼈다. 외모는 왠지 츠무기를 닮은 것 같은 느낌이 들었다.

"—언제까지 이런 축제를 계속 이어 갈 거야? 올해가 서력 몇 년인지 알긴 해?! 이제 그만 정신 차려!"

그 여성은 사나운 표정으로 고함을 질렀다.

하지만 테루는 전혀 동요하지 않으며 대꾸했다.

"시라이토 님에게서 등을 돌린 너와는 상관없는 일이야. ……두 번 다시 이 집에 발을 들이지 말라고 했을 텐데?"

"이게……!"

테루에게 달려들려 하는 그 여성을, 리에가 허둥지둥 말렸다. 일촉즉발— 아니, 이미 폭발한 듯한 흉흉한 분위기였다.

"저분은 대체……."

"……아, 언니도 왔구나."

쿠루미가 그렇게 중얼거렸을 때, 어느새 이 자리에 나타난 츠무기가 그 의문에 답하듯이 그렇게 말했다.

"언니분, 인가요?"

"응. 아사코 언니야. 나보다 일곱 살 연상에, 이 가문의 후계자였는데…… 마을의 전통을 질색했거든. 그래서 고등학교를 졸업하자마자 이 집에서 나간 후, 지금은 도쿄에서 일해. 그뿐만 아니라 요즘에는 댐을 유치한다면서 이 일대 집에 퇴거를 요구하고 있거든. 그래서 할머니와 대판 싸웠다니깐……."

"어머나……."

쿠루미는 눈을 가늘게 뜨며 한숨을 내쉬었다. 어찌 보면 흔한 불화일지도 모르지만, 가족끼리 저렇게 언성을 높이며 싸우는 광경을 보니 그다지 기분이 좋지 않았다.

그 후에도 독설을 퍼부어 댄 아사코는 더는 이곳에 못 있겠다는 듯이 몸을 일으키더니, 쿠루미 일행이 있는 쪽으로 성큼성큼 걸어왔다.

"……어?"

그리고 짜증스레 장지문을 연 순간, 쿠루미 일행과 딱 마주쳤다.

"너희는 누구야?"

아사코는 그렇게 말하면서 쿠루미 일행을 노려봤다.

"아…… 내 대학 후배야. 올해 무녀 역할을 부탁할까 해서 데려왔어……."

"아직도 그런 짓을 계속하고 있는 거야?"

아사코는 표정을 일그러뜨리더니, 근처에 있던 토카의 어깨에 손을 얹으면서 안타까운 어조로 말했다.

"……안 됐네. 너희를 생각해서 하는 말인데, 빨리 도망쳐. ―안 그러면 제물이 될 거야."

"……음?"

토카는 영문을 모르겠다는 듯이 눈을 동그랗게 떴다.

그러자 거실 쪽에서 테루의 목소리가 들려왔다.

"아사코, 무녀님들에게 이상한 소리 하지 말거라."

"……흥."

아사코는 뒤편을 노려본 후, 그대로 복도를 따라 걸어갔다.

그녀의 등이 시야에서 사라졌을 때, 거실 쪽에서 테루가 웃음을 흘리며 말을 건네왔다.

"소란을 피워서 죄송해요, 무녀님. 피곤하실 테니, 식사 준비가 될 때까지 방에서 쉬고 계세요. 히~ 히히힛……."

"……네. 그렇게 하겠어요."

쿠루미는 말로 형용할 수 없는 불신감을 느끼면서도, 그렇게 말하면서 방으로 돌아갔다. 토카를 비롯한 다른 이들도 그런 쿠루미의 뒤를 따랐다.

그 도중에, 토카가 고개를 갸웃거리면서 물었다.

"저기, 쿠루미. 제물이 대체 무슨 소리인 것이냐?"

"……신에게 바치는 공물을 말하는 거랍니다. 옛날에는 날뛰는 신을 진정시키기 위해, 살아 있는 인간을 바치기도

했다더군요."

"바친다는 건—."

"즉, 죽인다는 거죠."

"뭐, 뭐어……."

토카는 깜짝 놀란 것처럼 눈을 동그랗게 떴다.

그 말을 들은 건지, 야마이 자매는 땀을 삐질삐질 흘렸다.

"하, 하지만, 그건 옛날 이야기잖아?"

"의문. 설마 지금도 그러는 건……."

"그렇진 않으리라고 생각한답니다. 하지만—."

바로 그때였다.

쿠루미는 말을 멈췄다.

사방으로 뻗은 복도의 끝. 그곳에서 빨간색 기모노를 입은 어린 여자아이가 공놀이를 하면서 노래를 읊조리고 있었다.

"시라이토 님의 말씀이니라. 사당에 무녀의 머리 다섯 개. 공손히 바치기를 원하노라."

그것은 쿠루미 일행이 이 마을에 도착했을 때, 어딘가에서 들려온 동요였다.

그 여자애는 쿠루미 일행을 본 건지, 공을 잡은 후에 웃음을 흘리면서 어딘가로 달려갔다.

"쿠루미?"

"왜 그래?"

“······아무것도 아니랍니다.”

수상하지 않은 구석을 찾는 게 무리인 상황이기에, 무엇부터 지적하면 좋을지 알 수가 없었다.

쿠루미는 볼에 희미하게 경련이 일어난 채, 자신들의 방으로 돌아갔다.

◇

―이변은 다음 날 아침에 일어났다.

“쿠루미, 쿠루미. 좀 일어나 봐, 쿠루미.”

“······흔들지 좀 말아 주시겠어요?”

카구야가 이불 위로 자신의 몸을 흔들어 대자, 쿠루미는 신음 같은 목소리로 그렇게 말했다.

쿠루미는 원래 야행성이라 아침에 기운이 없으며, 어젯밤에 이런저런 생각을 하느라 다른 이들보다 늦게 잠들었다. 그녀는 눈을 비비면서 이불 안에서 몸을 비틀었다.

“토카가 안 보여.”

“······뭐라고요?”

하지만 이어지는 말을 들은 순간, 쿠루미는 몸을 벌떡 일으켰다.

카구야와 유즈루, 오리가미는 이미 일어난 것 같았다. 잠옷 차림인 세 사람이 눈에 들어왔다.

하지만 카구야가 방금 말한 것처럼, 토카의 이부자리에
는 아무도 없었다.

"……화장실에 간 것 아닐까요?"

"나도 처음에는 그렇게 생각했는데, 한참이 지났는데 돌
아오질 않아……."

카구야는 불안 섞인 목소리로 그렇게 말했다. 쿠루미는
가볍게 자기 볼을 때린 후, 카구야의 어깨에 손을 얹으며
몸을 일으켰다.

"……이 저택은 넓어요. 어쩌면 화장실에 갔다가 길을 잃
은 걸지도 몰라요. 일단 찾아보죠."

쿠루미의 말을 들은 카구야, 유즈루, 오리가미는 고개를
끄덕이며 몸을 일으켰다.

다른 이들을 데리고 방을 나선 쿠루미는 기나긴 복도를
걸으면서 토카의 이름을 불렀다.

"토카~! 어디 있어~?!"

"호명. 토카~."

하지만, 아무리 불러도 대답이 없었다.

아무리 넓은 저택일지라도, 귀가 좋은 토카라면 이 목소
리가 들리지 않을 리가 없는데―.

"―."

일행의 가장 뒤편에서 걷고 있던 쿠루미는 갑자기 뒤쪽
을 돌아보았다.

누군가가 뒤에서 따라오고 있는 느낌이 들어서였다.

"의문. 왜 그래요?"

"……그게, 방금 저기에 누가 있었던 것 같아서……."

하지만 거기에는 아무도 없었다. 쿠루미는 미간을 찌푸리면서 고개를 갸웃거린 후, 다시 토카를 찾아다니기 시작했다.

그렇게 한참 동안 집안을 찾아다녔을 때였다. 쿠루미 일행의 목소리를 들은 건지, 테루가 모습을 보였다.

"저기, 무슨 일이신지요?"

"아…… 선배의 할머니……."

"질문. 토카가 보이지 않아요. 뭔가 알고 있는 건 없나요?"

유즈루가 묻자, 테루는 얼굴을 한껏 일그러뜨리며 웃음을 터뜨렸다.

"히~ 히힛…… 그거 걱정되시겠군요. 이 집 사람들에게 찾아보라 할 테니, 무녀님들은 아침 식사를 드시며 기다리시지요."

"반론. 하지만……."

"……네, 그렇게 하겠어요. 토카 양이라면 음식 냄새를 맡고 모습을 보일지도 모르니까요."

쿠루미는 유즈루의 말을 막듯이 손바닥을 펼쳐 보이며 그렇게 말했다. 유즈루도 그 말이 일리가 있다고 생각한 건지, 순순히 물러났다.

쿠루미 일행은 테루에게 인사한 후, 어젯밤에 저녁을 먹었던 식당으로 향했다.

테루의 말처럼, 그곳에는 5인분의 식사가 준비되어 있었다. 밥과 된장국, 두부와 낫토, 푸성귀와 채소 절임. 사찰 요리를 연상케 하는 식단이었다.

듣자 하니 무녀를 맡기로 한 이들은 며칠 전부터 몸을 깨끗이 하기 위해 고기를 끊어야 한다고 한다. 어젯밤의 저녁 식사에서도 육고기와 물고기는 쓰이지 않았다. 맛 자체는 좋았지만, 먹성이 좋은 토카는 꽤 아쉬운 눈치였다.

"그러면 식사를 하기로 할까요. 배가 고프면 아무것도 못하니까요. 영양 보충을 한 후에 다시 토카 양을 찾아보죠."

그렇게 말한 쿠루미가 두 손을 모으자, 다들 그 뒤를 따르며 식사를 시작했다.

하지만 식사를 시작한 쿠루미는 예의에 어긋나는 짓이라고 생각하면서도 작은 목소리로 다른 이들에게 물었다.

"……토카 양이 사라진 일에 대해 어떻게 생각하시죠?"

"이 집안을 헤매고 있을 가능성은 희박해. 설령 헤매더라도, 토카가 우리의 목소리나 음식 냄새를 눈치채지 못했을 거라고 보기는 어려워."

"고민. 그렇다고 토카가 말 한마디 없이 집 밖으로 나갔을 것 같지도 않아요."

오리가미와 유즈루가 그렇게 말하자, 쿠루미는 고개를

끄덕였다.

"저도 그렇게 생각한답니다. 그렇다면 좀 불온한 이야기지만, 누군가에게 납치됐을 가능성은—."

"없어."

"없어."

"부정. 없어요."

쿠루미의 말에, 세 사람은 동시에 딱 잘라 그렇게 답했다.

질문은 던진 쿠루미 또한 같은 의견이었기에, 땀을 삐질삐질 흘리며「그렇겠죠」라고 대답했다.

또한 방금 한 말은「토카를 납치하려고 하는 사람이 있을 리 없다」는 의미가 아니라,「설령 그런 자가 있더라도, 토카가 잡힐 리가 없다」는 의미다.

쿠루미가 토카의 수색을 중단하고 츠무기의 할머니 말에 따른 것도 그렇게 생각하기 때문이다. 설령 문제에 휘말릴지라도, 토카라면 자력으로 충분히 해결하리라고 믿어 의심치 않았다.

하지만 현재, 토카는 여전히 모습을 보이지 않고 있다.

그렇다면 생각할 수 있는 건, 초자연적인 존재에 의해 행방불명이 됐거나, 혹은—.

"—아티팩트."

쿠루미가 중얼거린 말을 들은 카구야, 유즈루, 오리가미의 눈썹이 희미하게 흔들렸다.

"……그건 마술사가 만들었다는 불가사의한 아이템, 맞지?"

"네. 어디까지나 가능성이지만, 만약 그게 이번 일과 얽혀 있다면 이런 일이 벌어질 수도 있지 않을까요?"

"그건…… 그럴지도 모르지만……."

"질문. 만약 아티팩트 탓이라면, 대체 무슨 일이 일어난 것일까요?"

"그건 아직 알 수 없지만—."

바로 그때였다.

"……어머?"

어떤 점을 눈치챈 쿠루미는 미간을 살짝 좁혔다.

카구야의 옆에 놓여 있던 토카의 식사가 어느새 깨끗하게 비워진 것이다.

"……카구야 양? 혹시 토카 양의 아침 식사를 드셨나요?"

"응? 내가 그럴 리가…… 어, 어라? 없네……?"

카구야도 그 말을 듣고서야 눈치를 챈 것인지, 눈을 동그랗게 떴다.

그 광경을 본 유즈루는 손으로 입가를 감싸며 말했다.

"연민. 카구야, 아무리 배가 고파도 그렇지 남의 식사를 함부로 먹는 건……."

"아니, 그런 적 없거든?! 사람을 멋대로 먹보 캐릭터로 만들지 말아 줄래?!"

카구야와 유즈루가 갑자기 말다툼을 벌이기 시작했다.

그 광경을 곁눈질하던 쿠루미는…….

"……흠."

어느새 깨끗하게 비워진 그릇을 쳐다보면서 자기 턱에 손을 댔다.

◇

낮. 새하얀 무녀복으로 갈아입은 쿠루미 일행은 마을 안쪽에 있는 개울로 안내됐다.

물의 흐름 자체는 느리고, 물이 깊지도 않았다. 하지만 깎아지른 듯한 절벽 위에서 물이 떨어지면서 조그마한 폭포가 레이스로 된 커튼처럼 생겨나 있었다.

정말 맑고 아름다운 경치였다. 이렇게 외진 곳이 아니라면, 관광 명소가 됐을 것이다.

─꽤나 야단스러운 복장으로 이런 곳에 끌려온 탓에, 이 아름다운 광경을 즐기기 어렵지만 말이다.

"……쿠와하라 선배. 설마……."

쿠루미가 묻자, 그녀들을 이곳으로 데려온 츠무기가 진땀을 빼며 대답했다.

"으음…… 목욕재계나 폭포 수행이라는 말, 들어 본 적 있어? 무녀 역할을 맡은 사람은 몸을 정화하기 위해서 그런 걸 하게 되어 있거든……."

“…….”

예상대로의 대답이었기에, 쿠루미는 하아~ 하고 한숨을 내쉬었다.

하지만 쿠루미와는 반대로 그 말을 듣고 눈을 반짝이고 있는 이도 있었다. —카구야다.

“어? 이건 그 수도자들이 하는, 폭포를 맞으며 정신 통일하는 그거지? 한번 해 보고 싶었어. —크큭, 가혹한 수행을 통해 각성하거라, 내 제3의 눈이여!”

카구야는 힘차게 폭포 아래로 뛰어들었다.

“—꺄앗~! 짜가어~!”

하지만 금방 뛰쳐나오더니, 자기 어깨를 끌어안고 이빨을 딱딱 부딪쳤다. 유즈루가 미리 준비해 둔 목욕용 수건을 카구야에게 걸쳐 줬다.

“탄식. 앞뒤 가리지 않고 뛰어드니 이렇게 되는 거예요.”

“그, 그렇지만…….”

“차가운 게 당연하잖아요. 계절을 고려해 주세요.”

그 광경을 본 츠무기는 아하하 하고 쓴웃음을 흘렸다.

“너무 무리하지는 마. 한번 폭포를 맞은 후, 물에 적신 수건으로 몸을 닦기만 해도 돼.”

“그래도 괜찮을까요?”

“으음~, 원래는 괜찮지 않겠지만…… 축제 당일에 감기에 걸렸으면 더 곤란하니까…….”

"하긴, 그것도 그렇겠군요……."

쿠루미가 그렇게 말하자, 츠무기는 들고 온 장작을 쌓아서 불을 피운 후에 몸을 일으켰다.

"그러면 나중에 마중 올 테니까, 그때까지 잘 부탁해. 추우면 이 모닥불로 몸을 녹여. ─나는 야토가미 양을 찾는 걸 도우러 가 볼게."

"……네, 잘 부탁드려요."

쿠루미는 눈을 살짝 가늘게 뜨면서, 고개를 끄덕였다.

그렇다. 아침 식사를 마친 후에 다시 수색했지만, 여전히 토카는 발견되지 않았다.

원래라면 쿠루미 일행도 토카를 찾고 싶었지만, 무녀에게는 무녀로서 해야 할 일이 있는 것 같았다. 그래서 츠무기를 비롯한 다른 사람들과 바통 터치를 할 수밖에 없었다.

그렇게 돌아가는 츠무기에게, 쿠루미는 「그런데……」 하고 말을 건넸다.

"무녀가 될 사람이 없다고 들었는데, 쿠와하라 선배는 무녀를 맡지 않는 건가요?"

"──."

쿠루미가 은근슬쩍 그렇게 물은 순간, 갑자기 불어온 한 줄기 바람에 츠무기의 머리카락이 휘날렸다.

……잘못 본 것일까. 휘날리는 머리카락 사이로, 츠무기의 입술 가장자리가 요사하게 말려 올라간 듯한 느낌이 들

었다.

"선배……?"

쿠루미가 다시 묻자, 어느새 평소 같은 태도로 되돌아온 츠무기가 이렇게 대답했다.

"으음…… 그게 말이야. 어울리지 않는달까, 그런 쪽에는 적성이 없거든. 그래서 이제까지도, 무녀를 맡을 사람이 없을 때는 내가 마을 밖에서 여자애를 불러왔어."

"……옛날에 무녀를 맡았던 분에게 다시 부탁하지는 않는 건가요?"

"아…… 응. 뭐, 그래."

츠무기는 답변을 피하듯이 시선을 돌렸다.

마치 예전에 무녀를 맡았던 이들과는 연락이 되지 않는 듯한 반응이었다.

"아무튼, 너희는 폭포 수행을 하고 있어. 그러면 나중에 봐."

츠무기는 작게 고개를 끄덕이더니, 그대로 왔던 길을 따라 저택으로 돌아갔다.

"……."

그 뒷모습을 응시하는 쿠루미의 얼굴에 식은땀이 맺혔다.

……설마 이제 와서 츠무기까지 수상한 태도를 보일 줄은 몰랐다. 그녀 또한 이 마을 출신이니, 같은 편으로 여기는 건 위험한 짓이리라.

하지만, 아직은 명확한 증거가 없다. 쿠루미는 다른 이들을 향해 시선을 돌리더니, 마음을 다잡으려는 듯이 「자」하고 말했다.

"……일단, 무녀로서의 소임을 다하도록 할까요."

"이유야 어찌 됐든 간에, 맡은 일은 충실히 해야 해."

오리가미가 쿠루미의 말에 동의한다는 듯이 그렇게 말했다. 한치의 주저도 없이 물 안에 들어가서 폭포 아래에 서더니, 눈을 감으며 두 손을 모았다.

자세 자체는 대충 흉내 내는 것이지만, 한치의 주저도 없는 저 행동은 정말 멋졌다. 무심코 탄성을 질렀을 정도였다.

"어머나, 역시 대단하군요."

"─경향은 다르지만, 이런 환경에서의 훈련에는 익숙해. 더위나 추위를 따져서야 아직 한참 멀었어."

"뭐어……!"

오리가미의 말을 들은 카구야가 눈을 치켜떴다.

오리가미는 그럴 의도가 없겠지만, 자신을 콕 집어서 한 말이라고 여기는 걸지도 모른다. 끄으으응…… 하며 미간을 한껏 찌푸린 카구야는 결의를 다진 듯이 목욕 수건을 내던지더니, 다시 폭포 아래로 향했다.

"구풍의 왕녀를 얕보지 말거라! 우랍~!"

그리고 힘차게 그렇게 외치더니, 오리가미의 옆에서 두

손을 모았다.

"—이, 임병투자개진열재전, 임병투자개진열재전……."

아무리 기합을 넣어도 춥기는 한 건지, 카구야는 이빨이 딱딱 소리를 내며 마주칠 만큼 떨면서 도교의 주문을 읊조렸다. 이런 상황에서 쓰는 주문이 맞는지는 잘 모르겠지만 말이다.

"분발. 카구야도 꽤 하는군요. 유즈루도 질 수야 없죠. 에잇."

이번에는 유즈루가 카구야에게 촉발된 건지, 결의를 다지며 폭포에 뛰어들었다.

"……어쩔 수 없군요."

쿠루미는 질렸다는 듯이 한숨을 내쉬더니, 다른 이들을 뒤따르듯 물 안에 발을 집어넣었다.

그리고 숨을 들이마신 후, 다른 이들의 옆에 서서 손을 모았다.

"……."

살이 에이는 듯한 차가운 물이 높디높은 곳에서 쏟아지고 있었다. 서 있을 수 없을 만큼 물줄기가 강하지는 않지만, 새하얀 무녀복을 적신 그 물은 온몸을 완전히 휘감으면서 체온을 인정사정없이 빼앗아 가고 있었다.

……확실히 옛날 사람들이 이 행위를 특별시한 것도 이해가 됐다. 물로 몸을 씻어 낸다는 위생적 이유만이 아니

라, 이런 고생을 한다면 뭔가 효험이 있지 않을까 하고 생각하는 게 사람 마음이니 말이다.

"……히익! 무리! 한계!"

쿠루미 일행은 그대로 폭포 수행을 계속했지만, 약 1분 정도 흐른 후에 카구야가 크게 숨을 내쉬면서 폭포 밖으로 뛰쳐나갔다.

하지만 한계를 맞이한 건 카구야만이 아니었다. 유즈루와 쿠루미 또한 모닥불 쪽으로 뛰어가더니, 목욕 수건을 걸치며 몸을 녹였다.

그리고 얼마 후, 오리가미가 차분한 발걸음으로 다른 이들의 곁으로 왔다.

"으…… 추워라. 무리야. 더는 못 해 먹겠어……."

"확신. 몸은 충분히 정화됐어요. 부족하다면 나중에 알코올 소독이라도 하겠어요."

"토지신께서 그래도 이해해 주신다면 좋겠지만—."

쿠루미가 쓴웃음을 머금으며 그렇게 말했을 때였다.

"—너희들, 아직 이 마을에 있었어?"

등 뒤에서 그런 목소리가 들려왔다.

"어?"

"당신은……."

고개를 돌려 보니, 정장 차림의 여성이 어느새 등 뒤에 서 있었다. 어제 테루와 말다툼을 벌였던 츠무기의 언니—

아사코였다.

아사코는 쿠루미 일행을 둘러보더니, 뭔가를 눈치챈 것처럼 고개를 갸웃거렸다.

"어머? 전부 네 명이었어?"

"아, 그게—."

쿠루미는 오늘 아침부터 토카의 모습이 보이지 않는다는 것을 간결히 이야기했다.

그러자 아사코는 미심쩍은 듯이 미간을 찌푸렸다.

"……흐음. 위험을 감지하고 혼자서 도망친 거면 현명하지만, 만약 그게 아니라면……."

"아니라면— 뭐죠?"

쿠루미가 눈을 가늘게 뜨며 묻자, 아사코는 잠시 망설인 후에 한숨을 내쉬었다.

"……너희들, 봉납제의 무녀가 원래 어떤 역할인지 알면서 맡은 거야?"

"아뇨, 자세하게는 모른답니다. ……하지만 이 마을에서 언뜻 들은 동요에 의미심장한 내용이 담겨 있는 느낌이 들더군요."

쿠루미가 그렇게 말하자, 아사코는 감탄한 듯이 작게 휘파람을 불었다.

"감이 좋잖아. 그건 의식과 무녀에 관한 노래야."

"……자세한 이야기를 들려주시겠어요?"

"딱히 유별난 이야기는 아냐. ―이 마을에서 모시고 있는 시라이토 님은 원래 은혜만이 아니라 재앙도 내리는 신이거든. 기분이 나쁘면 산사태를 일으키거나, 홍수를 일으켜서 정말 큰일이라니깐. 그것을 진정시키려고, 깨끗한 소녀를 산 제물로 바쳤어. 그 의식이야말로 봉납제. 그리고 그것이 형태를 바꾸면서 이제까지 이어져 내려오고 있어. ―이미 축제 준비는 시작됐지? 육류를 끊고, 몸을 깨끗하게 하라는 둥…… 마치 『주문이 많은 요리점』 같지 않아? 즉, 신에게 맛있게 잡아먹힐 준비를 하는 거야."

불온한 그 말을 듣자, 카구야 일행의 표정이 딱딱하게 굳었다.

쿠루미는 미간을 좁히면서 진지한 목소리로 물었다.

"……마치 진짜로 시라이토 님이라는 존재가 있고, 무녀들을 잡아먹는다는 말씀인가요?"

"흥, 시라이토 님 따위가 진짜로 있을 리 없잖아. 다 미신이야, 미신."

하지만 아사코는 어처구니없다는 듯이 손을 내저었다. 예상 외의 반응에, 뜻밖에 얼이 나가고 말았다.

그렇지만, 하고 아사코는 말을 이었다.

"―그런 미신을 철석같이 믿어 의심치 않는 사람이 있기는 하거든."

"……."

아사코가 그렇게 말하자, 쿠루미 일행은 입을 다물었다.

한숨을 내쉰 아사코는 가장 가까운 곳에 있던 오리가미의 어깨에 손을 얹었다.

"……내가 말해 줄 수 있는 건 여기까지야. 유감이지만, 아무리 수색해도 네 친구는 찾지 못할 거야. 다음 제물이 바쳐지기 전에, 빨리 이 마을을 떠나."

그렇게 말하며 돌아선 아사코는 길가에 세워 둔 검은색 왜건의 조수석에 탔다.

아무래도 동승자가 있는 것 같았다. —그러고 보니 아사코는 댐 개발을 위해 이 마을을 방문했다는 이야기를 들었던 것 같았다. 어쩌면 그 관계자일지도 모른다.

"그러면, 살아남으면 또 만나자."

아사코는 차량의 창문 밖으로 내민 손을 흔들더니, 그렇게 말하며 가 버렸다.

다음 날 아침. 오늘도 쿠루미는 누군가가 자신의 몸을 흔드는 바람에 잠에서 깨어났다.

"……무슨 일인가요, 카구야 양. 이틀 동안 연달아 사람을 흔들지 말아 주시겠어요?"

"오늘은 내가 안 했거든?!"

조금 떨어진 곳에서 비난 섞인 목소리가 들려왔다. 쿠루미는 눈을 비볐다. ……유심히 보니, 오늘 쿠루미를 깨운 사람은 유즈루 같았다. 외모가 비슷한 탓에, 잠이 덜 깬 눈으로는 분간이 잘 안되었다.

"……좋은 아침이에요, 유즈루 양. 벌써 아침인가요?"

"당황. 좋은 아침이 아니에요. 큰일 났어요, 쿠루미. ―마스터 오리가미가 사라졌어요."

"――."

유즈루가 그렇게 말한 순간, 쿠루미는 용수철이 달린 인형처럼 벌떡 상체를 일으켰다.

주위를 둘러보니, 오리가미의 이부자리가 텅 비어 있었다. 당연히 방 어디에도 오리가미는 없었다. 쿠루미는 발에 힘을 주며 자리에서 일어나더니, 방의 입구로 걸어가서 장지문을 살폈다.

"자물쇠 대신인 고정봉은 그대로이고, 장지문에 끼워 둔 머리카락도 떨어지지 않았군요. 적어도 어젯밤에 누군가가 이 방안에 들어오지는 않은 것 같아요."

그렇다. 토카가 실종되었기에, 쿠루미 일행은 만약에 대비해 장지문에 손을 써 뒀다.

하지만 그것들은 잠들기 전과 변함없는 상태였다. 양쪽 다 방 안쪽에서만 가능한 만큼, 오리가미 혹은 이 방에 침입한 누군가가 나가기 전에 손을 썼다고 보기는 어려웠다.

"그, 그렇다면……."

"네. 이 출입구 이외에 비밀 문이 있거나— 혹은 오리가미 양이 연기처럼 홀연히 사라졌다고 생각할 수밖에 없겠군요."

쿠루미가 그렇게 말하자, 카구야와 유즈루는 숨을 삼켰다.

바로 그때, 유즈루는 뭔가가 생각난 것처럼 눈을 치켜떴다.

"회상. 그러고 보니 마스터 오리가미가 카메라를 설치해 뒀었어요."

"……아! 맞아요. 확인해 보죠."

쿠루미는 그렇게 말하더니, 네 사람의 잠자리가 비치는 위치에 놓인 삼각대에 달린 소형 카메라로 걸어갔다.

이 또한 토카가 실종된 후에 대책 삼아 설치한 것이다. 오리가미가 우연히 가지고 온 것이다.

또한 삼각대도 우연히 챙겨왔으며, 우연히도 어둠 속에서 영상을 찍을 수 있는 적외선 카메라였다. ……우연이란 대체 뭘까 하고 쿠루미는 생각했지만. 오리가미의 말에 따르면 여성의 소양 같은 것이라고 한다.

지금은 그런 걸 신경 쓸 때가 아니다. 쿠루미는 카메라를 삼각대에서 떼어 내더니, 영상을 배속 재생시켰다.

어두운 방 안에서 쿠루미를 비롯한 네 사람이 곤히 잠들어 있었다. 다들 정기적으로 몸을 뒤척이고 있었으며, 카구야는 몸을 뒤척이는 페이스가 빨라 보였다. 이불 가장자리를 공략하듯 데굴데굴 굴러다니는 게, 금방이라도 이불 밖으로 뛰쳐나갈 것만 같았다.

"……카구야 양은 잠버릇이 나쁜 편이군요."

"아니, 지금 중요한 건 그런 게 아니잖아?! ……그것보다, 잠자리가 불편하더라니깐. 혹시 그저께보다 이불이 작아진 것 아냐?"

"연민. 카구야, 드디어 자신의 나쁜 잠버릇을 이불에게 책임 전가……."

"그런 게 아니란 말이야!"

"―쉿, 이걸 보세요."

쿠루미는 다투려고 하는 야마이 자매를 말리더니, 재생 속도를 표준으로 되돌렸다.

심야 두 시 무렵에, 이부자리 안에 있던 오리가미가 순식간에 사라지고 말았다.

"아니……."

"전율. 이건……."

"……이것으로 확실해졌군요. 신인지, 악마인지, 아티팩트인지는 모르겠지만, 초자연적인 힘이 관여한 게 틀림없답니다."

쿠루미가 그렇게 말하자, 카구야는 뭔가를 발견한 듯이 눈을 동그랗게 떴다.

"……어, 자, 잠깐만, 쿠루미. 저걸 봐……."

카구야가 떨리는 목소리로 그렇게 말하자, 쿠루미는 그 시선을 쫓듯 고개를 들었다.

"──."

그리고 카구야가 가리킨 방향을 본 순간, 숨을 삼켰다.

카구야의 시선이 향한 곳에는 여러 개의 일본 인형이 놓여 있었는데─.

어느새 그 인형들이 제각각 다른 방향을 향하고 있었다.

마치 쿠루미 일행이 잠든 사이에, 저절로 움직인 것처럼 말이다.

"……확인 삼아 묻는 건데, 인형을 만지진 않으셨죠?"

쿠루미가 묻자, 카구야와 유즈루는 고개를 세차게 끄덕였다.

질문을 한 쿠루미 또한 인형을 만지지는 않았으며, 침입자가 있었다고 보는 것도 어려운 상황이다. 보아하니, 인형에 장치가 되어 있는 것 같지도 않았다.

그렇다면, 이것은─.

"……어머?"

인형을 살펴보던 쿠루미는 어떤 점을 눈치챘다.

언뜻 보면 뿔뿔이 다른 방향을 보고 있는 듯한 인형의 배치에, 규칙성이 존재하는 것 같았다.

그렇다. 유심히 보니 인형은 원래처럼 앞을 바라보고 있는 것과, 뒤를 바라보고 있는 것─ 그렇게 두 종류로만 나뉘어 있었다. 그리고 인형 몇 개마다 미묘하게 간격이 벌려져 있었다.

뒤, 뒤, 뒤/앞, 뒤, 앞/앞, 앞/뒤, 뒤, 앞/앞, 뒤/뒤, 뒤/앞, 앞—.

"이건, 설마……."

쿠루미가 미간을 좁히더니, 가방 안에서 메모장과 펜을 꺼내서 그 순서를 간략화해 적기 시작했다.

그리고 말없이 그 종이를 몇 분 동안 쳐다본 후…….

이마에 땀방울이 맺힌 쿠루미가 고개를 들었다.

"……그래요. 이것을 우연으로 치부하는 건…… 솔직히 무리일 것 같군요."

"뭐, 뭔가 알아냈어?"

"요구. 설명해 주세요."

카구야와 유즈루가 좌우에서 그렇게 말하자, 쿠루미는 천천히 고개를 끄덕였다.

"네. 제 예상이 옳다면, 토카 양과 오리가미 양은—."

하지만 쿠루미가 말을 끝까지 잇기도 전에, 고정봉을 걸어 둔 장지문이 격렬하게 흔들리면서 억지로 열어젖혀졌다.

"흐음, 뭔가가 걸려 있었던 것 같군요. 히~ 히힛……."

"……테루 씨."

쿠루미는 시선을 일그러뜨리더니, 그 자리에 있는 인물을 노려봤다.

그렇다. 열린 장지문 앞에는 이 저택의 주인— 테루가 있었다.

아니, 그녀만이 아니었다. 그녀의 양옆에는 흰색 전통복 차림에 기묘한 문양이 그려진 흰색 천으로 얼굴을 가린 남자들이 몇 명이나 있었다. 이 마을에 온 첫날, 논두렁길을 줄지어 걷던 이들이다. 아무래도 그들이 이 장지문을 억지로 연 것 같았다.

"……대체 무슨 일이죠? 이런 이른 시간에 여성들의 침소에 발을 들이다니, 예의에 어긋난 짓 아닐까요?"

쿠루미가 견제하듯 그렇게 말했지만, 테루는 움츠러들기는커녕 씨익 웃으며 입을 열었다.

"이런, 실례했군요. —하지만 오늘은 그렇게 기다려 온 봉납제 당일이니까요. 만일의 사태가 벌어지지 않도록, 마중을 왔답니다."

"마중?"

"네. 무녀 여러분께서는 축제가 시작될 때까지, 마지막 정화 의식을 치러 줘야겠습니다."

"……거부권은— 없는 것 같군요."

쿠루미가 땀을 삐질삐질 흘리며 그렇게 말하자, 츠무기의 할머니는 더욱 진한 미소를 머금었다.

─그로부터 약 30분 후.

흰색 무녀복으로 갈아입혀진 쿠루미와 카구야, 유즈루는 신사 지하에 있는 감옥 같은 장소에 갇히고 말았다.

미덥지 못한 등불만이 흔들리고 있는, 어둑어둑한 공간이었다. 넓이는 세 평 정도 될까. 다다미가 깔려 있기는 하지만 습기 탓에 눅눅했고, 가장자리에는 곰팡이가 폈다.

꽤 오래되어 보이는 목제 격자에는 철제 자물쇠가 달려 있었다. 언뜻 보기에는 단순한 구조 같지만, 감옥에서 탈출하는 건 어려워 보였다.

"……하아, 정말. 마지막 정화 의식은 또 뭐야. 이런 곳에 가둬 놓고 뭘 하고 싶은 건데?"

카구야가 불만 어린 목소리로 그렇게 말했다. 걸친 것은 다른 이들과 마찬가지로 무녀복이지만, 이 자리에는 쿠루미 일행밖에 없어서 그런지 다리를 쩍 벌리고 책상다리를 하고 있었다.

"추측. 정화 의식이란 말은 구실일 뿐, 이곳에 가둬 두는 것 자체가 목적일지도 몰라요. ─아마도, 봉납제 전에 유즈루들이 도망치지 못하도록 말이죠. 그도 그럴 것이 토카와 마스터 오리가미, 두 명의 무녀가 행방불명됐으니까요. 유즈루들이 이 마을에 불신감을 품고 있다는 것을 상대방도 눈치챘을 테죠."

유즈루가 대답하듯 그렇게 말하자, 카구야는 갑자기 불

안에 사로잡힌 것처럼 떨리는 목소리로 말했다.

"그, 그게 무슨 소리야. 대체 봉납제에서 무슨 일을 당하는 건데? 설마……."

나쁜 상상을 한 건지, 카구야의 얼굴이 새파랗게 질렸다. ……무리도 아니다. 피비린내 나는 옛날이야기를 들은 데다, 이런 곳에 갇혔으며, 이미 동료 두 사람의 소식이 끊긴 것이다. 최악의 전개를 상상하는 게 당연했다.

하지만, 아까 인형의 배치를 살폈던 쿠루미는 굳은 표정으로 턱을 매만졌다.

"……알 수가 없군요."

"의문. 뭐가 말인가요?"

유즈루가 고개를 갸웃거리며 묻자, 쿠루미는 시선만을 그녀를 향해 돌리며 대답했다.

"토카 양과 오리가미 양이 모습을 감춘 이유, 말이에요. ―두 사람의 실종에는 아티팩트가 관여하고 있어요. 그건 분명 틀림없겠죠. 그리고 거기에 쓰인 아티팩트가 어떤 것인지도 얼추 짐작된답니다."

"뭐, 정말?"

"네. 하지만― 제 추측이 옳다고 본다면, 그런 짓을 한 이유를 알 수가 없군요. 설령 이 마을에 먼 옛날부터 이어져 내려온 피비린내 나는 인습이 남아 있더라도, 봉납제 전에 무녀를 없앨 이유가 없으니까요. 신에게 바칠 산 제

물이 줄어드는 데다, 남은 무녀도 경계심을 품을 테니까요. 좋을 게 하나도 없답니다.”

“그, 그건…… 그래.”

카구야는 그 말을 듣고 식은땀을 흘렸다. 쿠루미는 미간을 찌푸리며 생각에 잠겼다.

“뭔가 이유가 있을 거랍니다. 그 두 사람을 없앤 이유가—.”

“—응. 그래. 나도 같은 의견이야.”

느닷없이 그런 목소리가 들려오자, 쿠루미는 숨을 삼키며 목소리가 들려온 방향을 향해 고개를 돌렸다.

그리고, 경악을 금치 못하며 눈을 치켜떴다.

그도 그럴 것이, 기모노 차림에 검은색 선글라스를 쓴 어마어마하게 수상쩍은 여성이 그 자리에 있었던 것이다.

“레, 레몬 씨?”

“이런 데서 다 보네, 토키사키 양. 너도 잡혀 온 거야? 죄수 생활은 참 힘들다니깐.”

쿠루미가 이름을 부르자, 그 여자— 에이고지 레몬은 가벼운 어조로 손을 들어 보였다.

그 모습을 본 카구야와 유즈루는 어안이 벙벙한 표정을 지었다.

“누, 누구야……?”

“경악. 그것보다 어떻게 들어온 거죠? 여기는 감옥 안이에요.”

"어이쿠, 인사가 늦었는걸. 나는 미래 탐정 에이고지 레몬이야. 토키사키 양의 지인이자 경쟁업자지. 어떻게, 라는 질문에는 처음부터 있었다는 대답이 어때—? 어두워서 내가 있는 걸 눈치 못 챈 거겠지."

두 사람의 질문에, 레몬은 장난스러운 투로 대꾸했다. ……누구냐는 질문에는 답했지만, 어떻게 들어왔냐는 질문에는 답할 생각이 없는 것 같았다. 적어도 쿠루미 일행이 이곳에 집어넣어졌을 때만 해도, 안에는 다른 사람이 없었다. 확실히 이곳은 어두우니 검은 옷을 입고 몸을 웅크리고 있다면 숨는 것도 불가능하지는 않겠지만…… 애초에 레몬이 여기에 갇혀 있는 이유 자체를 알 수가 없었다.

"……."

하지만, 쿠루미는 침착했다. 마음 한편으로 어차피 레몬이 나타나리라고 생각했던 것이다.

—그도 그럴 것이 레몬이야말로, 쿠루미가 내키지 않던 이 아르바이트에 참가한 이유니까 말이다.

그렇다. 지금으로부터 약 2주 전, 적당히 이유를 둘러대서 카구야의 제안을 거절하려던 쿠루미의 앞에 어디선가 레몬이 나타나더니 「어라, 안 갈 거야? 매우 좋은 조건이잖아」라고 말했던 것이다.

쿠루미의 경험에 비추어 볼 때, 레몬은 아티팩트가 얽힌 사건에서만 모습을 보인다. 그래서 쿠루미는 실종 사건이 일어나기 전부터, 이 건과 아티팩트가 연관이 있을지도 모른다고 의심했다.

어떻게 감옥 안에 들어온 건지는 확실히 신경 쓰이지만, 물어본다고 해도 제대로 대답해 줄 것 같지는 않았다. 그녀에게는 수수께끼가 많다. 어쩌면 아티팩트를 몇 개 가지고 있다고 해도 신기할 게 없다.

그렇다면 그것을 캐물어 봤자 시간 낭비다. 그렇게 판단한 쿠루미는 말을 이었다.

"······레몬 씨는 어떻게 생각하시죠? 저희가 불신감을 품게 만들면서까지, 범인이 토카 양과 오리가미 양을 없앤 이유가 뭐라고 생각하세요?"

쿠루미가 묻자, 레몬은 씨익 웃었다. —아마 쿠루미가 괜한 질문을 하지 않고, 합리적인 판단에 따라서일 것이다.

"그래. 내가 말할 수 있는 건— 범인은 수상한 인물이 아니라, 범행을 저지른 인물이라는 거려나."

"······네?"

레몬이 그렇게 말하자, 쿠루미는 얼이 나갔다.

"그건, 당연하지 않나요?"

"그래. 당연해. 하지만 그것을 이해하고 있더라도, 인상이라는 건 꽤 강렬하거든. 예상한 범인의 이미지와 실제로 벌어진 일. 이 두 가지가 연결되지 않는다면, 그 전제 자체를 의심해 봐야 하지 않을까?"

"네⋯⋯?"

쿠루미는 그 말을 듣고 미간을 찌푸렸다.

그리고 생각에 잠겼다. ─전제 자체를 의심한다. 확실히 기묘한 사건이기는 했다. 하지만 그것이 쿠루미의 선입관에 따른 것이었다면─.

"설마─."

쿠루미는 작게 숨을 삼키더니, 어느새 숙이고 있던 고개를 들었다.

그런 쿠루미를 본 레몬은 미소를 머금었다.

"─훗. 더는 내가 나설 필요는 없겠는걸."

"레몬 씨─, 어⋯⋯?"

레몬을 부르려던 쿠루미는 당황하고 말았다.

그 이유는 단순했다. 레몬이 아까와 다른 위치에 서 있었기 때문이다.

정확히는 나무 격자의 건너편─ 그러니까 감옥 밖에 말이다.

"잠깐만⋯⋯ 어느새?!"

"당황. 대체 어디로 나간 거죠?"

카구야와 유즈루도 경악을 금치 못하면서 나무 격자를 흔들어 봤다. 하지만 튼튼한 격자는 꿈쩍도 하지 않았다.

"뭐, 영업 비밀인 것으로 해 줘. 그럼 나는 이만 퇴장하도록 할까."

"아니, 하다못해 이 자물쇠만이라도 열어 주면 안 돼?!"

그렇게 말한 카구야는 안쪽의 벽을 가리켰다. 거기에는 보란 듯이 감옥의 자물쇠가 달려 있었다.

하지만 레몬은 그것을 보더니, 「크윽……」 하고 고통스럽다는 듯이 몸을 배배 꼬았다.

"미안해. 옛날에 휘말렸던 사건의 후유증으로, 솜사탕보다 무거운 건 못 들게 됐거든……."

"……뭐?!"

"의문. 그러면 어떻게 생활하는 거죠?"

"뭐, 그러니 밖에 사람이 있으면 너희를 도와주라고 말은 해 보겠어. 그럼, 행운을 빌게."

야마이 자매의 의문에 답해 줄 생각이 없는 건지, 환한 미소를 머금은 레몬이 손을 흔들면서 지상으로 이어지는 계단을 올라갔다.

지하 감옥에는 다시 정적이 찾아왔다.

"쟤, 쟤는 뭐야……."

"당혹. 꿈이라도 꾼 것 같은 기분이에요."

"……뭐, 저분에 관해서는 괜히 신경 쓸 필요 없답니다."

쿠루미가 체념한 투로 한숨을 내쉬고 있을 때, 레몬이 사라진 계단에서 다급한 발소리가 들려왔다.

한순간 레몬이 돌아왔다고 생각했지만― 아니었다. 어둑어둑한 이 공간에 들어온 이는, 츠무기의 언니인 아사코였다.

“너희들, 아직도 도망 안 친 거야……?!”

아사코는 쿠루미 일행을 보더니, 깜짝 놀란 표정으로 그렇게 외쳤다.

뜻밖의 인물이 등장하자, 쿠루미 또한 눈을 동그랗게 떴다.

“아사코 씨야말로 여기는 어쩐 일이죠?”

“밤을 걷고 있는데, 무지무지 수상해 보이는 행색을 한 여자가 지하에 사람이 갇혀 있으니 꺼내 주라고 하더라고. 혹시나 해서 와 봤더니…….”

“……그랬군요.”

그 사람이 누구일지 무지무지 짐작됐다. 일단 도와줄 사람을 불러 주기는 한 것 같았다.

쿠루미가 쓴웃음을 짓는 사이, 자물쇠를 푼 아사코가 감옥의 문을 열었다.

“—자, 죽고 싶지 않다면 이 틈에 도망쳐.”

“오, 오오!”

“감사. 하늘이 도왔어요.”

표정이 환해진 야마이 자매가 몸을 숙이며 감옥 밖으로 빠져나갔다. 쿠루미도 잠시 생각에 잠긴 후, 이어서 감옥에서 나갔다.

“자, 이쪽이야.”

아사코가 앞장을 서듯 계단을 올라갔다. 쿠루미는 카구야, 유즈루와 함께 그 뒤를 따랐다.

"밖에 보초는 없었나요?"

"응. 정화 의식 중인 무녀에게는 가능한 한 접촉하지 말라는 관습이 있거든. 거꾸로 말하자면, 지금이 도망칠 마지막 기회인 거야."

그렇게 말하면서 계단 끝에 있는 문을 열고 밖으로 나갔다. 계단은 신사 뒤편에 있는 창고 같은 건물로 이어져 있었다.

지금은 정오가 조금 지났을 때지만, 하늘이 두꺼운 구름에 뒤덮인 탓에 주위는 어둑어둑했다. 때때로 들려오는 천둥소리는 마치 무녀를 놓친 신의 진노처럼 느껴졌다. ―어디까지나 신이라는 존재가 진짜로 있다면 말이다.

"푸핫⋯⋯. 바깥 공기가 참 맛있어⋯⋯."

"질문. 이제 어디로 도망치면 되죠?"

"신사 앞쪽은 축제를 준비하는 사람들로 붐비거든. 뒤편의 숲을 통해 빠져나가자."

아사코는 턱을 살짝 치켜올리더니, 빠른 걸음으로 앞장섰다.

하지만 신사 부지를 나선 직후, 아사코는 걸음을 멈췄다.

이유는 단순했다. 휠체어를 탄 테루와 흰색 옷을 입은 남자들에게 가로막혔기 때문이다.

"아니⋯⋯!!"

"전율. 잠복하고 있었던 건가요⋯⋯."

야마이 자매는 인상을 쓰면서 신음을 흘렸다.

테루는 날카로운 눈길로 아사코를 노려봤다.

"……아사코. 말도 안 되는 짓을 벌였구나. 감히 축제 직전에 무녀님들을 빼돌리다니……."

"큭……! 시끄러워! 너희가 이런 한심한 짓거리를 계속 벌이니까 이러는 거잖아!"

아사코는 비명에 가까운 목소리로 그렇게 외치더니, 쿠루미 일행을 향해 낮은 목소리로 말했다.

"……잘 들어. 이 앞의 길에 내 동료가 세워 둔 차가 있어. 이 자리는 내가 어떻게든 해 볼 테니까, 한 명이라도 도망쳐서 경찰을 불러. 알았지? 이 지방의 경찰은 안 돼. 다른 곳의—."

그리고 말을 이으면서 쿠루미의 어깨에 손을 얹으려 했다.

—바로 그때였다.

쿠루미는 그 손이 어깨에 닿기 직전, 아사코의 손목을 움켜잡았다.

"어……?"

아사코는 뜻밖이라는 듯이 눈을 동그랗게 떴다.

"—추리의 시간이 아로새겨졌답니다."

쿠루미는 아사코의 손— 정확히는 손에 끼고 있는 장갑을 응시하더니, 입술을 일그러뜨리며 미소 지었다.

"이런 식으로 토카 양과 오리가미 양을 없앤 거군요, 아사코 씨."

"""……?!"""

쿠루미가 그렇게 말하자…….

카구야와 유즈루, 그리고 아사코가 동시에 숨을 삼켰다.

"쿠, 쿠루미? 그게 무슨 소리야?"

"의아. 토카와 오리가미가 사라진 것은 이 마을 사람들 짓이 아닌 건가요?"

"네. 토카 양과 오리가미 양이 사라진 것은 마을 분들의 짓이 아니랍니다. ―굳이 따지자면, 저희가 이 마을에서 도망치길 바라는 인물의 짓이죠."

"그, 그러면, 토카와 오리가미는 어디 간 거야……?"

"정확하게는 토카 양도, 오리가미 양도, 사라지지 않았답니다. 쭉 저희 곁에 있었죠. 그래요―. 분명, 지금 이 순간에도 말이에요."

"뭐……?"

카구야는 영문을 모르겠다는 듯이 미간을 찌푸렸다.

쿠루미는 움켜쥔 아사코의 손에서 재빨리 장갑을 벗기더니, 지면을 박차면서 그녀와 거리를 벌렸다.

"큭……!"

분하다는 듯이 신음을 흘리는 아사코를 곁눈질하면서, 쿠루미는 장갑을 살폈다. 안쪽에는 복잡한 마술 문자가 새겨져 있었다.

"―역시 그랬군요. 아티팩트『그림자의 손^{스카}』. 대상의 그림자를 빼앗아서, 그 존재감을 최대한 희박하게 만드는 아티팩트……."

"존재감을……?"

"토카 양과 오리가미 양은 사라진 게 아니라, 저희가 두 사람을 눈치채지 못하게 됐을 뿐이랍니다."

"뭐―."

"경악. 맙소사……."

카구야와 유즈루가 경악을 금치 못하자, 쿠구미는 고개를 끄덕이며 말을 이었다.

"토카 양의 식사가 어느새 사라지고, 인형이 바라보는 방향이 바뀐 괴기 현상은 전부 토카 양 혹은 오리가미 양이 한 것이겠죠. ―그리고 이건 제 추측이지만, 카구야 양이 어젯밤에 자면서 불편했던 것은 이부자리가 마련되지 않았던 토카 양이 카구야 양의 이부자리 안에 들어갔기 때문이 아닐까 싶군요."

"앗. 그, 그렇게 된 거야?!"

카구야는 눈을 치켜뜨더니, 토카를 찾듯 주위를 둘러봤다. 당연히 존재감이 희박해진 토카를 찾지 못했기에, 곧 끄응~ 하고 낮은 신음을 흘렸다.

"―그것을 눈치챌 수 있었던 건, 인형의 바라보는 방향이 바뀐 덕분이었답니다. 그것은 우연이나 장난이 아니었어요. 오리가미 양이 저희에게 보낸 메시지였어요."

"당혹. 메시지……인가요."

"네. 일본 인형은 앞 혹은 뒤를 향하고 있었답니다. 그리고 몇 개 간격으로 사이가 벌려져 있었어요. 이게 무엇을 의미하는지— 카구야 양이라면 눈치채시지 않으려나요?"

쿠루미는 무녀복의 품속에서 곱게 접힌 메모 용지를 꺼내더니, 카구야에게 내밀었다. —아까 방에서 인형이 향한 방향을 보며 적어 둔 것이다.

그것을 몇 초 동안 보고 있던 카구야는 뭔가를 눈치챘다.

"앗……! 혹시 이건— 따, 따~?"

"그래요. 모스 부호라는 것이죠."

모스 부호는 길고 짧은 두 종류의 기호 조합으로 구성된 전기 신호다. 즉, 두 종류의 기호만 있으면 문장을 만들 수 있다.

쿠루미의 말을 들은 카구야가 메모 용지의 부호를 더듬더듬 읽었다.

"—오, 리, 가, 미, 는, 여, 기, 있, 어. 누, 구, 도, 눈, 치, 못, 채……."

카구야가 그렇게 말하자, 유즈루는 눈을 동그랗게 떴다.

"경악. 그런 메시지가 숨겨져 있었군요……. 하지만 마스터 오리가미는 몰라도, 어째서 카구야와 쿠루미가 이런 것을 아는 거죠?"

유즈루가 그렇게 지적하자, 두 사람은 시선을 돌렸다.

"아, 그게……."

"……누구에게나 그런 시기가 있는 법이랍니다."

쿠루미는 마음을 다잡듯 어험 하고 기침을 한 후, 아사코를 향해 시선을 돌렸다.

"아무튼, 아사코 씨는 충고를 해 주는 척하면서 토카 양과 오리가미 양의 어깨를 만져서 두 사람의 존재감을 희박하게 만들었어요. 방금 저를 만지려고 한 건, 제 존재를 다른 사람들이 인식 못 하게 해서 이 마을 밖으로 도망 보내기 위해서…… 맞죠? 그게 봉납제를 망치기 위해서인지, 실종자 발생으로 이 마을의 평판을 떨어뜨려서 댐 유치를 성공시키기 위해서인지는 모르겠지만—."

쿠루미가 그렇게 말하자, 아사코는 시선을 날카롭게 만들었다.

"너…… 어떻게 이 장갑을……."

"어머나, 어머나. 시치미도 떼지 않을 건가요? 하긴, 들통날 리가 없다고 여긴 범행 수법이 전부 밝혀졌으니 동요하는 것도 무리는 아니겠지만…… 좀 실망스럽군요."

"큭……!"

아사코는 분하다는 듯이 표정을 찡그리자, 그 대화를 듣고 있던 테루가 영문을 모르겠다는 듯이 미간을 찌푸렸다.

"……잘은 모르겠다만, 무녀님을 없앤 게 아사코라는 게

지? 아무리 내 손녀라곤 해도, 그건 용서 못 해…….”

그 말을 기다렸다는 듯이, 흰색 옷을 입은 남자들이 슬금슬금 아사코에게 다가갔다.

“자, 도망칠 곳은 없단다. 사라진 무녀님들을 돌려줘야겠어……. 히~ 히힛…….”

그렇게 말한 테루는 수상한 웃음을 흘렸다. ……솔직히, 어느 쪽이 악역인지 알 수가 없었다.

하지만 아사코는 당황하기는커녕, 짜증을 내듯 머리카락을 쓸어올렸다.

“하아…… 그거야, 그거. 그 의미심장한 말투도, 저 이상한 흰색 옷도, 수상한 웃음도, 전부 싫어. 싫단 말이야! 됐어—. 다들 나와. 잔재주 그만 부리고 전부 박살 내 버리자.”

아사코의 그 말에 행동으로 답하듯, 나무 뒤편에서 정장 차림의 남자 몇 명이 모습을 보였다.

30대부터 40대 정도로 보이는 그들은 눈에 핏발이 서 있으며, 손에는 크고 작은 흉기를 쥐고 있었다. 아마 저 검은색 왜건에 타고 있었던 자들이리라.

이 느닷없는 사태를 본 흰색 옷을 입은 남자들이 당황한 듯이 뒷걸음질 쳤다.

하지만 그중 몇 명이 뭔가를 눈치챈 듯이 입을 열었다.

“너, 너는…… 타오카 씨 집의 코사쿠냐?! 5년 전에 집을 나갔던…….”

"저기 저놈은…… 탓페이잖아!"

"쇼타, 쇼타 맞지?!"

아무래도 정장을 입은 남자들은 전부 이 마을 출신 같았다.

하지만 그들의 표정에서는 그리움이나 반가움 같은 감정은 찾아볼 수 없었다. 그저 증오와 분노만이 어려 있을 뿐이었다.

아사코는 천천히 고개를 젓더니, 쿠루미를 돌아봤다.

"—목적이 뭔지 모르겠다고 했지? —전부야. 이 음침한 마을을 박살 내고, 물 밑바닥에 가라앉히는 게 우리 목적이거든?"

아사코가 그렇게 말하자, 쿠루미는 표정을 굳혔다.

"왜 그렇게까지 이 마을을 증오하는 거죠? 당신들이 태어난 고향 아닌가요?"

"시끄러워어어어엇! 오랫동안 사귄 연인한테『본가가 인습 마을인 사람은 좀……』같은 소리 들으며 약혼 파기를 당한 우리 심정을, 너 같은 애는 이해 못 해애애애애앳—!!"

"……."

그건 좀 안됐다는 생각이 든 건지, 표정을 굳힌 쿠루미의 얼굴에 땀방울이 맺혔다.

하지만, 그렇다고 해서 흉기를 쥔 집단을 내버려둘 수도 없다.

이대로 뒀다간 칼부림 사태를 피할 수 없을 것이다. 쿠루미는 작게 숨을 내쉬더니, 아사코에게 말을 건넸다.

"만일에 대비해 동료들을 대기시킬 만큼 당신은 용의주도했지만— 유감스럽게도, 치명적일 만큼 운이 없었군요."

"……뭐? 너, 무슨 소리를 하는 거야? 운이 없는 건 너희거든? 하필이면 올해 무녀 역할로서 이 마을에 오게 되다니, 동정할게."

"뭐— 눈치 못 채는 것도 무리는 아니겠죠."

조용한 어조로 그렇게 말한 쿠루미는 아사코한테서 빼앗은 장갑을 오른손에 끼더니, 아티팩트 목록에 적혀 있던 내용을 떠올리며 손을 내밀었다.

"이런 식으로 하면 되려나요. 설정된 키워드는 『제물』^{VICTIM}— 거꾸로 발음하면 『MITCIV』—."

쿠루미가 그렇게 말한 순간, 쿠루미의 앞에 두 소녀가 나타났다. —토카와 오리가미다.

정확히는 쿠루미가 아티팩트의 효과를 해제하면서 두 사람의 존재를 다른 이들이 인식할 수 있게 됐을 뿐이지만, 남들이 보기에는 쿠루미가 그 두 사람을 소환한 것처럼 보일지도 모른다. 마을 사람들은 경악하고 말았다.

그리고 그 반응을 본 토카와 오리가미는 눈을 동그랗게 떴다.

"오오?! 다들, 이제 내가 보이는 것이냐?!"

"다행이야. 보이스 채팅에서 마이크를 꺼 놓고 말하는

느낌이었어.”

“그건…… 괴로운 일이었겠군요.”

쓴웃음을 머금은 쿠루미가 「아무튼……」 하고 말을 이었다.

“메시지를 남겨 줘서 고마워요. 덕분에 아티팩트의 정체를 추측할 수 있었답니다.”

“—토카 덕분이야. 음성과 글자는 인식되지 않지만, 전날에 토카의 식사가 사라졌던 걸 떠올린 덕분에 물리 간섭이 불가능하진 않다는 걸 떠올렸어.”

“음……? 잘은 모르겠다만, 도움이 됐다니 다행이다!”

오리가미의 말을 들은 토카가 구김 없는 미소로 답했다.

그 광경을 본 아사코는 흥 하고 코웃음을 쳤다.

“……그래서 뭐? 여자애 두 명이 늘어났다고 이 상황이 달라질 것 같아? 오히려 우리도 인식할 수 있게 되어서 다행이거든?”

아사코가 그렇게 말한 순간, 정장 차림의 남자들이 슬금슬금 거리를 좁히기 시작했다.

하지만 쿠루미는 지극히 차분한 태도로, 존재감을 되찾은 토카와 오리가미에게 말을 건넸다.

“—부탁해요. 가능한 한 살살 해 주세요.”

“음!”

“알았어.”

그리고 다음 순간…….

"크억……?!"

"우왓—?!"

"으갸아아아악?!"

두 사람이 지면을 박차는가 싶더니, 흉기를 쥔 정장 차림의 남자들이 갑자기 비명을 지르거나 아니면 그대로 풀썩 쓰러지거나 아니면 그대로 튕겨 날아갔다.

몇 초도 채 흐르기 전에, 남자들 전원이 의식을 잃으며 전투 불능 상태가 되고 말았다.

"어……?"

아사코는 영문을 모르겠다는 듯이 얼이 나가고 말았다.

"뭐, 뭐야……. 뭐가 어떻게 된 건데?!"

"……뭐, 자세한 설명은 생략하겠지만—."

예상대로의 광경이 눈앞에 펼쳐지자, 쿠루미는 볼을 긁적이며 말을 이었다.

"만약 모든 인류가 배틀로얄을 벌이게 된다면, 상위 2명으로 군림하는 이가 바로 당신이 존재감을 빼앗은 사람들이랍니다."

"뭐—."

아사코가 얼이 나간 듯한 목소리를 낸 직후…….

그녀 또한 뒤편으로 털썩 쓰러지더니, 완전히 의식을 잃고 말았다.

◇

─그로부터 며칠 후.

도쿄로 돌아온 쿠루미는 토키사키 탐정사에서 사진 몇 장을 보고 있었다.

그것은 흰색 무녀복을 입은 쿠루미 일행이었다. 신사 경내에 만들어진 무대 위에 올라서, 시라이토 님에게 공물을 봉납하고 있었다.

"─정말 너무해요, 선생님. 왜 저는 안 데려가 주신 거예요?"

안경을 쓴 초등학생 정도로 보이는 소녀가 쿠루미가 들고 있는 사진을 쳐다보며 불만을 표시했다. 쿠루미의 조수 겸 스폰서인 아야였다.

"대학생의 아르바이트에 초등학생을 데려갈 수는 없으니까요. 아티팩트가 얽혀 있다는 보장 또한 없었고요."

쿠루미가 한숨을 내쉬며 그렇게 말하자, 아야는 불만을 표시하듯 입술을 삐죽 내밀었다.

"그건 그럴지도 모르지만…… 저도 무녀복을 입은 선생님들을 보고 싶었어요."

"저는 두 번 다시 입고 싶지 않군요."

쿠루미는 쓴웃음을 머금으며 어깨를 으쓱했다.

그렇다. 결론부터 말하자면, 그 후에 봉납제는 예정대로 치러졌다.

참고로 무녀를 산 제물로 삼는다는 건 진위가 명확하지 않은 옛날이야기이며, 쿠루미 일행은 무대 위에서 간단한 춤을 춘 후에 신에게 공물을 바쳤을 뿐이다.

……그렇다. 그 수상한 마을은, 진짜로 그저 수상했을 뿐이었다.

사당도, 흰색 전통복도, 동요도, 그저 옛날부터 내려오는 것이었다. 츠무기의 할머니인 테루의 웃음소리 또한 버릇에 지나지 않았다. 무녀를 감옥에 가둔 것 또한, 그저 제사 의식의 일부였다고 한다.

폭포 수행 때 츠무기가 말끝을 흐린 것도, 과거에 이 수상한 마을을 본 무녀 역할의 소녀는 겁을 집어먹고 두 번 다시 마을에 오지 않기 때문이라고 한다.

"……왠지, 여우에게 심하게 홀린 듯한 체험이었어요."

쿠루미가 그윽한 눈길을 머금으며 그렇게 중얼거린 바로 그때, 사무소의 문이 열리면서 소녀 몇 명이 안으로 들어왔다.

"크크큭. 탐정의 사당에 야마이 강림!"

"방문. 실례할게요, 쿠루미."

호랑이도 제 말 하면 온다는 것처럼, 일전에 함께 기묘한 여행을 했던 카구야, 유즈루, 토카, 오리가미가 안으로 들어왔다. 그 뒤편에는 그 여행을 제안한 츠무기가 있었다.

“어머, 여러분. 무슨 일이시죠?”

쿠루미가 묻자, 츠무기는 멋쩍은 표정을 지으며 앞으로 나섰다.

“그게…… 일전에 우리 언니가 폐를 끼쳤잖아. 본가에서 사과의 선물이 와서 나눠 줬는데, 토키사키 양은 대학에 그다지 오지 않는다기에 다른 애들한테 안내해 달라고 부탁했어.”

그렇게 말한 츠무기는 들고 있던 종이 가방을 내밀었다. 아무래도 선물용 과자 같았다.

“어머나, 어머나. 감사해요.”

쿠루미로서는 아티팩트를 회수한 것만으로도 충분히 이득이지만, 사과의 선물을 사양하는 건 좀 그랬다. 그래서 순순히 감사의 뜻을 표하며 받았다.

참고로 아사코를 비롯한 정장 차림의 집단은 무기 소지법 위반과 폭행 미수로 체포됐다. 지금쯤 따끔한 맛을 보고 있을 것이다.

“저기…… 언니분의 일은 참 안 됐어요. 가족들과의 관계를 복구하는 데는 시간이 걸릴지도 모르지만, 언젠가 화해할 수 있기를 빌어요.”

“응…… 고마워. 이런저런 일이 있긴 했지만…… 한 명뿐인 자매니까 말이야.”

츠무기가 쓴웃음을 머금으며 그렇게 말했다.

바로 그때, 뭔가를 떠올린 쿠루미의 눈썹이 희미하게 떨렸다.

"어머. 그러면 저택에 있던 여자아이는 동생분이 아닌 건가요?"

"여자아이?"

쿠루미가 그렇게 말하자, 츠무기는 영문을 모르겠다는 듯이 눈을 동그랗게 떴다.

"네. 기모노 차림의 초등학생 정도 나이의 여자아이랍니다. 공놀이를 하면서 동요를 부르고 있었죠."

"……뭐? 우리 집에는 그런 애가 없는데……."

"……."

츠무기의 말을 들은 쿠루미가 메마른 미소를 머금었다.

"……이 세상에 존재하는 모든 불가사의가 아티팩트에서 비롯된 건 아닌가 보군요."

The artifact crime files
kurumi tokisaki

Case File
V

미래로 나아가기 위해
써 주셨으면 한답니다.

쿠루미 메모리얼

“─선생님, 유실물 찾기는 잘하시나요?”

“갑자기 무슨 소리죠?”

겨울의 어느 날. 토키사키 탐정사의 소장실 겸 응접 공간에서 소장인 토키사키 쿠루미가 차를 마시고 있을 때, 조수 겸 스폰서인 아야가 그런 말을 했다.

한쪽은 비단 같은 검은 머리카락과 백자 같은 새하얀 피부가 인상적인 기품 있는 소녀였다. 그리고 다른 한 사람은 단정하게 땋은 머리카락과 안경이 눈길을 끄는 초등학생 정도의 여자아이였다. 두 사람 다 탐정사무소라는 장소와는 좀 미스 매치란 생각이 드는 이들이었다.

“유실물 찾기…… 혹시 뭔가를 잃어버린 건가요?”

“잃어버렸다고나 할까, 있어야 할 게 없다고나 할까…….”

“……그게 무슨 말이죠?”

쿠루미가 묻자, 아야는 손가락을 빙글빙글 돌리면서 말을 이었다.

“실은 어제, 집에서 가계도를 찾아봤어요.”

“그랬나요. 이유가 뭐죠?”

“─창고에서 사라진 아티팩트는 저희 가문의 예전 당주와 친분이 깊은 이들에게 보내진 케이스가 많았잖아요? 그래서 제가 모르는 먼 친척에게 보내졌을지도 모른단 생각이 들었어요.”

“아─ 그랬군요.”

쿠루미는 이해했다는 듯이 고개를 끄덕였다. 확실히 그럴 가능성이 있을지도 모른다.

하지만, 하고 아야는 이어서 말했다.

"아무리 찾아봐도 가계도가 보이지 않았어요. 그뿐만 아니라 앨범 같은 것도 없었어요. 저희 집의 사람들에게 물어봐도 다들 모른대요……."

"흠……."

낮은 신음을 흘린 쿠루미는 턱에 손을 대며 생각에 잠겼다.

"저는 전문적인 탐정이 아니라서 물건을 찾는 건 특기가 아니지만— 그게 어디 있는지는 얼추 짐작되는군요."

"어, 제 이야기만 듣고 말인가요? 대체 어디에……?"

아야는 고개를 갸웃거리며 물었다. 쿠루미는 입술 가장자리를 추켜올리며 웃었다.

"—이 기회에 직접 생각해 보도록 하세요. 아야 양은 탐정 조수니까 말이에요. 내일까지 생각해 보고 모르겠다면 힌트를 드리겠어요."

"으음…… 여, 열심히 해 볼게요."

두 사람이 이런저런 이야기를 나누고 있을 때, 켜둔 텔레비전에서 귀에 익은『텐구 시』란 단어가 나왔다.

"어머나, 근처군요."

"무슨 일 있는 걸까요?"

쿠루미는 찻잔을 찻잔 받침에 내려놓으면서 텔레비전을

응시했다. 화면에는 여러 건물로 이뤄진 시설에 구급차가 들어가는 광경이 나오고 있었다.

『—어제 오후 세 시경, 지난달에 오픈한 복합 상업 시설 「루미너스 미나미 텐구」에서 사람이 쓰러졌다는 신고를 받고 구급차가 출동하는 사태가 발생했습니다. 또한 이 시설에서는 원인 불명의 의식불명 사건이 빈발하고 있기에, 운영 회사는 원인을 조사하고 있다고 합니다—.』

여성 캐스터가 차분한 목소리로 그런 뉴스를 들려줬다. 참 흉흉한 사건이다. 쿠루미와 아야는 누가 먼저랄 것 없이 서로를 쳐다봤다.

바로 그때였다.

"—어머?"

느닷없이 노크 소리가 들려오자, 쿠루미는 입구 쪽을 돌아봤다.

이 사무소를 찾는 손님은 그렇게 많지 않다. 쿠루미는 고개를 살짝 갸웃거리면서 입을 열었다.

"문은 열려 있으니, 들어 오세요."

그러자 그 말에 따르듯 문이 열리더니, 수상해 보이는 사람이 모습을 보였다.

하나로 모아 묶은 긴 머리카락. 동그란 선글라스. 어두운 색상의 기모노를 걸친, 키가 큰 여성이었다.

"—안녕, 토키사키 양. 오늘도 참 기운이 넘쳐 보이네."

허물없는 미소를 머금으며 그렇게 말한 여성은 성큼성큼 사무소 안으로 들어왔다. 그 모습을 본 쿠루미는 미심쩍다는 듯이 미간을 찌푸렸다.

"……레몬 씨?"

그렇다. 그 사람은 자칭 미래 탐정, 에이고지 레몬이었다.

"입구로 걸어 들어오다니, 참 별일도 다 있군요."

"아, 듣고 보니 그러네요……."

쿠루미의 말을 들은 아야가 손뼉을 쳤다. 그렇다. 레몬은 신출귀몰의 대명사 같은 사람이다. 소리도 없이 나타나고, 정신 차리고 보면 어느새 곁에 서 있는— 그런 일이 적지 않았다. 오늘처럼 노크하고 입구로 들어온 것은 처음일지도 모른다.

쿠루미와 아야가 그렇게 말하자, 레몬은 훗 하고 웃음을 흘리며 어깨를 으쓱했다.

"그런 날도 있는 법이야. 특히 오늘은 목요일이거든."

"……요일과 관련이 있나요?"

레몬을 흘겨보며 그렇게 말한 쿠루미는 곧 고개를 저었다. 수상쩍음의 화신 같은 레몬이 늘어놓는 말에서, 논리 같은 것을 찾으려 해 봤자 헛수고다.

"그것보다, 무슨 일이시죠? 아직 아무런 의뢰도 받지 않았는데 말이에요."

쿠루미는 팔짱을 끼면서 말을 이었다.

최근 몇 달 동안 레몬과 자주 마주쳤지만, 이 사무소에 그녀가 나타나는 것은 쿠루미가 어떤 조사를 의뢰받고 수락할지 말지 고민할 때였다.

쿠루미가 그렇게 말하자, 레몬은 뭔가를 눈치챈 것처럼 텔레비전을 쳐다봤다.

"아— 마침 하고 있네. 이거야."

"이거?"

"응. 실은 이 의식불명 사건이 일어난 시설의 운영 회사로부터 조사 의뢰를 받았어."

"조사 의뢰……? 탐정인 레몬 씨가, 말인가요?"

쿠루미는 고개를 갸웃거렸다. 예의 복합 상업 시설에서 의식불명 사건이 일어난 건 사실 같지만, 의료 기관과 건축 전문가가 아니라 탐정(그것도 수상한)에게 원인의 조사를 의뢰하는 건 부자연스럽단 생각이 들었다.

그런 쿠루미의 의도를 눈치챈 건지, 레몬은 과장되게 고개를 끄덕이며 대답했다.

"이미 전체적인 조사를 마쳤나 봐. 하지만 아무리 조사해도 원인을 알 수 없대. 그래서 그들이 찾은 사람이 바로— 이 미래 탐정, 에이고지 레몬인 거지."

"아하. 물에 빠진 사람 앞에 둥둥 떠 있는 지푸라기, 인 거군요."

"하다못해 갈대라고 말해 주면 안 될까?"

쿠루미가 빈정거리듯 그렇게 말하자, 레몬은 자신만만하게 웃음을 흘리며 대꾸했다. 쿠루미는 하아 하고 한숨을 내쉬었다.

"어느 쪽이든 상관없답니다. 결국 레몬 씨는 무슨 일로 이곳에 온 것이죠?"

"아, 토키사키 양도 조사에 참여해 줬으면 하거든."

"………네?"

레몬이 당연하다는 듯이 그렇게 말하자, 쿠루미는 얼이 나갔다.

"……일단 이유부터 들려주시겠어요?"

"그야 루미너스 미나미 텐구는 넓잖아. 일손이 필요해. 혼자서 거길 다 조사하는 건 큰일 아니겠어?"

"……레몬 씨는 미래 탐정이 캐치프레이즈 아니었나요?"

"미래시(未來視)는 계시 같은 거야. 내가 보고 싶은 걸 전부 볼 수 있진 않거든. 보이지 않는 부분은 직접 발로 뛰어서 채울 수밖에 없어. 화려하게 범인을 맞추는 것만이 탐정의 일이 아닌 거야, 토키사키 양."

"……."

레몬이 사람을 깔보는 듯한 투로 그렇게 대답하자, 쿠루미는 미간을 좁혔다. 반쯤 무의식적으로 거절의 뜻을 밝힐 뻔했다.

하지만 쿠루미는 생각을 바꿨다. 레몬은 한도 끝도 없이

수상한 사람이지만, 그녀가 쿠루미의 앞에 나타나는 것은
『어떤 물건』이 사건에 얽혀 있을 때였다.

"—일부러 저에게 이런 제안을 하는 것을 보면, 평범한
사건은 아닌가 보죠?"

쿠루미가 팔짱을 끼며 그렇게 묻자, 레몬은 씨익 웃었다.

"—아티팩트『엘릭실의 가마』."

"……."

"그건—."

쿠루미와 아야가 숨을 삼키자, 레몬은 선글라스를 슬쩍
들어 올리며 말을 이었다.

"대지의 영맥에 설치하면 그 힘을 서서히 빨아들여서 결
정화시키는 아티팩트지. 아마 누군가가 그것을 악용해서,
영맥이 아니라 인간에게서 생명 에너지를 빨아들이고 있는
거야. 외상이 전혀 없는 의식불명 상태는 마력 결핍의 전
형적인 증상이지. 범인의 목적이 뭔지는 모르겠지만, 이대
로 내버려뒀다간 최악의 상황에는 사상자가 발생할 거야."

—아티팩트.

그것은 과거에 마술사가 만들어 냈다고 하는, 인지를 초
월한 힘을 지닌 아이템이다.

마술사였던 아야의 선조는 저택의 창고에 다양한 아티팩
트를 수집해서 보관해 왔다고 한다.

하지만 몇 달 전, 어느 사건으로 인해 창고에 있던 수많

은 아티팩트가 이 세상에 흩어지고 말았다.

아티팩트 중에는 현대 과학으로 설명할 수 없는 현상을 일으키는 것도 적지 않다.

만약 악의를 가진 자가 그것을 이용한다면, 간단히 완전 범죄를 저지를 수 있을 것이다.

그런 사건을 해결하기 위해, 그리고 흩어진 아티팩트를 회수하기 위해 설립된 것이 바로 토키사키 탐정사다.

"……만약 진짜로 아티팩트가 이 일에 얽혀 있다면, 저희도 거절할 이유가 없죠. 하지만 저희가 아티팩트를 수집한다는 건 레몬 씨도 알고 있을 텐데요. 사건이 해결되더라도, 보수 배분으로 다툼이 발생하지 않을까요?"

쿠루미가 그렇게 말하자, 레몬은 선글라스 너머로 그 시선을 받아 낸 후, 옅은 미소를 머금었다.

"물론 잘 알고 있어. 회수한 아티팩트는 너희에게 넘기기로 약속할게."

"……정말인가요?"

"그래. 나는 너희와 다르게, 아티팩트를 안전히 보관해 둘 설비가 없거든. ―대신 미안하지만, 금전적인 보수는 내가 독점하겠어."

"……"

쿠루미는 레몬은 주시했다. ―상대의 속내를 캐내려는 듯이 말이다.

대체 어느 정도의 보수를 약속받은 건지는 모르겠지만, 아티팩트의 가치에 걸맞을 리가 없다. 자기가 쓰지 않더라도, 잘 팔아치운다면 큰돈을 손에 넣을 수 있을 것이다. 대체 무슨 속셈인 걸까.

하지만 아무리 수상할지라도, 아티팩트가 얽혀 있다면 거절한다는 선택지를 고를 수 없다.

"좋아요. 당신의 목적이 뭔지는 모르겠지만, 아티팩트를 손에 넣을 수만 있다면 사소한 일이죠. 협력하겠어요."

쿠루미는 고개를 끄덕이며 그렇게 선언했다. 그러자 레몬은 만족한 듯이 미소 지었다.

"고마워. 너라면 그렇게 말하리라고 생각했어. ─그러면 내일 오후 2시 50분에, 루미너스 미나미 텐구로 와. 상대방에게는 이미 이야기를 해 뒀어."

"네. 알겠답니다. 아야 양도 괜찮죠?"

"네, 물론이에요. 저도 동행하겠어요."

쿠루미의 말에, 아야가 힘차게 답했다.

레몬은 고개를 크게 끄덕이며 이 자리를 떠나려다, 뭔가가 생각난 것처럼 걸음을 멈췄다.

"아, 맞다. 그러고 보니 실은 두 사람에게 보여 주고 싶은 게 있어. 배웅 삼아 건물 밖으로 같이 가 주지 않겠어?"

"보여 주고 싶은 것……?"

레몬이 일부러 이런 말을 하는 건 꽤 드문 일이다. 쿠루미는 리모컨으로 텔레비전을 끈 후, 소파에서 일어났다. 그리고 옷걸이에 걸어 둔 코트를 걸치더니, 레몬의 뒤를 따르듯 사무소를 나섰다. 쿠루미의 뒤를 쫓듯 밖으로 나온 아야가 사무소의 문을 꼼꼼히 잠갔다.

그대로 계단을 내려간 후, 밖으로 나갔다. 그러자 차가운 공기가 쿠루미 일행을 휘감았다.

"그런데, 보여 주고 싶은 게 대체 뭐죠?"

쿠루미가 그렇게 묻자, 레몬은 빌딩 앞에 세워 둔 차 옆으로 걸어갔다.

꽤 독특한— 아니, 고풍스러운 디자인의 차였다. 차체에 곡선이 적고, 상자를 조립해 만든 듯한 형태에 가까웠다. 소위 클래식카라 부르는 차였다.

"어때?"

"뭐가 말이죠?"

쿠루미가 미간을 좁히며 그렇게 묻자, 레몬은 그윽한 눈길로 차량을 쓰다듬었다.

"오랫동안 찾아다닌 건데, 드디어 손에 넣었어. 이 정도로 새거나 다름없는 매물은 거의 없어. 아아, 끝내주네. 이 투박한 디자인. 기름 냄새 물씬 나는 구동계. 이웃들에게 항의받기 딱 좋은 엔진음. 환경을 전혀 배려하지 않는 시꺼먼 배기가스……."

"저기, 그게 칭찬인가요?"

아야는 땀을 삐질삐질 흘리며 쓴웃음을 흘렸다. 레몬은 당연하다는 듯이 고개를 힘차게 끄덕였다.

"……설마, 보여 주고 싶다는 게 바로 이 차인가요?"

"이야~. 오랜 염원이 이뤄졌으니, 그 기쁨을 공유하고 싶었거든. 모처럼의 기회니까, 드라이브라도 어때? 익사이팅한 한때를 약속해 주겠어."

레몬이 순진무구한 어조로 그렇게 말하자, 쿠루미는 작게 어깨를 으쓱하며 한숨을 내쉬었다.

"모처럼의 제안이지만 사양하겠어요. 내일 조사를 대비해 준비를 해야 하니까요. ―가죠, 아야 양."

"아…… 네. 그럼, 이만 실례할게요."

쿠루미가 레몬 앞에서 돌아서자, 아야는 고개를 살짝 숙인 후에 그녀의 뒤를 따랐다.

그런 두 사람의 뒤편에서, 레몬의 뜻밖이라는 듯한 목소리가 들려왔다.

"진짜로 안 탈 거야? 이봐~. 토키사키 양, 아야 양~?!"

쿠루미는 미련이 철철 넘치는 그 고함을 들으면서 손을 내저은 후, 그대로 계단을 올라서 사무소로 돌아갔다. 아야에게 문을 열어 달라고 한 후, 따뜻한 실내에 발을 들였다.

바로 그때―

"……!"

쿠루미는 작게 숨을 삼키며, 걸음을 멈췄다.

이유는 단순했다. 문이 잠겨 있었던 사무소 안에 『먼저 온 손님』이 있었던 것이다.

"―레몬 씨?"

쿠루미는 미간을 찌푸리면서 그 인물의 이름을 입에 담았다.

그렇다. 사무소 안에는 방금 빌딩 앞에서 헤어졌던 레몬이 있었다.

문은 아야가 잠갔다. 창문도 전부 잠겨 있다. 대체 어디로 들어온 것일까. 그것도 쿠루미와 아야보다 빨리 말이다.

하지만 레몬이 신출귀몰한 것은 어제오늘 일이 아니다. 상대방에게 놀란 모습을 보여 주고 싶지 않았기에, 쿠루미는 태연을 가장하면서 질렸다는 듯이 한숨을 내쉬었다.

"아직 볼일이 남았나요? 아무리 애걸복걸해도, 어울려 줄 생각은 없답니다."

쿠루미가 그렇게 말하자, 레몬은 그 말에 답하듯 씨익 웃었다.

"―응. 협력해 줘서 고마워. 그러면 루미너스 미나미 텐구에서 봐."

"……네?"

레몬의 반응을 본 쿠루미는 의아한 표정을 지었다.

왠지 대화가 맞물리지 않는 듯한 느낌이 들었다.

쿠루미는 문뜩 신경이 쓰인 나머지, 방을 가로질러 도로

쪽의 창문 밖을 내다봤다.

아까까지 세워져 있던 레몬의 차가 보이지 않았다. 평범하게 생각하면 차가 출발했다고 생각하는 게 자연스럽겠지만, 그렇다면 레몬이 이곳에 있는 게 설명이 안 된다.

"앗—! 서, 선생님!"

바로 그때, 쿠루미와 함께 창밖을 보던 아야가 갑자기 그렇게 외쳤다.

그 목소리를 듣고 튕기듯 뒤편을 쳐다본 쿠루미는— 눈을 동그랗게 떴다.

방금까지 사무소 안에 있던 레몬이, 어느새 사라진 것이다.

문이 열린 흔적은 물론이고, 발소리조차도 들리지 않았다. 쿠루미와 아야가 눈을 뗀 그 잠시 사이에, 연기처럼 사라진 것만 같았다.

"……혹시, 이건…… 아니, 하지만, 그럴 리가……?"

잠시 생각에 잠겼던 쿠루미는 이윽고 고개를 들더니, 외출할 준비를 하기 시작했다.

"선생님, 어디 가시는 거죠?"

"—볼일이 생겼답니다. 아야 양은 내일 준비에 착수해 주세요."

쿠루미는 그 말을 남긴 후, 사무소를 나섰다.

◇

다음 날, 오후 2시 50분.

쿠루미와 아야는 텐구 시 남부에 있는 대형 복합 상업 시설, 루미너스 미나미 텐구를 찾았다.

"와아……. 생각했던 것보다 더 크네요. 마치 테마파크 같아요."

귀여운 디자인의 코트를 걸친 아야가 눈을 반짝이며 그렇게 말했다. 평소 어딘가 어른스러워 보이는 그녀가 이렇게 자기 또래에 걸맞은 반응을 보이자, 쿠루미는 옅은 미소를 머금었다.

"테마파크라는 말이 적절할지도 모르겠군요—."

그렇게 말한 쿠루미는 눈앞에 펼쳐진 건조물들을 둘러봤다.

교외 특유의 광대한 토지에는 많은 점포가 줄지어 있었다. 쿠루미 일행이 있는 노스 에어리어는 아웃렛 몰이며, 가성비 좋은 브랜드 제품과 이곳에서만 구할 수 있는 한정품을 취급하는 것 같았다. 그 맞은편에 있는 사우스 에어리어에는 복합 영화관과 호텔, 음식점 등이 줄지어 있었다.

평일인데도 커플과 가족 손님이 꽤 많았다. 연속 의식불명 사건을 모르는 건지, 알면서도 자신들이 그런 일을 겪으리라고는 눈곱만큼도 생각하지 않는 건지— 어느 쪽이든 간에 무사태평한 이들이다.

그렇게 치면 의식불명 사건이 일어나고 있는데도 영업을 이어 가는 운영 회사 측의 기업 윤리야말로 문제가 있는 걸지도 모르지만 말이다.

"자, 레몬 씨는 어디 있으려나요."

"이봐~, 이쪽이야."

쿠루미가 그렇게 말한 순간, 타이밍 좋게 목소리가 들려왔다.

고개를 돌려보니 레몬, 그리고 정장 위에 코트를 걸친 안경 쓴 여성이 눈에 들어왔다. 아마 레몬에게 의뢰한 운영 회사 측의 인간일 것이다.

"두 사람 다 잘 왔어. 소개할게. 이쪽이 운영 회사 측 사람인 카와베 씨야."

레몬이 그렇게 말하자, 여성은 정중하게 고개를 숙이면서 명함을 내밀었다.

"아, 안녕하십니까. 주식회사 루미나텍의 카와베 유키에라고 합니다. 에이고지 씨에게 이야기를 들었어요. 오늘은 잘 부탁드립니다……."

"저야말로 잘 부탁드려요. 하지만 저는 공교롭게도 명함이 없—."

"—선생님, 여기 있어요."

바로 그때, 아야가 의기양양하게 카드 케이스를 내밀었다.

"……아야 양, 이게 뭐죠?"

"명함이에요. 필요할 것 같아서 만들어 뒀어요."

"……."

쿠루미는 볼을 살짝 씰룩이며 식은땀을 흘렸다. 신경을 써 준 것은 고맙지만, 그 명함은 검은색 종이에 붉은색과 금색으로 글자가 인쇄된, 매우 멋진 디자인이었다. 폰트 또한 매우 신경을 썼으며, 결정타로 그 글자의 배경 부분에 시계가 그려져 있었다.

솔직히 지금 바로 품속에 확 집어넣고 싶은 물건이지만, 아야가 일부러 준비해 준 것이다. 쿠루미는 결국 체념하며 한숨을 내쉰 후, 그 명함을 유키에에게 건넸다.

"……잘 부탁드려요."

"『불가사의한 고민, 해결해 드립니다. 마술탐정 토키사키 쿠루미』……."

"읽지는 말아 주시겠어요?"

쿠루미가 볼을 붉히며 그렇게 말하자, 레몬은 우스운지 아하하 하고 웃었다.

"자, 이것으로 전부 모였는걸. 그러면 바로 조사를 시작해 볼까?"

"……네. 하지만 그 전에 사건의 상세한 내용을 알려 주시겠어요? 저는 어제 레몬 씨에게 협력을 부탁받은지라, 뉴스로 접한 내용밖에 알지 못한답니다."

쿠루미가 그렇게 말하자, 유키에는 주위를 신경 쓰듯 둘러본 후에 고개를 끄덕였다.

"알겠습니다. ……단, 여기서는 좀 그러니 장소를 옮기죠."

그렇게 말한 후, 쿠루미 일행을 데리고 시설 안으로 걸어갔다.

사람들이 많이 지나다니는 입구에서 의식불명 사건 이야기를 하는 건 좀 그렇다. 쿠루미는 알았다는 듯이 고개를 끄덕인 후, 유키에의 뒤를 따랐다.

바로 그때—.

"……어머?"

도중에 사람들이 많이 모여 있는 장소를 본 쿠루미는 걸음을 멈췄다.

그곳은 노스 에어리어의 한가운데 위치한 광장이었다. 커다란 시계, 그리고 여신과 천사를 이미지해 만든 듯한 분수가 있었다.

그리고 그곳에 모인 사람들은 뭔가를 기다리듯, 그 시계와 분수를 향해 스마트폰과 카메라를 들고 있었다.

"꽤 사람들이 모여 있군요. 뭘 하는 거죠?"

"아, 곧 시작할 테니 직접 보시는 편이 좋겠군요."

쿠루미가 별생각 없이 묻자, 유키에가 그렇게 답했다.

그리고 다음 순간, 커다란 시계의 바늘이 세 시를 향하는 것과 동시에 종이 세 번 울리면서 시계 주위에 나타난 기계

장치 인형이 경쾌한 음악에 맞춰 춤을 추기 시작했다.

그것만이 아니었다. 분수 중앙에 있는 여신상이 들고 있던 물병을 기울이자 거기서 물이 흘러나왔고, 분수가 리드미컬하게 강약을 조절하며 춤추듯 물을 뿜기 시작했다.

아무래도, 시계에 연동된 장치 같았다. 주위 관객들이 환성과 박수를 보냈다.

"와아— 멋져요."

"호오. 꽤 볼만하잖아."

아야와 레몬이 감상을 입에 담자, 유키에가 기쁜 듯한 표정을 지었다.

"감사해요. 하루에 한 번, 오후 세 시에 하는 이 시설의 명물입니다. 이것을 보러 오는 분도 있을 정도죠."

"흐음……. 꽤 개성적인 디자인이군요?"

쿠루미는 시계와 분수를 쳐다보며 그렇게 말했다. 멀리서 보면 아름다운 실루엣 같지만, 유심히 보니 어중간한 동판을 덕지덕지 붙이거나 찌그러진 파츠를 그대로 사용한 것 같았다.

"알아보셨군요. 저것은 텐구 시 출신의 아티스트인 반바 반조 씨가 건물 파편과 폐자재를 이용해 만든 것입니다."

"왜 일부러 그런 재료로 만든 거죠?"

"이곳은 남 칸토 대공재(大空災)의 피해지니까요. 그 비극을 잊지 않기 위해, 그리고 다시는 그런 재해로 목숨을 잃는 사람이 없기를— 이라는 소망을 담았다고 합니다.”

“……그렇군요.”

유키에가 그렇게 말하자, 쿠루미는 조용히 고개를 끄덕였다.

남 칸토 대공재는 지금으로부터 32년 전에 일어난 대규모 공간진이다. 도쿄 남부에서 카나가와현 북부까지의 일대를 순식간에 초토화시키고 만 미증유의 대재해. ……자세한 이야기는 하지 않겠지만, 그 원인과 적지 않은 인연이 있는 쿠루미로서는 심경이 여러모로 복잡했다.

“선생님? 왜 그러세요?”

“……아무것도 아니랍니다. 그것보다, 조사를 하러 가죠.”

시계와 분수 장치는 약 1분 만에 멈췄다. 시계 주위에서 춤추던 인형은 모습을 감췄고, 분수의 물줄기도 원래대로 되돌아왔다. 여신상이 들고 있는 물병에서도 이제 물이 흘러나오지 않았다. 주위에 있던 관객들도 만족한 듯이 흩어졌다.

쿠루미 일행은 그 인파에 섞여서 걸음을 내디뎠다.

몇 분 후, 광장 근처에 있는 인포메이션 센터 안쪽의 문을 지나자, 인적 없는 사무실이 눈앞에 펼쳐졌다.

유키에는 휴우 하고 숨을 내쉬더니, 들고 있던 가방에서 다양한 서류를 꺼냈다.

“으음, 그러면 이제부터 상세히 설명해 드리겠습니다만……

부디 외부로 발설하지 말아 주셨으면 합니다.”

“물론이랍니다.”

쿠루미가 그렇게 말하자, 아야 또한 고개를 끄덕였다. 유키에는 잠시 머뭇거린 후에 말을 이었다.

“해당 시설…… 루미너스 미나미 텐구는 지금으로부터 약 한 달 전에 오픈한 복합 상업 시설입니다. 다양한 점포들과 충실한 액티비티를 갖춘…….”

“시설 설명은 됐으니, 요점만 알려 주셨으면 좋겠군요. —의식불명 사건이 일어난 장소는 구체적으로 시설의 어디죠?”

“아, 네…….”

쿠루미가 그렇게 말하자, 유키는 약간 당황한 듯이 파일에서 시설의 지도를 꺼내서 책상 위에 펼쳐놨다. 빨간색 펜으로 몇 곳에 동그라미가 그려져 있었다. 아마 그곳이 사건 현장이리라. 게다가—.

“……꽤 많군요.”

쿠루미는 지도를 보면서 식은땀을 흘렸다. 연속 의식불명 사건이니 여러 번에 걸쳐 일어났으리라고는 생각했다. 하지만 생각했던 것보다 지도 위에 마킹된 곳이 많았다. 언뜻 봐도 서른 곳 이상은 되어 보였다.

“오픈한 지 한 달밖에 안 됐는데 이렇게 많다는 건, 거의 매일 같이 피해가 발생한 거군요……?”

"아, 네……. 부끄럽지만, 그렇습니다……."

"……일단 시설을 폐쇄하고 철저하게 조사하는 편이 좋지 않을까요?"

쿠루미가 그렇게 말하자, 유키에는「큭……」하고 신음을 흘리며 몸을 젖혔다.

"그, 그게…… 정말 부끄러운 이야기입니다만『하루 휴업하면 손실이 얼마나 되는지 알고 있는 건가』,『의식불명 사건이 발생하고 있지만, 전부 원인이 동일하다고 단정할 수는 없으니 휴업할 필요는 없다』같은 말을 상부로부터 듣고 있는지라……. 현장 스태프 또한『빨리 사건의 원인을 밝혀 주지 않으면 마음 놓고 일할 수 없다』,『사건이 앞으로도 이어진다면 파업도 불사하겠다』라고 하니, 정말 어찌하면 좋을지 모르겠습니다……."

얼굴이 땀으로 범벅이 된 유키에가 작디작은 목소리로 그렇게 말했다.

쿠루미는「……그랬군요」하고 메마른 목소리로 말할 수밖에 없었다.

"시설 측의 대응에는 문제가 있다고 생각하지만, 상황은 파악했답니다. 지도를 좀 더 살펴봐도 될까요?"

"아…… 네."

쿠루미는 유키에가 내민 지도를 다시 살펴봤다. 빨간색 펜으로 표시된 장소는 아웃렛, 호텔, 영화관 등, 다양한 곳이었다.

"레몬 씨. 확인 삼아 묻겠는데, 묻지마 범죄일 가능성은 있나요?"

"감시 카메라의 영상을 확인했는데, 적어도 수상한 인물은 보이지 않았어. 참고로 피해자의 나이 및 성별에도 공통점은 없더라니깐. 다들 누군가에게 습격을 당한 기억은 없고, 갑자기 의식이 멀어졌다고만 증언하고 있어. 알다시피, 별다른 외상도 없지. 의식을 잃고 얼마 후에 정신을 차리기는 하는데, 강렬한 나른함과 탈력감에 휩싸이나 봐."

"흐음……."

쿠루미는 턱에 손을 대며 낮은 신음을 흘렸다.

영맥에 설치해 거기서 흘러나오는 힘을 빨아들이는 아티팩트 『엘릭실의 가마』. 레몬의 말을 믿는다면, 그것은 이 시설 어딘가에 설치되어 있을 것이다. 그리고 거미줄처럼 사냥감이 걸려들기를 기다리고 있다. 그 뱃속에, 사람들에게서 빨아들인 생명력을 저장하면서 말이다.

쿠루미는 스마트폰을 꺼내더니, 지도 사진을 찍은 후에 고개를 들었다.

"─사건의 개요는 이해했답니다. 그러면 즉시 조사에 착수하겠어요."

"아, 네. 잘 부탁드립니다."

"하지만, 조사할 장소가 꽤 많은 것 같군요. 두 조로 나뉘는 편이 효율적이겠어요.”

“그렇죠……. 아, 하지만 사우스 에어리어의 호텔은 제가 안내하는 편이 좋을 것 같습니다. 방 안을 조사할 때는 수속이 필요할 테니…….”

유키에의 말을 들은 쿠루미가 「그렇군요」라고 말하며 고개를 끄덕였다.

“그러면 노스 에어리어의 조사를 마치면 합류하도록 할까요. 저와 아야 양은 동쪽을 확인할 테니, 레몬 씨와 유키에 씨는 서쪽을 부탁드려요.”

쿠루미가 그렇게 말하자, 세 사람은 이의가 없다는 듯이 고개를 끄덕였다.

“그러면 잠시 후에 뵙겠어요. 무슨 일 있다면 명함의 전화번호로 연락을 주세요.”

“그래. 잘 부탁하겠어.”

짤막하게 인사를 나눈 후, 쿠루미는 아야와 함께 사무실을 나섰다.

관계자 구역을 나서자, 마치 다른 세계에 온 것 같은 소란스러움이 쿠루미 일행을 맞이했다. 줄지어 있는 건물과 다양한 브랜드샵을 수많은 사람들이 오가고 있었다.

쿠루미는 머릿속으로 아까 본 지도를 떠올리더니, 이곳에서 가장 가까운 현장으로 향했다.

그렇게 약 5분가량 걸어가자, 예의 현장에 도착했다.

“여기군요—.”

쿠루미는 낮은 신음을 흘리더니, 주위를 확인하듯 둘러봤다.

이곳은 여자 화장실의 손 씻는 곳이었다. 벽에는 커다란 거울이 달려 있으며, 그 앞에는 수도꼭지가 줄지어 있었다. 옆에는 손 비누 용기가 달려 있었다.

“그런 것 같아요. 자료에 따르면, 이곳에서 세 명째의 의식불명자가 발생했대요. 오른쪽에서 두 번째 수도꼭지 앞이었죠. 보아하니, 딱히 이상한 점은 없는데…….”

아야는 아까 촬영한 자료 사진을 보면서 그렇게 말했다.

바로 그때였다.

“여기야. 지금으로부터 27일 전의 오후 세 시경, 30대 여성이 손을 씻던 와중에 의식을 잃고 쓰러진 것 같아.”

바로 그때 누군가의 실루엣이 불쑥 나타나더니, 흥미롭다는 표정으로 그렇게 중얼거렸다.

선글라스를 쓰고 어두운 색깔의 기모노를 걸친 키가 큰 여성— 레몬이었다.

“꺄앗.”

“……레몬 씨?”

아야는 놀란 것처럼 어깨를 흠칫했고, 쿠루미는 미심쩍다는 듯이 눈을 가늘게 떴다.

하지만 레몬은 딱히 개의치 않으며 말을 이었다.

"흐음, 참 기괴한 사건도 다 있네."

"무, 무슨 일이죠? 유키에 씨와 함께 서쪽을 조사하러 가셨지 않나요……?"

"자, 범인은 대체 어떻게 범행을 저지른 거려나. 어디 실력 발휘 좀 해 봐야겠는걸."

아야가 질문을 던졌지만, 레몬은 턱에 손을 대며 그렇게 말할 뿐이었다. ……왠지 대화가 미묘하게 어긋나고 있는 느낌이 들었다.

"선생님, 대체 어떻게 된 거죠……."

"흐음……. 뭐, 레몬 씨가 이상한 건 어제오늘 일이 아니니까요. 내버려두죠. 그것보다, 혹시 모르니 현장 사진을 찍어 주세요, 아야 양."

"아, 네……."

쿠루미가 그렇게 말하자, 아야는 의아한 표정을 지으면서 사진 촬영을 시작했다.

그리고 레몬 쪽을 문득 쳐다보니, 그녀는 어느새 자취를 감췄다.

그로부터 세 시간 후.

"자…… 여기가 마지막인가요."

따로 행동하던 레몬, 유키에와 합류한 쿠루미는 사우스 에어리어에 있는 호텔의 한 방에서 그렇게 중얼거리듯 말했다.

12층에 위치한 방의 욕실이다. 화장실과 욕조, 세면대가 세트로 같이 있는 타입이며, 구역을 나누듯 가운데에 방수 커튼이 설치되어 있었다.

"그래. 여기서 열아홉 명째의 의식 불명자가 발생했어. 본인의 증언에 따르면, 샤워하던 와중에 의식을 잃었나 봐. 아웃렛 몰의 화장실과 다르게 보는 사람이 없잖아. 그 바람에 발견이 늦어졌고, 겸사겸사 감기에 걸린 것 같아."

"어머나, 참 안됐군요."

쿠루미는 대수롭지 않은 투로 그렇게 대답한 후, 주위를 둘러보며 생각에 잠겼다.

아직 범인이 어떤 수단으로 사건을 일으켰는지는 모르지만, 직접 현장을 조사한 덕분에 공통점 하나를 발견했다.

"아야 양. 이제까지 둘러본 현장의 사진을 보여 주시겠어요?"

"아, 네. 여기 있어요."

아야가 스마트폰을 건네주자, 쿠루미는 그 안에 저장된 사진을 살펴봤다.

"화장실, 급수대, 레스토랑 주방, 싱크대, 호텔 욕실─."

그리고 표시된 사진에 담긴 장소의 이름을 중얼거리면

서, 아야에게 시선을 돌렸다.

"장소는 다르지만, 공통점은 짐작이 되는 군요."

"공통점인가요……. 아―."

쿠루미가 그렇게 말하자, 아야는 뭔가를 눈치챈 것처럼 눈을 동그랗게 떴다.

"사건 현장이 전부, 물이 있는 곳……이네요."

"그렇답니다."

아야의 대답을 들은 쿠루미가 고개를 끄덕였다.

"한두 장소라면 몰라도 이렇게 많은 현장이 전부 물이 있는 곳인 것을 보면, 분명 관계가 있겠죠."

"……아! 서, 설마 물에 독을……?!"

쿠루미의 말을 들은 유키에의 얼굴이 새파랗게 질렸다. 쿠루미는 눈을 살짝 내리깔면서 고개를 저었다.

"그럴 가능성은 낮답니다. 만약 독극물류가 물에 섞여 있다면 의료 기관의 조사로 발견됐을 테고, 무엇보다 피해자의 수가 너무 적으니까요. 자릿수가 두세 개 정도는 달라질 테죠. 영업 정지 정도로 넘어갈 수 있을 리가 없어요."

"……히익―."

쿠루미가 어깨를 으쓱하며 그렇게 말하자, 안도하려던 유키에의 얼굴이 다시 창백해졌다. 그녀가 그 자리에 무너지듯 주저앉으려 하자, 레몬이 부축했다.

"진정해. 네가 다음 의식불명자가 될 생각이야?"

"죄, 죄송합니다……."

유키에는 비틀거리면서도 균형을 잡고 두 발로 섰다. 쿠루미는 그 모습을 곁눈질하면서 생각했다.

"레몬 씨. 『엘릭실의 가마』란 영맥에 설치해서 거기에 흐르는 힘을 빨아들이는 아티팩트죠? 만약 그것이 생물의 생명력을 빨아들인다면, 그것은 대체 어떤 경우일까요?"

"흐음……. 아마 『엘릭실의 가마』가 설치된 영맥에 접촉한 경우겠지. 하지만 영맥은 보통 땅속 깊은 곳에 존재하는 눈에 보이지 않는 힘의 흐름이야. 그런 것에 닿는 일은 흔히 일어나지 않을 텐데 말이지."

쿠루미의 질문에, 레몬이 답했다. 아티팩트의 설명까지는 듣지 못했던 건지, 유키에는 어리둥절한 표정을 지으며 눈을 동그랗게 떴다.

"그렇군요. 흐름— 영맥이란 결국 힘의 흐름이죠. 그리고 의식불명자는 하나같이 시설 안에서 물이 흐르는 곳에 있었어요. 이 두 가지의 연결 고리는 바로—."

쿠루미가 거기까지 말하자, 레몬은 뭔가를 눈치챈 것처럼 어깨를 부르르 떨었다.

"—수도관인가!"

"정답이랍니다."

쿠루미는 고개를 끄덕이더니, 스마트폰에 시설의 지도를 표시했다.

“의식불명 사건의 현장은 시설 곳곳에 존재하는 것 같지만, 수도관이라는 길을 통해 전부 연결되어 있어요. 그리고 피해자는 하나같이 유사 영맥이라 할 수 있는 물의 흐름에 닿으면서, 힘을 『가마』에 흡수당한 것이 아닐까요?”

“……그래. 그렇게 본다면 앞뒤가 맞기는 해.”

“으, 으음…… 저기 무슨 말씀이신지 잘 모르겠습니다만…….”

유키에는 당혹스러운 표정으로 쿠루미와 레몬을 번갈아 쳐다봤다.

너무 자세하게 설명해 줄 수는 없지만, 그녀는 이번 사건의 의뢰인이다. 쿠루미는 볼을 긁적이면서 대략적으로 설명해 줬다.

“간단히 말하자면, 의식불명 사건의 원인이라 할 수 있는 것이 수도관 혹은 그 안을 흐르는 물이 닿는 곳에 있다는 말이랍니다.”

“그, 그렇군요……? 그, 그게 대체 어디죠……?”

“그건 아직 모르겠군요.”

쿠루미가 그렇게 말하자, 유키에는 어처구니없다는 듯이 그 자리에서 꼬꾸라질 뻔했다.

바로 그때였다.

“……!”

건물 밖에서 구급차의 사이렌이 들려오자, 쿠루미 일행

은 작게 숨을 삼켰다.

"구급차인가요—?"

"그런 것 같은걸. 게다가, 이쪽으로 향하고 있어. 이거,
혹시……."

쿠루미와 레몬, 아야는 서로를 쳐다보면서 고개를 끄덕
인 후에 서둘러 방을 나섰다. 유키에 또한 허둥지둥 그들
의 뒤를 따랐다.

"이, 이게 무슨 일이죠?!"

"오늘 피해자가 발생한 걸지도 모른답니다!"

쿠루미가 그렇게 말하자, 유키에는 그제야 그 가능성을
눈치챈 것처럼 눈을 치켜떴다.

그리고 복도를 지나서 엘리베이터를 타고 로비에 도착한
순간, 쿠루미는 걸음을 멈췄다. 호텔 종업원으로 보이는
이들이 로비에 모여 있었던 것이다.

"무슨 일이죠?!"

"아— 카와베 씨!"

유키에가 묻자, 키가 큰 여성이 주위를 신경 쓰듯 목소
리를 낮추며 대답했다.

"실은 502호실의 손님께서…… 의식을 잃으신 채로 발
견됐습니다……."

"……! 자세하게 이야기해 주시겠어요?"

쿠루미가 대화에 끼어들듯 그렇게 말하자, 그 남성은 작

은 목소리로 말을 이었다.

"그 방 손님의 일행분께서, 친구와 만나기로 했는데 연락이 안 되니 무슨 일이 생긴 건지도 모른다며 확인을 요청했습니다. 혹시 몰라 방에 가 보니, 욕조에서 실신해 있는 손님을 발견해서, 구급차를 부른 거죠……."

"욕조, 인가요. 혹시 샤워기가 틀어져 있지 않았나요?"

"어, 아, 네. 맞습니다. 어떻게 알았죠?"

—역시 그랬나. 가설을 뒷받침하는 상황을 확인한 쿠루미는 눈을 가늘게 떴다.

"감이라고 여겨 주세요. 그것보다, 의식을 잃은 건 언제쯤인지 파악했나요?"

"정확하게는 모릅니다만…… 일행분의 이야기에 따르면 오후 2시 55분까지는 메시지에 읽음 표시가 떴다고 합니다. 그러니 아마 쓰러진 것은 오후 세 시 전후가 아닐까요……."

"——."

기묘한 접점을 발견하자, 쿠루미의 눈썹이 희미하게 떨렸다.

"선생님……? 왜 그러세요?"

"—유키에 씨. 화장실에서 사건이 발생한 건 몇 시쯤이죠?"

쿠루미가 묻자, 유키에는 허둥지둥 가방에서 자료를 꺼내 보고 대답했다.

"오후 세 시경이군요……."

"그러면, 다른 장소는 몇 시경이었나요?"

"으음…… 식수대에서 사건이 벌어진 건 오후 세 시경, 레스토랑 주방이 오후 세 시경, 싱크대도 오후 세 시경—."

바로 그때, 유키에는 눈을 동그랗게 떴다. 쿠루미는 쓴 웃음을 머금으며 이마에 손을 댔다.

"……어째서 이런 단순한 점을 눈치채지 못했던 걸까요. 정신이 어디 나가 있었나 보군요. —범인은 피해자의 숫자를 줄이고 있었던 게 아니랍니다. 정해진 시간에만 아티팩트의 힘을 발휘할 수 있었던 거죠."

"선생님, 그렇다면—."

아야가 눈을 치켜뜨며 그렇게 말하자, 쿠루미는 고개를 끄덕이며 선언했다.

"네. —추리의 시간이 아로새겨졌답니다."

"—자, 토키사키 양. 약속 시간이 됐어. 이야기를 계속해 주겠어?"

오후 아홉 시. 어둑어둑한 노스 에어리어의 광장에서, 레몬이 팔짱을 끼며 그렇게 중얼거렸다.

사우스 에어리어의 호텔과 영화관은 아직 영업하고 있지

만, 아웃렛 몰이 메인인 노스 에어리어는 이미 영업이 종료됐다. 낮의 시끌벅적함이 마치 신기루였던 것처럼, 주위는 정적에 휩싸여 있었다.

달빛과 가로등 불빛만이 비추고 있는 광장에는 쿠루미, 아야, 그리고 레몬만이 있었다. 호텔 조사를 마친 후에 쿠루미가 준비가 필요하다고 말한 탓에 해산했던 일행이 지금 다시 모인 것이다.

"그런데, 카와베 씨는 어디 있지?"

레몬이 주위를 둘러보며 그렇게 묻자, 쿠루미는 옅은 미소를 머금으며 말했다.

"카와베 씨에게는 다른 시간을 말씀드렸답니다. 열 시쯤에는 오시지 않을까 싶군요. ―그분이 받아들일 수 있을 만한 설명을 해 드리는 게 어려우니 말이죠."

"호오."

쿠루미가 그렇게 말하자, 레몬은 눈을 가늘게 떴다.

"그 말은― 아티팩트가 어디 있는지 알아냈다, 는 거지?"

"……."

레몬이 묻자, 쿠루미는 입술 가장자리를 말아 올리며 대답했다.

"말로 설명하는 것보다, 직접 보시는 편이 좋겠죠."

그리고 그렇게 말한 쿠루미는 신고 있던 신발을 벗기 시작했다. 그리고 양말도 벗어서 신발 안에 넣더니, 맨발이 됐다.

　그 기묘한 행동을 본 레몬이 고개를 갸웃거리는 가운데, 치맛자락을 들어 올린 쿠루미는 그대로 천천히 발을 들어 물이 차 있는 분수 안으로 들어갔다.

　"우후후, 역시 차갑군요."

　"토키사키 양……?"

　레몬이 미간을 좁히며 그렇게 말하자, 쿠루미는 그녀를 돌아보면서 대답했다.

　"괜찮으시다면 레몬 씨도 들어오시지 않겠어요? 물론 억지로 권할 생각은 없지만— 그러면 아티팩트의 은총을 저 혼자서 독차지하게 되겠죠."

　"흐음……?"

　레몬은 턱을 매만지며 잠시 생각에 잠기더니, 이윽고 쿠루미와 마찬가지로 부츠와 양말을 벗은 후에 옷자락을 들어 올리며 분수 안으로 들어갔다.

　아티팩트가 물의 흐름을 통해 마력을 빨아들일 가능성이 있으니, 시설 안의 물에 손을 댈 때는 세심한 주의를 기울여야만 할 것이다. 하지만 뭔가를 알아낸 듯한 쿠루미가 먼저 들어갔으니, 안전은 담보된 것이나 다름없다. 무엇보다도 아티팩트의 은총이라는 말을 들었으니 가만히 있을 수도 없었다.

　살이 에이는 듯한 차가운 물이 맨발을 감쌌다. 레몬은

몸을 부르르 떨면서 쿠루미 쪽을 돌아봤다. 두 사람은 분수의 여신상을 사이에 두며 마주섰다.

"자, 이제 됐지? 대체 무슨 일이 일어나는 건데?"

"기대해 주시길. ─아야 양, 부탁해요."

"네."

쿠루미가 그렇게 말하자, 아야는 단말 같은 것을 꺼내서 조작하기 시작했다.

"저건 뭐야?"

"카와베 씨가 준비해 준, 시계의 조작 단말이랍니다. 잘 보세요."

그 말에 맞춘 것처럼, 광장에 설치된 거대한 시계의 바늘이 빙글빙글 돌기 시작했다. 그리고 짧은 바늘은 3을, 긴 바늘은 12를 가리켰다.

다음 순간, 시계에서 종소리가 울려 퍼지더니, 장치가 작동됐다. 여러 개의 인형이 시계에서 나오더니, 경쾌한 춤을 추기 시작했다.

그와 동시에 분수에 설치된 장치도 연동되면서 작동됐다. 여신상이 들고 있는 물병에서, 수면을 향해 물이 쏟아졌다.

그 순간─.

"아닛……?! 커억……?!!"

강렬한 탈력감이 온몸을 휩싸자, 레몬은 다양한 색상의

빛으로 물든 분수의 수면에 무릎을 꿇었다. 첨벙 하는 소리와 함께 물이 사방으로 튀더니, 그녀가 입은 옷이 물에 젖었다.

레몬은 몸을 일으키려 했지만, 몸에 힘이 들어가지 않았다. 시야 또한 깜빡거리기 시작했다.

입안의 살점을 깨물어서 의식을 유지하며, 고개를 들었다.

"말도…… 안 돼! 이 느낌은……! 하지만, 토키사키 양도 물 안에—."

하지만, 레몬은 말을 잇지 못했다.

이유는 단순했다. 눈앞에 서 있던 소녀의 모습이 연기처럼 흩어지더니—.

"키— 히히히히히히히히히히히히히히히히히히히히히 히히—."

앞쪽에 있는 건물 뒤편에서, 악마 같은 웃음소리를 흘리며 탐정 토키사키 쿠루미가 모습을 드러낸 것이다.

"아니……."

"어머나, 어머나……. 레몬 씨, 어떠신가요? 마치 온몸의 힘이 빨려 나간 느낌일 테죠. 그래도 겨우겨우 의식을 유지하고 있는 점은 역시 대단하다고 해야 하려나요?"

쿠루미는 레몬의 얼굴을 들여다보며 그렇게 말했다.

마치 레몬이 물 안에서 주저앉을 것을 예견하고 있었던 것처럼 말이다.

레몬과 마찬가지로 물에 몸이 닿았는데도, 쿠루미는 전혀 영향을 받지 않았다. 그리고 방금은 연기처럼 사라졌다. 그제야 모든 것을 이해한 레몬은 쥐어짜 낸 목소리로 말했다.

"설마……『브로켄의 마경』……?!"

그렇다. 그것은 거울에 비친 모습을 허공에 투영하는 아티팩트다. 만약 아까까지 레몬의 앞에 있던 쿠루미가 거울에 비친 모습이라면, 전부 앞뒤가 맞았다.

"정답이랍니다. 알고 보면 참 단순한 트릭 아닌가요?"

"말도 안 돼…… 그게 거울에 비친 모습이었다는 거야……? 나와 대화까지 나눴는데……!"

"어머나, 어머나. 착각은 금물이랍니다. ─『브로켄의 마경』은 거울에 비친 모습을 임의의 시간 및 장소에 투영하는 아티팩트죠. 저는 저 건물 뒤편에서, 이 분수 앞에 **1초 후의 시간을 지정해** 이미지를 투영했답니다."

"뭐ー."

레몬이 경악한 것처럼 눈을 치켜뜨자, 눈을 가늘게 뜬 쿠루미는 시계의 장치가 멈출 때까지 기다린 후에 분수 안으로 들어갔다.

그리고 여신상의 곁으로 걸어가더니, 품속에서 꺼낸 공구로 거기에 설치된 물병을 떼어 낸 후에 안쪽을 살펴봤다.

"―빙고, 군요. 이것이 아티팩트, 『엘릭실의 가마』가 틀림없어요."

쿠루미는 그렇게 말하면서 분수 안에서 광장으로 돌아가더니, 물병을 지면에 내려놨다.

달려온 아야가 안쪽을 살펴보더니, 눈을 동그랗게 떴다.

"정말이에요……. 폐자재로 만든 외장재 안에, 마술 문양을 새긴 그릇 같은 게 있어요. 이게 손님들의 정기(精氣)를 빨아들인 걸까요?"

"네. 매일 오후 세 시에 시계의 장치와 연동하면서, 이 물병에서 물이 방출되죠. 그 순간에만 『엘릭실의 가마』는 물의 흐름이란 유사 영맥과 연결된 거랍니다. 그리고 그 날, 그 순간, 유사 영맥에 접촉한 이가 정기를 빼앗기고 의식을 잃었다―."

쿠루미가 그렇게 말하자, 아야는 이해가 안 된다는 듯이 미간을 찌푸렸다.

"하지만, 대체 범인은 어떻게 이 분수의 여신상에 아티팩트를 설치한 걸까요? 정말 정교하게 만들어졌어요. 마치 처음부터 작품의 일부였던 것처럼……."

"아야 양은 안목이 뛰어나군요."

"네……?"

쿠루미가 그렇게 말하자, 아야는 눈을 동그랗게 떴다.

쿠루미는 미소를 머금고 말을 이었다.

"이번 사건의 범인…… 이란 표현이 적절할지는 모르겠지만, 그것을 『엘릭실의 가마』를 발동 상태로 해서 여기에 설치한 자로 정의한다면 아마 그건—."

쿠루미는 고개를 가볍게 저으며 고개를 돌렸다.

그리고 레몬을 쳐다보며 말을 이었다.

"—에이고지 레몬 씨 본인이겠죠."

"레, 레몬 씨가……?"

그 말을 들은 아야가 당혹스러운 표정으로 레몬을 쳐다봤다.

"무, 슨…… 소리를 하는 거야."

레몬은 물속에서 괴로운 표정을 지으며, 신음하는 듯한 목소리로 대꾸했다.

"내가…… 아티팩트를 설치한 범인……? 내가 설치했다는 증거라도 있어……? 내가 범인이라면, 이런 뻔한 함정에 걸려들 리가…….."

하지만 쿠루미는 자신만만한 미소를 여전히 머금은 채 말을 이었다.

"어머나, 어머나……. 당신이야말로 무슨 소리를 하시는 거죠? 저는 **당신이 범인이라고는 단 한 마디도 한 적 없답니다.**"

"……뭐……라고?"

레몬은 영문을 모르겠다는 듯이 미간을 찌푸렸다. 아야 또한 쿠루미가 무슨 말을 하는 건지 모르겠다는 표정을 지었다.

하지만 몇 초 후, 아야는 뭔가를 눈치챈 것처럼 숨을 삼켰다.

"범인은 레몬 씨…… 하지만, 저 사람이 범인이라고는 말하지 않았다……. 설마―."

쿠루미는 우수한 조수를 칭찬하듯이 가늘게 뜬 눈으로 아야를 잠시 쳐다본 후, 레몬을 손가락으로 가리켰다.

"그래요. ―당신은 저희가 아는 에이고지 레몬 씨가 아니죠. 생김새만 똑같은 가짜랍니다."

"―."

쿠루미가 힘찬 목소리로 그렇게 선언하자, 레몬은 선글라스 너머의 눈을 치켜떴다.

하지만 잠시 후, 어처구니없다는 듯이 고개를 저었다.

"……비약이 너무 심한 걸……. 무슨 근거로 그런 소리를 하는 건데?"

예상했던 반응이다. 쿠루미는 팔짱을 끼더니, 이 자리에서 진짜 레몬을 아는 또 한 명의 인물― 아야에게 말을 건넸다.

"—아야 양은 눈치챘나요? 이제까지 저희 앞에 나타난 레몬 씨와, 지금 눈앞에 있는 이분의 결정적인 두 가지 차이점을 말이에요."

"두 가지 차이점……인가요."

아야는 레몬을 응시하면서 표정을 굳혔다.

아무리 아야라도 그렇게 간단히 눈치채지는 못할 것이다. 쿠루미는 덧붙이듯 이렇게 말했다.

"—힌트는『학교 건물 뒤편의 유령』이랍니다."

"학교 건물 뒤편의……, 앗……!"

아야는 뭔가를 눈치챈 것처럼 눈을 치켜떴다.

"옷을 반대로 여몄어요……!"

그리고 레몬의 가슴 쪽을 손가락으로 가리키며 말했다. 레몬은 그 지적을 듣더니, 그제야 이해했다는 듯이 어깨를 부르르 떨었다.

"그래요. 잘 관찰하고 있었군요, 아야 양. —이제까지 저희 앞에 나타난 레몬 씨는 왼쪽의 옷이 앞으로 오게 여몄죠. 하지만 당신은 오른쪽이 앞으로 오게 여몄어요. 불가사의하군요."

"……"

레몬은 그 말을 듣더니, 옷깃을 손으로 움켜쥐며 쓴웃음을 머금었다.

"무슨…… 소리를 하나 했더니……. 겨우 그런 것으로 나를 가짜 취급을 하는 거야……? 그 정도 실수는…… 누구나 하지 않아?"

"실수? 왼쪽이 앞으로 오게 옷을 여미는 건 죽은 사람에게 기모노를 입힐 때만이에요. 매우 불길한 방식이죠. 일반적으로는 당신처럼 입는 게 옳답니다. 저는 연출 삼아서 일부러 그렇게 입는 줄 알았는데 말이죠."

"……."

레몬은 또 입을 다물었다. 쿠루미는 연이어 말을 쏟아냈다.

"그리고 차이점은 하나 더 있답니다. ―당신은 사무소를 방문했을 때, 문을 열고 들어왔어요. 그리고 비틀거리는 유키에 씨를 부축해 주기도 했죠. 또한 지금은 물의 흐름을 통해 아티팩트의 정기를 빼앗겨서 일어서지도 못하고 있어요."

"……그게, 뭐 어쨌다는 건데?"

레몬은 땀을 삐질삐질 흘리며 그렇게 말했다. 쿠루미는 그런 상대방의 눈을 들여다보며 말했다.

"그것은, 있을 수 없는 일이랍니다. 저희가 아는 레몬 씨는 그러지 않았죠. ―아니, 그럴 수가 없었어요. 왜냐하면 그분은 **마이크나 열쇠 같은 가벼운 물건을 드는 것이나, 악수조차도 거부하는 분이니까요.**"

쿠루미가 그렇게 말하자, 아야는 전율한 듯이 숨을 삼켰다.

"왼쪽이 앞으로 오게 입은 기모노…… 아무것도 만지지

않았다……『학교 건물 뒤편의 유령』…….”

그리고, 떨리는 목소리로 그 말을 입에 담았다.

“그건, 아까 전의 선생님과 같은 상태였다는 건가요—?”

쿠루미는 우수한 조수의 말을 듣고 만족한 듯이 고개를 끄덕였다.

“—그래요. 이제까지 저희의 앞에 나타났던 레몬 씨는 아까 전의 저처럼『브로켄의 마경』으로 투영시킨 영상일 거랍니다.”

쿠루미가 그렇게 말하자, 아야는 식은땀을 흘리면서 믿기지 않는다는 표정을 지었다.

“자, 잠깐만요, 선생님.『브로켄의 마경』은 저희가 관리하고 있어요. 고등학교에서 회수한 후, 기록되어 있던 영상은 전부 지웠고요. 대체 어떻게 영상을 기록했다는 건가요?”

“간단한 이야기랍니다. —저희가『브로켄의 마경』을 손에 넣는 것보다 훨씬 옛날에, 그 거울에는 레몬 씨의 영상이 기록되어 있었어요. 너무 과거의 기록이라, 놓치고 말았던 거죠.”

“훨씬 옛날……?”

“네. 어젯밤, 확인했답니다. 영상이 기록된 날짜는— 지금으로부터 약 130년 전이더군요.”

“………?!”

아야는 경악하며 눈을 치켜떴다.

그리고 표정이 딱딱하게 굳은 레몬의 볼을 타고 땀방울이 흘러내렸다.

"그, 그거야말로 말도 안 돼요. 130년 전이라면『브로켄의 마경』이 저희 가문에 보관되고 있을 때예요. 그런 게 가능한 사람은—."

아야는 갑자기 말을 멈췄다.

아마 눈치챘으리라.『에이고지 레몬』이란 이름을 쓴 인물의 정체를 말이다.

쿠루미는 고개를 끄덕이더니, 품속에서 낡은 흑백 사진 한 장을 꺼냈다.

"그래요. 지금으로부터 130년 전에『브로켄의 마경』을 쓸 수 있었던 인물. 그 사람은— **아티팩트를 수집한, 아야 양의 선조님이랍니다.**"

그렇게 말하면서 꺼낸 사진을 보여줬다.

거기에는 동그란 선글라스를 쓴, 수상하기 그지없는 기모노 차림의 여성이 찍혀 있었다.

루미너스 미나미 텐구를 방문하기 전날.

쿠루미는 텐구 시에 있는 어느 건물을 방문했다.

겉보기에는 평범한 상가 빌딩이다. 대로에서 벗어난 골

목에 위치했고, 뭘 하는지 알 수 없는 가게 몇 곳이 들어와 있는, 누구도 주목하지 않을 듯한 도회지의 배경에 지나지 않았다.

하지만 그 빌딩 지하에는 겉으로 봐서는 상상도 안 될 최신 설비가 갖춰진 광대한 시설이 펼쳐져 있었다.

"기다리고 있었습니다, 토키사키 양."

쿠루미가 엘리베이터에서 내리자, 그곳에서 기다리고 있던 여성 직원이 공손히 인사했다. 쿠루미는 그녀에게 인사를 건네며 입을 열었다.

"갑자기 찾아와서 죄송해요."

"당치도 않습니다. 자, 이쪽으로 오시죠."

쿠루미는 직원에게 안내를 받으면서 보안 장치가 몇 겹으로 된 구역 안으로 발을 들였다. 그리고 철제 격자와 강화 아크릴판으로 구성된 작은 방이 줄지어 있는 길을 걸었다.

이곳은 『바깥세상』에 알려지지 않은 기술로 범죄를 저지른 위험인물이 수용되는, 이른바 감옥이다. 별다른 이유가 없다면 해당 기억을 삭제한 후에 돌려보내기에, 대부분은 비어 있었다.

하지만 쿠루미는 텅 빈 감옥을 견학하러 온 것이 당연히 아니다. 그녀의 목적지는 이 감옥 가장 안쪽에 있는 방이다.

"—오랜만이군요. 찾아오실 때가 됐다고 생각하고 있었

답니다, 쿠루미 양."

　쿠루미가 그 방을 찾자, 그곳에 수감되어 있던 인물이 미소를 머금으며 그렇게 말했다.
　살풍경한 방 중앙에 놓인 의자에는 한 소녀가 흉흉한 구속구에 묶여 앉아 있었다. 이목구비가 뚜렷하고, 자신만만한 표정을 짓고 있으며, 감옥에 갇혀 있는데도 저 기나긴 머리카락은 깔끔하게 세로롤 모양으로 말려 있었다.
　그렇다. 그녀가 바로 아티팩트 유출의 원인이자, 아야 행세를 하며 아티팩트를 손에 넣으려 한 쿠루미의 옛 파트너― 스카라베 마츠리카다.
　"네. 오랜만이군요, 마츠리카 양. 건강해 보여서 다행이에요."
　"쿠루미 양 덕분에 꽤 쾌적한 생활을 하고 있답니다."
　"그런가요. ―그건 그렇고, 꽤 신경 쓰이는 발언이군요. 마치 제가 찾아오리라는 것을 알고 있었던 것 같달까요."
　"훗― 쿠루미 양이 아티팩트 수집을 계속한다면, 언젠가 제 두뇌를 빌릴 수밖에 없는 날이 찾아오리라고 생각했을 뿐이랍니다."
　마츠리카가 그렇게 말하자, 쿠루미의 뒤편에서 대기하고 있던 직원이 쓴웃음을 머금었다.
　"뭐, 토키사키 양이 찾아온다는 것을 미리 알려 줬으니까요…….”

“저기! 괜한 소리 하지 말아 주시겠어요?!”

마츠리카는 당황한 표정으로 그렇게 외쳤다.

하지만 직원은 딱히 개의치 않으면서 말을 이었다.

“평소에는 이런 느낌이 아니라, 훨씬 칠칠맞지 못하게 지내요. 그런데 토키사키 양이 찾아온다고 하니 몸가짐을 꾸미게 해 주지 않으면 만나지 않겠다고 해서 정말 고생했죠. 무기가 될 만한 것을 줄 수도 없으니, 제가 고데기로 머리카락을 말아 줬는데, 정말 요구 사항이 어찌나 많은지……. 아, 참고로 저 구속구도 본인의 요청으로 채운 거죠. 아무래도 위험인물 느낌을 내고 싶었나 봐요.”

“괜한 소리 하지 말아 주시겠어요~?!”

마츠리카가 비명에 가까운 목소리를 내면서, 자리에서 벌떡 일어나려 했다.

하지만 온몸이 꽁꽁 묶여 있는 탓에, 그대로 쿵~! 소리 나게 안면을 바닥에 찧고 말았다.

“끄흑?!”

“……괜찮으신가요?”

“……괜히 신경 써 주실 필요 없답니다. 그것보다, 오늘은 무슨 일로 오신 거죠?”

허세를 부린 마츠리카는 눈가에 눈물이 맺힌 상태에서 신음하는 듯한 목소리로 그렇게 말했다.

새빨개진 코가 좀 걱정됐지만, 본인이 괜찮다고 하니 더 걱정해 줄 필요는 없을 것이다. 쿠루미는 간결하게 용건을 전했다.

"당신이 위장했던 분의 가문 가계도와 앨범이 보이지 않아요. 어디 숨겼는지 가르쳐 주시지 않겠어요?"

쿠루미가 그렇게 말하자, 마츠리카의 눈썹이 희미하게 떨렸다.

"……어째서 제가 안다고 생각한 거죠?"

"간단하답니다. 당신은 아티팩트로 자신을 아야 양으로 인식하게 해서, 그 가문의 영애로 위장했어요. 당신은……뭐, 평소에는 이런 느낌이지만 의외로 용의주도한 면이 있죠. 자신의 정체가 들통나는 계기가 될 수 있는 물건은 미리 치웠으리라고 생각하는 게 타당하지 않겠어요?"

"이런 느낌, 은 괜한 말이군요."

마츠리카는 불만 섞인 목소리로 그렇게 중얼거린 후, 말을 이었다.

"……만약 제가 범인이라면, 가계도와 앨범을 숨겼을 거라고 판단한 이유는 뭐죠? 그런 건 확 태워 버리는 편이 확실할 텐데요?"

"대부분의 힘을 잃었다고는 해도, 마술사 가문의 가계도와 앨범을 말인가요? 뭔가 중요한 정보가 숨겨져 있을지도 모르는데, 그렇게 아티팩트를 탐내던 당신이 처분했을 리가 없죠."

"……."

쿠루미가 그렇게 말하자, 잠시 침묵에 잠긴 마츠리카는 곧 입가를 말아 올렸다.

"그런 건 모른답니다…… 하고 답하면 어쩌실 거죠?"

"그렇다면 교섭의 여지는 없군요. ―그럼 기억 처리를 준비해 주세요."

"네."

"자, 자, 잠깐만요……."

쿠루미의 말에 직원이 담담히 답하자, 마츠리카는 당황한 듯이 몸을 배배 꼬았다.

마츠리카가 이런 곳에 갇혀 있는 이유는, 그녀가 기억 처리를 한사코 거부해서다. 아티팩트와 쿠루미의 기억을 잃을 바에야 이 자리에서 혀를 확 깨물겠다고 우기는 탓에, 어쩔 수 없이 이렇게 가둬 둔 것이다.

"너무 성급한 판단 아닐까 싶군요! 조금만 끈기를 보이는 게 어떨까요?!"

"이 상황에서 거래를 제안하는 당신을 보고 짜증이 치솟아서 말이죠."

쿠루미가 눈을 부라리며 팔짱을 끼자, 마츠리카는 바닥에 쓰러진 상태에서 잠시 몸을 배배 꼰 후에 영차~ 하며 상체를 일으켰다.

"……뭐, 이미 정체가 들통났으니 상관없답니다. 하지만, 그냥 내주기만 해서는 재미가 없을 것 같군요. —대체 어떤 사건이 일어났고, 왜 가계도와 앨범이 필요한 것인가. 그것을 가르쳐 주세요. 그게 교환 조건이랍니다."

"……뭐, 좋아요."

좀 귀찮기는 하지만, 상대방이 이대로 입을 다무는 것보다는 낫다. 그리고 그녀는 여기에 갇혀 있으니, 정보가 새어 나갈 우려도 없다. 쿠루미는 간결하게, 지금 일어나고 있는 일을 설명했다.

"그렇군요……. 『브로켄의 마경』을 사용하는 것으로 보이는 미래 탐정 에이고지 레몬 씨, 그리고 그녀의 가짜로 추정되는 인물……인가요."

부자연스러운 자세로 이야기를 듣고 있던 마츠리카는 잠시 생각에 잠긴 후, 이윽고 뭔가가 생각난 것처럼 씨익 웃었다.

"—쿠루미 양. 교환 조건이 하나 더 있답니다. 만약 제가 그 가짜의 정체를 맞춘다면, 특별 사면을 해 주시지 않겠어요?"

"……네?"

마츠리카가 그렇게 말하자, 쿠루미는 무심코 눈을 동그랗게 떴다.

"그, 그 사진은……."

쿠루미가 레몬의 흑백 사진을 보여 주자, 아야는 당혹스럽다는 듯이 눈을 동그랗게 떴다.

"네. 아야 양의 집에서 사라진 앨범 안에 들어 있던 것이랍니다."

"어, 대체 어디 있었나요?!"

아야는 경악을 금치 못했다. 쿠루미는 「기업 비밀이랍니다」라고 말하며 윙크했다.

"하, 하지만, 선생님. 그건 이상해요. 『브로켄의 마경』은 어디까지나 거울에 비친 모습과 음성을 원하는 시간과 장소에 투영할 수 있을 뿐인 아티팩트예요. 저희는 지금까지, 레몬 씨와 틀림없이 이야기를 나눴고요. 그건 대체 어떻게 된 건가요?"

아야가 그렇게 물었다. 지당한 의문이다. 쿠루미는 고개를 크게 끄덕이며 답했다.

"본인이 밝혔잖아요? **―미래를 보는 눈을 지녔다**, 라고 말이죠."

"아……! 설마―."

"네. 도저히 믿기지 않지만, **레몬 씨는, 130년 전에 미래를 예견해서, 자기가 본 미래에 맞춰 대화가 가능하도록**

영상을 기록한 것이랍니다."

그렇다. 쿠루미도 실제로『브로켄의 마경』에 기록된 방대한 영상을 보지 않았다면 믿지 못했을 것이다.

외모도, 언동도, 전부 수상한 레몬이 그 점에 있어서는 거짓말을 하지 않았던 것이다.

"그, 그러면 때때로 저희 앞에 나타나서 조언을 해 준 건—."

"분명, 흩어진 아티팩트를 다시 수집하는 사명을 지닌 저희에게 도움을 준 것일 테죠."

쿠루미는 그렇게 말하면서, 가짜 레몬을 쳐다봤다.

"당신은 어떤 방법으로 그것을 알게 됐고, 진짜 레몬 씨가 나타나기 전에 저희와 접촉해서 레몬 씨의 의뢰에 수작을 부리려 한 것이에요."

"……큭."

가짜 레몬이 작게 숨을 삼켰다. 쿠루미는 개의치 않으며 말을 이었다.

"하지만, 오산이 발생했답니다. 저희가 사무소로 돌아가는 타이밍이 생각보다 빨랐던 바람에, 레몬 씨의 영상이 사라지기 전에 목격하게 된 것이죠."

"……"

가짜 레몬의 눈썹이 희미하게 흔들렸다. 아무래도 거기까지는 눈치채지 못했던 것 같았다.

"그 몇 초간의 위화감이, 핀트가 어긋난 대화를 나누는 레몬 씨의 모습이, 제가 의문을 품는 계기가 됐어요.”

쿠루미가 그렇게 말하자, 가짜 레몬은 잠시 침묵을 지키더니…….

“……후, 후후…… 하하하하하하—.”

이윽고 이마에 손을 대며 웃음을 흘렸다.

체력이 조금은 회복된 것인지 천천히 몸을 일으키더니, 욕조에 들어온 것처럼 분수 가장자리에 등을 맡기며 기댔다.

“곤란한걸……. 겨우 그런 걸로 들통날 줄이야. 너를 조금 얕본 것 같네…….”

“어머나, 어머나. 원래 그런 젠체하는 말투를 쓰는 건가요? 가짜 레몬 씨— 아니, 미칸 씨라고 부르는 편이 나으려나요?”

쿠루미가 그렇게 말하자, 가짜 레몬의 눈썹이 희미하게 흔들렸다.

“……놀랐는걸. 설마 이렇게 짧은 시간에 거기까지 조사했을 줄이야…….”

“지인 중에 감이 좋은 사람이 있어서 말이죠. 가계도와 앨범을 전부 기억하고 있었는지, 사건의 대략적인 개요만 듣고도 바로 맞추더군요. —**갈구하는 자**의 심정을 잘 안다, 하고 말하면서 말이죠.”

“…….”

가짜 레몬— 미칸이 미간을 살짝 찌푸렸다.

아야는 당혹스러운 표정으로 쿠루미의 얼굴을 올려다봤다.

"선생님. 이 사람은 대체 누구인가요……?"

"아야 양 가문의 분가에 속한 분이랍니다. 즉 그녀 또한 레몬 씨의 피를 이어받은 자손이자, 아야 양의 친척이라 할 수 있죠."

"아―."

아야는 깜짝 놀란 표정으로 미칸을 쳐다봤다.

"그, 그러면, 왜 이런 짓을…….''

"―**저것 때문이야.**"

"네……?"

미칸이 『엘렉실의 가마』를 손가락으로 가리키자, 아야는 의아하다는 듯이 고개를 갸웃거렸다.

"원래 일족의 유산인 아티팩트는 나에게 계승되어야 했어. ―**위대한 종주와 마찬가지로, 마안을 가지고 태어난 나에게 말이지.**"

미칸이 그렇게 말하자, 쿠루미는 눈을 가늘게 떴다.

"설마 미칸 씨도 레몬 씨와 마찬가지로 미래를 보는 눈을 지녔나요?"

"아니, 나는 『반대』야."

"『반대』―."

그 말을 따라하듯 중얼거린 쿠루미는 이해했다는 듯이 고개를 끄덕였다.

"……그래요. 그렇게 된 거군요."

"선생님, 대체 뭐가 어떻게 된 건가요?"

"―과거시(過去視). 아마 미래를 볼 수 있는 레몬 씨와는 반대로, 과거에 일어난 일을 볼 수 있는 눈을 지닌 것이겠죠. 대체 어떻게 레몬 씨가 『브로켄의 마경』을 사용한 것을 안 건지 의문이었는데, 그런 눈을 지녔다면 이야기는 단순해지는군요."

하지만, 하고 쿠루미는 이어서 말했다.

"저희에게 조사 협력을 한 것을 보면, 원하는 광경을 볼 수 있는 건 아니겠지만 말이죠."

"……이해가 빠른걸. 내 눈은 어디까지나 과거에 일어난 일을 자기 의지와 상관없이 랜덤으로 보는 거야. 그래서 『엘릭실의 가마』가 어디 있는지는 알 수 없었지. 나를 대신해 그것을 찾아 줄 인간이 필요했어……."

"그랬군요. ―그 얼굴도, 아티팩트의 힘으로 바꾼 건가요?"

"훗……. 이건 내가 직접 한 거야. 화장으로 레몬 토지와 비슷한 느낌으로 꾸민 거지."

미칸은 그렇게 말하더니, 두 손을 과장되게 펼쳤다.

"……일목요연하지 않아? 위대한 종주의 눈을, 용모를, 가장 진하게 이어받은 게 누구인가가 말이지. 그런데 분가에서 태어났다는 이유만으로 경멸과 학대를 받아 왔어. ―아야 양. 너는 내 심정을 이해할 수 있으려나?"

"……."

미칸이 그렇게 말하자, 아야는 숨을 삼켰다. 그러자 미칸은 열띤 목소리로 말을 이었다.

"……종가라는 이유만으로 일족의 유산인 아티팩트를 독점한 것으로 모자라, 그것을 잃어버린 죄는 무거워. 그『엘릭실의 가마』는, 그리고 그것에 의해 생성된 마력 결정은 진정한 정통 후계자인 나야말로 이어받을 자격이 있어. 그것을 써서, 일족이 잃은 마술의 힘을 되찾는다. 그것이야말로 나에게 주어진 사명이었어……."

그러나 미칸은 자조하듯「하지만……」하고 중얼거렸다.

"……이제 다 틀렸어. 종가의 후예도 아닌, 어디서 굴러 먹던 말 뼈다귀인지도 모르는 탐정한테 아티팩트로 이렇게 한 방 먹다니……."

그리고 체념한 것처럼 한숨을 내쉬었다. 새하얀 입김이 공기에 녹아들 듯 사라졌다.

아티팩트에 정기를 빼앗긴 탓만은 아니리라. 그녀가 방금 자기 입으로 말한 것처럼, 자신이 이어받아야 마땅하다고 여겼던 아티팩트의 응용으로 쿠루미에게 진 사실에 큰 충격을 받은 것 같았다.

"……선생님. 이분— 미칸 씨는 이제부터 어떻게 되나요?"

아야는 난처한 표정으로 그렇게 물었다.

착한 그녀는 미칸이 처한 상황과 동기를 듣고 마음이 복잡할 것이다. 쿠루미는 어깨를 으쓱하며 말을 이었다.

"제가 알 바 아니다……라고 말하고 싶지만, 이번 케이스는 꽤 특수하군요. ―만악의 근원인 분의 의견을 들어 보도록 할까요."

"만악의 근원……?"

아야는 의아하다는 듯이 고개를 갸웃거렸다. 쿠루미는 고개를 끄덕이며 말을 이었다.

"그야 물론, 아티팩트를 수집한 아야 양의 선조님을 말하는 거랍니다."

쿠루미가 그렇게 말하자, 분수 쪽에서「……흥」하는 코웃음 소리가 들려왔다.

"……레몬 토지를 말하는 거라면, 헛된 기대야. 과거를 보는 눈을 지닌 내가 개입하면서, 역사가 바뀌고 말았거든. 그녀의 영상은 지금 어딘가에서, 원래라면 너희가 있어야 할 장소를 향해, 혼자 넋두리를 늘어놓고 있겠지."

미칸이 내뱉는 투로 그렇게 말했다. 그 모습은 왠지 자조적이자, 어딘가 슬퍼 보였다. 아티팩트를 손에 넣기 위해서라고는 해도, 선조가 남긴 마지막 메시지를 헛되이 한 것에 대해 적지 않게 자책하고 있는 것일지도 모른다.

"자, 정말 그럴까요. 당신은 자기 선조님을 너무 얕보는 것 아닐까 싶군요."

"뭐―?"

미칸이 미심쩍어하듯 미간을 찌푸린, 바로 그 순간이었다.

"음— 토키사키 양. 내 후손이 폐를 끼쳤는걸."

쿠루미 일행의 눈앞에, 기모노 차림에 동그란 선글라스를 쓴 여성이 갑자기 나타났다.

"아니……."

"레몬 씨—."

미칸은 눈을 치켜떴고, 아야는 손으로 입을 막았다. 쿠루미는 눈을 살짝 부라리며 한숨을 내쉬었다.

"맞아요, 레몬 씨. 이런 귀찮은 일을 떠넘기지 말아 줬으면 좋겠군요."

"아하하, 미안하게 됐어. 뭐, 이제까지 해 준 조언이 내가 이번에 끼친 민폐에 대한 답례라고 여겨 줘."

쿠루미의 말을 들은 레몬이 가벼운 어조로 그렇게 말했다.

명백하게 대화가 성립되고 있었다. 미칸은 믿기지 않는다는 듯이 떨리는 목소리로 말했다.

"말도 안 돼……. 내 개입으로, 역사가 바뀌었을 텐데……."

그러자 레몬은 미소를 머금으며 말했다.

"너도 나와 마찬가지로, 자기가 원하는 광경을 전부 볼 수 있는 건 아닐 텐데? 내가 볼 수 없는 게 있듯, 너도 내 행동을 전부 파악하고 있는 건 아니란 거지."

"──."

미칸은 아연실색하며 말을 잇지 못했다.

쿠루미는 작게 숨을 내쉰 후, 레몬을 쳐다봤다.

"……그러면 레몬 씨. 『엘릭실의 가마』는 마츠리카 씨의 건으로 유출된 것이 아니라 옛날부터 설치되어 있었던 거죠? 왜 이런 흉흉한 짓을 한 거죠?"

"아, 내가 이걸 설치해 둔 곳은 어디까지나 땅속의 영맥이야. 방대한 시간이 걸리기는 하지만, 운용 방법만 지킨다면 『가마』는 영맥에서 얻은 힘을 결정화해 주지. 단─ 예상치 못한 일이 일어나고 말았거든."

"예상치 못한 일?"

"─공간진이야."

"……."

레몬이 그렇게 말하자, 쿠루미는 작게 숨을 들이마셨다.

레몬은 그 반응의 의미를 어디까지 알고 있는 건지 모르겠지만, 의미심장하게 선글라스를 고쳐 쓰면서 말을 이었다.

"너희가 남 칸토 대공재라 부르는 대재해로 인해, 내가 『엘릭실의 가마』를 설치해 둔 장소가 그대로 초토화되고 말았어. 『가마』 자체는 운 좋게 파괴되지 않았지만, 발동 상태인 채 유출되고 만 거지. 설마 훗날에 예술 작품으로 재이용될 줄은 몰랐는걸."

그렇게 말한 레몬은 깔깔 웃었다. 쿠루미는 인상을 찡그리며 이마에 손을 댔다.

"……당신은 지금으로부터 130년 전의 사람이죠? 공간 진이 벌어질 걸 알면서 왜 설치한 건가요?"

"그게, 『엘릭실의 가마』를 설치할 때는 그 미래가 안 보였거든. 나중에 그 미래가 보였어. 그때는 진짜 허둥댔다니깐. 한 번 발동한 『가마』는 결정을 생성할 때까지 멈추지 않아. 그래서 허둥지둥 『브로켄의 마경』을 이용해, 미래의 자손과 그 협력자에게 메시지를 남긴 거지."

"……성가시기 이를 데 없군요."

쿠루미가 지긋지긋하다는 투로 그렇게 말하자, 레몬은 손을 내저으며 말을 이었다.

"미안하게 생각하곤 있어. 흩어진 아티팩트를 다시 모아 줄 뿐만 아니라, 자손들의 불화까지 떠넘겼으니 말이야 ― 그러니 추가로 성의를 보여야겠는걸."

"추가, 인가요."

"그래. 저 『가마』의 가장자리를 손으로 훑으면서 이렇게 읊조려. ――――――――."

작은 목소리로 주문 같은 말을 알려 준 레몬이 『엘릭실의 가마』를 손가락으로 가리켰다.

"――――――――."

쿠루미가 미심쩍다는 듯이 눈썹을 찌푸리면서도, 지시에 따라 『가마』의 가장자리를 손으로 훑으면서 방금 들은 말을 읊조렸다.

그러자—.

"……!"

『가마』의 내부에서 찬란한 빛이 쏟아져 나오더니, 이윽고 쿠루미의 손아귀로 모여들면서 어떤 형태를 이뤘다.

그것은 피처럼 붉은 색깔을 띤, 조그마한 돌이었다.

요사하면서도 몽환적인 그 돌을 본 쿠루미는 무심코 숨을 삼켰다.

"이건……."

"—『현자의 돌』. 130년…… 아니, 약 100년 동안 모인 영맥의 힘을 응축해 만든 초고순도 마력 결정이지."

레몬은 팔짱을 끼면서 눈을 살짝 내리깔았다.

"그 안에 담긴 마력은 방대해. 쓰기에 따라선 **네 소원**조차 이룰 수 있을지도 모르지."

"――."

그 순간, 쿠루미의 눈썹이 흔들렸다.

"하지만— 미안하게도, 그것은 우리 일족이 오랜 세월 동안 추구해 온 비원이기도 하거든. 그래……. 세 명의 공동 관리라는 형태로 운영해 주면 고맙겠는걸."

"……."

레몬이 그렇게 말하자, 미칸은 숨을 삼켰다.

하지만 그럴 만도 했다. 이 자리에 있는 세 사람은 종가의 계승자인 아야, 그녀의 협력자인 쿠루미, 그리고 미칸 뿐인 것이다.

"레몬 토지……."

미칸은 몸을 일으키더니, 용서를 구하려는 듯이 무릎을 꿇으려 했다.

하지만 레몬은 그런 미칸보다 먼저 무릎을 꿇더니, 고개를 깊이 숙였다.

"—미안하구나, 미칸. 네가 겪은 일들은 전부 내 부덕에서 비롯된 거야."

"뭐……."

그 모습을 본 미칸은 경악을 금치 못하며 눈을 치켜떴다.

"이러지 마십시오……! 당신이 저한테 고개를 숙이다니……!"

하지만 레몬은 무릎을 꿇은 채로 말을 이었다.

"내가 죽은 후에 남겨진 자들은 내 말을 자신들의 입맛에 맞춰 곡해하겠지. 그러니 이걸 내 정식 유언으로 여겨 줘. —종가도, 분가도 없어. 너도 사랑스러운 내 후손이야. 언젠가 저 돌이 필요할 때가 오겠지. 그때는 미칸, 너도 내 후계자로서 힘을 합쳐 줬으면 해."

"——, ——."

레몬이 그렇게 말하자, 미칸은 감정이 북받친 것처럼 몸을 떨며 흐느꼈다.

생각해 보면 미칸은 종가에 질투심과 원한을 품고 있지만, 과거의 종주인 레몬에게는 경의를 표했다.

그런 인물에게 진심 어린 사죄와 함께 자신을 인정하는 말을 듣는다면, 저런 반응을 보이는 것도 무리는 아니리라.

하지만 미칸은 그제야 자신이 무슨 짓을 했는지 떠올린 것처럼 말문이 막히고 말았다.

"하, 하지만, 저는……."

미칸은 머뭇거리듯 미간을 좁혔다. 그러자 쿠루미는 어깨를 으쓱했다.

"사소한 것을 너무 신경쓰는군요. 마술사의 후예라면, 각오를 다져 주세요. ―당신의 눈은 아야 양조차 지니지 못한 자랑거리라면서요? 그렇다면 앞으로는 그 힘을 과거에 얽매이기 위해서가 아니라, 미래로 나아가기 위해 써 주셨으면 한답니다."

"……, ……."

미칸은 말문이 막혔다.

바로 그때, 레몬이 다시 입을 열었다.

"부탁해도 될까?"

"……네. 이 목숨을 바치는 한이 있더라도 반드시……."

"하하. 너도, 아야도 참 성실한걸. 미덕이지만, 항상 그렇게 살면 숨이 막힐 때도 있겠지. 조금은 어깨에 들어간 힘을 빼."

그렇게 말한 레몬은 어깨를 흔들며 웃었다. 그 모습을 본 쿠루미는 질렸다는 투로 말했다.

"당신은 너무 힘을 뺀 것 같지만 말이죠."

"이야, 한 방 먹었는걸."

레몬은 한 번 더 웃더니, 천천히 몸을 일으킨 후에 뒤돌아섰다.

"—슬슬 시간이 됐는걸. 앞으로 너희가 뭘 이뤄 낼지는 내 눈에도 보이지 않아. —적어도, 지금은 말이지. 그럼 잘 있어라, 사랑스러운 후계자들아. 언젠가 저승에서 다시 만나자."

그리고 그 말을 끝으로, 이 수상한 사람은 허공에 녹아 들었다.

다음 날, 토키사키 탐정사.

"『현자의 돌』인가요—."

쿠루미는 집무용 의자에 앉아서, 스마트폰에 표시된 붉은 돌을 응시했다.

어제 『엘릭실의 가마』에서 생성된 마력 결정이다. 실물은 이제까지의 아티팩트보다 더 엄중하게 보관되고 있으며, 쿠루미, 아야, 미칸, 이 세 사람의 승인이 없으면 꺼낼 수 없게 되어 있다.

사진으로 보기에는 평범한 돌멩이다. 하지만 저 조그마한 실루엣 안에는 너무나도 방대한 힘이 담겨 있다고 한다. 레몬의 말을 믿는다면, 쿠루미의 소원마저 이룰 수 있을지도 모르는—.

"……."

쿠루미가 말없이 생각에 잠겨 있을 때, 쟁반을 들고 있는 아야가 다가왔다.

"—앗. 정말, 어제부터 계속 그러고 있네요. 사랑에 빠진 소녀도 아니고 말이에요."

"……어머나, 아야 양."

쿠루미는 스마트폰 화면을 끈 후, 책상 위에 뒀다.

"미안해요. 생각지도 못한 큰 선물을 받은 바람에, 어울리지도 않게 들뜨고 말았답니다."

쿠루미가 그렇게 말하자, 아야는 의외라는 듯이 눈을 동그랗게 떴다.

"선생님도 고양이 말고 다른 것으로 들뜰 때가 있군요."

"저기— 제가 항상 고양이한테 들떠 있다는 듯이 해석할 수 있는 말은 자제해 줬으면 좋겠군요."

"해석할 수 있는 게 아니라……."

아야는 쓴웃음을 머금으면서, 응접 공간의 테이블 위에 차를 준비했다.

하아, 하고 한숨을 내쉰 쿠루미도 그쪽으로 이동했다.

"─그런데, 루미너스 미나미 텐구는 어떻게 됐죠?"

"아, 무사히 영업하고 있는 것 같아요. 부서진 여신상을 본 유키에 씨는 졸도할 뻔했지만, 어찌어찌 비밀리에 복구한 것 같아요."

"다행이군요……."

탐정으로서는 불성실할지도 모르지만, 아무튼 원만하게 해결이 된 것 같았다. 쿠루미는 어깨를 으쓱하며 소파에 걸터앉았다.

"그런데, 미칸 씨는……."

"네. 이유를 떠나서 선생님과 저를 속이려 한 것은 사실인 만큼, 속죄 삼아 아티팩트 회수에 협력해 준다고 해요. 일족과 인연이 있는 지역과 친분이 있는 이들을 돌아보고 있는데, 유력한 정보가 있으면 보고해 주겠다고 했어요."

"……성실한 분이군요. 레몬 씨의 유언에 따라도 될 텐데 말이죠."

"자기가 한 일에 나름대로 책임을 지고 싶나 봐요. ─선생님의 말에 따르기 위해서라도 말이에요."

"어머, 제가 무슨 말 했던가요?"

"앞으로는 과거에 얽매이기 위해서가 아니라, 미래로 나아가기 위해서라고─ 하셨잖아요."

"아, 그건 상황을 원만하게 해결하기 위해서 대충 둘러

댔던 거랍니다."

쿠루미가 그렇게 말하자, 아야는 충격을 받은 것처럼 아연실색했다.

"그, 그런가요……?"

"네."

쿠루미는 어깨를 살짝 으쓱하면서 작게 중얼거렸다.

"—왜냐하면, 저야말로 누구보다도 과거에 얽매여 있으니까요."

"네?"

"아무것도 아니랍니다."

쿠루미는 얼버무리듯 그렇게 말한 후, 휴우 하고 한숨을 내쉬었다.

"그것보다, 아직 회수하지 못한 아티팩트가 많죠. —우선 아야 양 가문의 가계도를 통해 조사해 보도록 할까요."

"네— 어, 그런데 저희 가계도는 어디에 있었나요?"

"우후후. 아야 양이 직접 생각해 보세요. 힌트는 『가짜』랍니다."

아야는 당혹스러워하며 머리를 감싸 쥐었다.

쿠루미는 미소를 머금으며 홍차가 담긴 찻잔을 쥐었다.

오랜만입니다. 타치바나 코우시입니다. 다시 뵙게 되어 영광입니다.

『마술탐정 토키사키 쿠루미의 회고록』을 여러분께 전해 드립니다. 어떠셨는지요. 재미있으셨기를 빕니다.

참고로 이 책은 『마술탐정 토키사키 쿠루미의 사건부』 2권에 해당합니다.

지난 권의 후기에서 「특수한 형식의 책이라 다음 권이 나올지는 모른다」 라고 썼습니다만, 감사하게도 2권을 내게 됐습니다. 이것도 1권을 구매해 주신 독자 여러분 덕택입니다. 이 자리를 빌려 진심으로 감사드립니다.

이번 권도 지난 권과 마찬가지로, 드래곤매거진에서 연재된 4화+신규 1화라는 구성입니다만, 이번 권은 연재 단편에 『데이트 어 라이브』의 캐릭터가 등장했습니다. 본편 스토리 종료 후의 타임라인이니, 이런 면도 즐겨 주셨으면 합니다.

그건 그렇고 진로면을 고려해 멤버를 분류한 탓에 어쩔

수 없이 니아, 미쿠, 고등학생 팀, 대학생 팀으로 나뉘었습니다. 앞의 2화에 출연한 캐릭터가 엄청나게 우대되었군요. 크윽, 이것이 취직 팀의 강점인가. 역시 납세자는 강하네요. 기회가 된다면 이번에 안 나온『데어라』캐릭터들도 등장시키고 싶습니다.

　이번에도 많은 분들께서 힘써 주신 덕분에 책을 낼 수 있었습니다.
　일러스트레이터이신 츠나코 씨. 항상 멋진 일러스트를 그려 주셔서 감사합니다. 이번에는 세세한 요구 사항이 많았던 만큼, 정말 감사합니다. 덕분에 멋진 일러스트가 완성됐다고 생각합니다. 비주얼이 처음으로 등장한 아야, 신 캐릭터인 레몬도 끝내주는 디자인이었습니다!
　디자이너이신 쿠사노 씨, 그리고 담당 편집자님께도 매번 신세 졌습니다. 이번 표지 디자인도 참 멋졌습니다.
　편집, 출판, 유통, 판매 등, 이 책의 발매에 관여해 주신 모든 분, 그리고 이 책을 손에 들고 계신 당신께 진심으로 감사드립니다.

　그럼 다음 권에서 뵙겠습니다, 란 말로 끝맺고 싶습니다만— 현시점에서는 3권이 나올 수 있을지 없을지 알 수 없습니다.

　이미 알고 계신 분도 계시겠습니다만 이 시리즈가 연재
되는 잡지, 드래곤매거진이 2025년 5월호를 끝으로 휴간
에 들어가게 되어서입니다.
　하지만, 이 시리즈의 인기 여부에 따라 다른 형태로 계
속될 가능성도 제로는 아니니, 많은 응원 부탁드립니다.
　또한『왕의 프러포즈』라는 시리즈도 간행 중이니, 그쪽
을 통해 다시 뵐 수 있기를 진심으로 빕니다.

2025년 1월 타치바나 코우시

The artifact crime files
kurumi tokisaki

최초 수록

Case File Ⅰ
쿠루미 보이스
드래곤 매거진 2024년 7월 호

Case File Ⅱ
쿠루미 코믹
드래곤 매거진 2024년 9월 호

Case File Ⅲ
쿠루미 고스트
드래곤 매거진 2024년 11월 호

Case File Ⅳ
쿠루미 빌리지
드래곤 매거진 2025년 1월 호

Case File Ⅴ
쿠루미 메모리얼
신작 단편 소설

안녕하십니까. 근로청년 번역가 이승원입니다.

『마술탐정 토키사키 쿠루미의 회고록』을 구매해 주신 독자 여러분께 진심으로 감사드립니다.

26년 새해가 시작된 지도 몇 달이 흘렀습니다.

독자 여러분께서는 올해를 잘 보내고 계시는지요.

저는 요즘 병원에 자주 가고 있습니다. 아, 물론 제가 아픈 게 아닙니다. 가족 중에 아픈 사람이 나오는데, 보호자로 동행할 사람이 작업실에서 유유자적(︶︿︶) 일하는 저뿐이라는 슬픈 현실 탓입니다……. 얼마 전에는 응급실에도 가게 됐는데, 날씨 탓인지 응급실 오시는 분이 참 많더군요. 다행히 가족은 심각한 병이 아니었던지라 다음 날 퇴원했고, 저는 마감 지옥에서 허우적대고 있습니다, AHAHA.

독자 여러분께서는 건강 유의하시며 즐거운 독서 라이프를 보내시길 진심으로 빕니다!

그러면 이번 권에 관한 이야기를 조금 해 볼까 합니다.

스포일러가 포함되어 있으니 아직 본문을 읽지 않으신 분은 유의해 주시길!

　돌아온『데이트 어 라이브』!
　……물론『데이트 어 라이브』가 아니라『마술탐정 토키사키 쿠루미』시리즈의 2권인『회고록』입니다.
　그래도『데어라』와의 연관점이라고는 주인공이 쿠루미 양이라는 점뿐이라고 생각하시는 독자 여러분!
　실은 그렇지 않습니다!
　바로 이번 권에서는『데어라』의 반가운 정령들이 총출동하니까요!
　그것도 본편 완결 후의 가장 미래의 타임라인을 그리고 있습니다, AHAHA.
　『데어라』의 팬을 자처하는 저는 정령들의 출동 소식을 듣고 잡지 연재분을 다 사 봤을 정도입니다.
　크으, 반가운 그녀들과 간만의『데이트』는 정말 기쁘고 즐거웠습니다.
　물론 두 자릿수나 되는 정령들을 다 출연시키려니 각 캐릭터의 분량 배분이 좀 아쉬웠습니다만(주인공인 쿠루미를 제외하고 가장 분량이 많았던 정령이 우리의 위대한 인기 만화가^^), 마술탐정 시리즈가 이어진다면 그녀들이 또 등장해 줄 수 있을 거란 희망을 품고 있습니다.

아니면 확 간만의 앙코르를……. 본격적인 시도 쟁탈전을 보고 싶다는 팬으로서의 소망이 있습니다.

이번 권은 아티팩트와 얽힌 사건에 정령들이 휘말리고, 쿠루미와 함께 그것을 해결하는 내용입니다. 노래를 못 하게 된 아이돌, 죽은 이가 이어가는 주간 만화 연재, 한밤중의 학교에서 나오는 유령, 그리고 추악한 인습이 전해져 내려오는 듯한(?) 마을……. 이런 사건에 직면한 쿠루미와 조수인 아야, 그리고 정령들이 사건을 통쾌하게 해결해 나가는 모습은 앙코르 에피소드를 떠올리게 했습니다. 독자 여러분께서도 한때 정령이었던 소녀들의 현재 모습을 즐겨 주시길 진심으로 빕니다!

그러면 이만 줄이겠습니다.

항상 재미있는 작품을 맡겨 주시는 L노벨 편집부 여러분. 정말 감사합니다. 앞으로도 잘 부탁드립니다.

모 명작 극장 애니의 재개봉을 보러 가자며 그렇게 난리 친 악우여. 없는 시간 쪼개서 같이 보러 가 줬더니, 보자고 한 사람이 왜 코 골면서 자는 거냐. 나는 밤샘하고 보러 왔단 말이다…….

마지막으로 언제나 제게 버팀목이 되어 주시는 어머니와 『마술탐정 토키사키 쿠루미의 사건부』를 읽어 주신 모든 분에게 진심으로 감사드립니다.

『마술탐정』 3권 혹은 『데어라』 세계관의 새 작품의 역자
후기 코너에서 다시 뵙겠습니다!

2026년 2월 초
역자 이승원 올림

마술탐정 토키사키 쿠루미의 회고록

초판 1쇄 발행 2026년 3월 10일

지은이_ Koushi Tachibana
일러스트_ Tsunako
옮긴이_ 이승원

발행인_ 최원영
본부장_ 장혜경
편집장_ 김승신
편집진행_ 권세라 · 최혁수 · 김경민 · 최정민
편집디자인_ 양우연
국제업무_ 박진해 · 조은지 · 이지현 · 박지현
관리 · 영업_ 김민원 · 조은걸

펴낸곳_ (주)디앤씨미디어
등록_ 2002년 4월 25일 제20-260호
주소_ 서울시 구로구 디지털로 32길 30, 코오롱디지털타워빌란트 1301-1308호
전화_ 02-333-2513(대표)
팩시밀리_ 02-333-2514
이메일_ lnovellove@naver.com
ㄴ노벨 공식 카페_ http://cafe.naver.com/lnovel11

MAJUTSUTANTEI · TOKISAKIKURUMI NO KAIKOROKU
©Koushi Tachibana, Tsunako 2025
First published in Japan in 2025 by KADOKAWA CORPORATION, Tokyo.
Korean translation rights arranged with KADOKAWA CORPORATION, Tokyo.

ISBN 979-11-278-8729-2 04830
ISBN 979-11-278-7760-6 (세트)

값 8,500원

©Taro Hitsuji, Kurone Mishima 2024
KADOKAWA CORPORATION

이것이 마법사 비장의 수 1~2권

히츠지 타로 지음 | 미시마 쿠로네 일러스트 | 김장준 옮김

"좋아! 전사했어! 이제 나는 자유다아아아아아!"
베테랑 검사 릭스는 피비린내 나는 전장에 넌더리가 나서 전사를 위장해 은퇴한다.
그리고 새 인생을 살고자 마법 학원에 입학하나, 마법 적성은 0.
그래도 함께 입학한 특대생 소녀 시노와 함께 분투하지만……
"내일부터 학원 생활, 서로 잘해 보자!"
"시끄러워. 소름 끼쳐."
이상하게 냉담한 시노에게 꺾이지 않고……
릭스는 검사로서 키운 실력으로 마법사들을 압도!
학원의 상식을 의도치 않게 차례차례 깨부순다.
그러자 이번에는 그 전투력에 주목한 황녀가 군대에 들어오라고 권유하는데―.

**아니, 그러니까 내 목표는 최강 같은 게 아니라
「평화롭고 즐겁게 살기」라니까!**

아라포 현자의 이세계 생활 일기 1~16권

코토부키 야스키요 지음 | JohnDee 일러스트 | 김장준 옮김

정리해고 당한 후, 매일 밭을 돌보며 『제로스 멀린』으로서
게임에 빠져 살던 백수 아저씨, 오사코 사토시(40세).
오리지널 마법을 만들어 명실상부 톱 플레이어가 된 그는
최종 보스를 무난하게 공략하지만
로그인 중 발생한 어떤 사고로 생을 마감한다.
그는 홀로 죽었다고 생각했지만,
정신을 차리고 보니 거대한 산림 지대의 한가운데에 서 있었다.
이세계 여신의 말에 따르면 그는 게임 속 능력을 이어받아 전생했다고 한다.
대산림 지대에서 서바이벌을 거치고 전(前) 공작 노인과 만난 제로스는
현자로서 능력을 인정받아 마법을 쓰지 못하는 소녀의
가정교사 일을 의뢰받는데—?!
"나는 평온한 일상이 인생의 모토인데……."

마흔 살 현자의 이세계 생활 일기 개시!